일제강점기
중국소설번역 연구

일제강점기
중국소설번역
연구

양은정 저

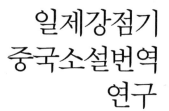

책머리에

양은정 선생의 부탁을 받고 이 책의 서문을 쓰면서 필자는 다시 한 번 저자와의 인연을 되새겨보게 되었다. 양은정 선생을 처음 만나게 된 것은 지금으로부터 약 8년 전의 일이다. 그때 필자는 山东에 있는 青岛大学 한국어학과에서 이곳 武汉에 있는 华中师范大学 한국어학과로 자리를 옮긴 지 얼마 안 되는 时点이었고, 양은정 선생은 华中师范大学 文学院에서 한창 언어학 박사 과정을 전공하고 있었다. 중국에서 언어학 공부를 하는 한국인들은 대부분 한중 언어 비교에 관심을 갖고 있었는데 양은정 선생도 예외는 아니었다. 양은정 선생은 수년 간의 유학 생활을 통해 이미 상당한 수준의 중국어 실력을 갖추고 있었고 남다른 열정으로 학문 연구에 임하고 있었다. 양은정 선생과의 이러한 만남은 나중에 필자가 그녀를 학술 연구 파트너로 지목하는 계기가 되었다. 필자는 2013년과 2016년에 두 번에 걸쳐 국가급 프로젝트인 〈中华学术外译〉 프로젝트를 따내게 되었는데, 번 마다 양은정 선생을 프로젝트 팀원으로 받아들여 프로젝트를 함께 수행하곤 하였다.

박사 학위를 따낸 뒤 얼마 안 되어 양은정 선생은 武汉에 있는 中南民族大学 한국어학과에서 교편을 잡게 되었다. 양은정 선생은 고급 학년 통번역 강의를 비롯한 여러 가지 전공 과목 강의를 하면서, 여가 시간을 이용하여 중국 湖北省에 진출한 한국 기업 및 武汉市 정부 각 부처의 통번역 업무도 맡아하였다. 양은정 선생은 통번역 강의 경험과 실천 경험을 통하여 통번역 이론 교육의 중요성을 깊이 깨닫게 되었고, 통번역 이론 연구의 일환으로 일제강점기 중국소설 번역에 관한 연구에 몰두하였다. 양은정 선생은 틈틈이 관련 자료들을 발굴하고 또 다양한 시각으로 그것들을 연구하여 매년 학술대회에서 여러 학자들과 교류하는 한편, 국내외 학술지에 연구 성과를 발표함으로써 교육자이자 학자로서의 본분을 다해왔다. 이 책은 바로 양은정 선생이 그 동안 발굴하고 연구한 자료들을 바탕으로 완성한 것이다.

이 책은 일제강점기 중국소설 번역 상황을 네 부분으로 나누어 기술하고 있다. 첫 번째 부분은 일제강점기 중국소설 번역 발전 단계에 대한 전반적인 소개로, 이 부분에서는 기존의 역사학계와 국어학계의 시기 분류 기준을 참고로 그 발전 단계를 태동기, 발전기, 정체기로 나누고 있다. 이러한 시기 분류는 기존의 연구에서는 쉽게 찾아볼 수 없는 것으로서 저자의 남다른 학술적 안목을 확인할 수 있는 대목이라 하겠다. 또한 이 부분은 각 시기마다 역사적 배경과 출판계 상황을 상세히 다루고 있어서 독자들이 쉽게 이해할 수 있다는 장점을 가진다. 두 번째 부분에서는 이 시기에 활동한 역자들의 성향과 대표적 작품을 소개하고 있다. 이를 통해 독자들은 같은 시기에 활동한 역자들의 비슷하면서도 다른 개성적 특징을 이해할 수 있다. 예컨대 비슷한 시기에 중국 유학을 한 유기석과 정래동은 똑같은 직역의 방법으로 루쉰의 작품을 번역하였지만, 유기석이 그것을 항일운동의 도구로 삼았던 것과 달리, 정래동은 그것을 학문적 연구 대상으로 삼았다. 세 번째 부분에서는 일제강점기 중국소설 번역에 나타난 특징을 번역 대상, 번역 목적, 번역 방법으로 나누어 살펴보고 있다. 그 중 애국계몽을 목적으로 한 번역이나 번역 과정에 생략, 축소, 가공, 개작 등 번역 방법을 동원한 것은 당시 중국에서 일어났던 번역붐과도 일맥상통하는 부분으로, 동시대 한중 양국의 번역 활동을 비교 연구하는 데 큰 도움이 된다. 마지막 네 번째 부분에서는 그 당시 역자, 출판업체, 독자 사이에 존재했던 번역에 대한 서로 다른 이해와 논쟁을 다루고 있다. 특히 주목할 것은 중국문학 번역에 대한 이해이다. 이 시기는 오랜 역사와 전통을 함께 해온 중국문학과 조선문학이 분리되고, 외국문학의 관점에서 중국문학에 대한 새로운 이해와 중국문학 번역에 대한 엄격한 잣대가 요구되던 격동의 시기였다.

저자는 이러한 시대적 변화를 놓치지 않고 그 당시 벌어졌던 실제 사건과 관련자들의 입장을 책 속에 실감나게 옮겨놓고 있다.

양은정 선생의 이 책은 여러 모로 의미가 크다고 생각된다. 상기한 바와 같이 이 책의 집필은 통번역 이론 교육의 중요성에 대한 저자의 깨달음에서 비롯되었다. 중국의 외국어교육에서 통번역교육은 하나의 독립된 영역으로서 중요한 위치를 차지하고 있다. 외국어로서의 한국어 교육도 마찬가지이다. 그러나 통번역교육의 중요성에 비해 그간 중한 통번역교육에 대한 이론적 탐구와 실천적 노력은 상대적으로 빈약한 편이었다. '교육적 번역'과 '번역교육'은 서로 다른 개념이다. '교육적 번역'은 언어 교육의 한 도구로서, 보통 외국어 학습 과정의 초기 단계에서 실시되며, 학생들로 하여금 번역 연습을 통해 해당 외국어의 어휘와 문법, 특히 문형이나 관용표현을 이해하고 파악하게 하는 데 주목적이 있다. 반면에, 번역교육은 일반적으로 외국어 학습 과정의 고급 단계에서 실시되며 학생들로 하여금 다양한 텍스트를 번역하는 연습을 통해 번역과 관련된 이론적 지식을 익히고 나아가 실천적 경험을 쌓게 하는 데 목표가 있다. 양은정 선생의 이 책은 일제강점기 중국소설 텍스트 번역에 관한 연구서로서, 한국어교육 고급 단계에서 실시되는 '번역교육'에 많은 도움이 될 것으로 기대된다.

오늘날 중국의 한국어교육 현장에서 일어나고 있는 변화를 민감하게 반영하고 있다는 점 또한 이 책의 또 다른 의미라고 할 수 있겠다. 중국에서의 한국어교육은 현재 언어교육 정착기를 넘어 한국학을 비롯한 인문학연구 발전기로 접어들고 있다. 즉, 한국학 중심의 본격적인 학문 연구와 학문적 인재 양성 단계로 전환되고 있다. 따라서 학문 연구와 학문적 인재 양성에 필요한 교과목 설치 및 교재와 참고서 편찬이 한국어교육 고급 단계에서 급선무로 나서고 있다. 이 책은 비록 번역의 차원에서 일제강점기 중국소설 번역을 다루고 있으나, 그 속에 내포된 다양하고 유익한 정보들, 이를테면 일제강점기 한중 문화교류의 역사, 그 당시 조선의 사회적 특징과 사회적 수요, 조선 문인들의 생존 상태와 사회적 참여의식 등은 한국어학과 고급 단계 학습자들의 인문지식 습득과 그들의 사고력 신장에 두루 기여하게 될 것으로 보인다.

마지막으로, 이 책은 일제강점기 중국소설 번역의 전반적인 상황을 상세히 다룬 연구서로서그 자료적 가치가 높이 평가된다. 우선 저자는 이 책에서 연구 대상의 시기와 내용을 구체적으로 한정하고 자세히 설명함으로써 일제강점기 중국소설 번역 상황을 전체적으로 이해하는 데 큰 도움을 주고 있다. 다음으로, 저자는 이 책에서 지금까지 잘 알려지지 않은 고전자료나 연구가 활발하게 이루어지지 않은 부분을 다량 다루는 동시에 여러 학자들의 학술저서 및 논문을 인용하여 연구 내용의 신뢰도와 참고적 가치를 높이었다. 이밖에, 이 책은 작품 목록 등은 도표로 알기 쉽게 정리하고 역문은 원문과 함께 표기하여 독자들이 직접 비교해 볼 수 있게 하였는바, 이 책의 자료적 가치는 저자의 이와 같은 인문적 배려에서도 확인된다.

학문의 길은 길고도 험한 고역의 길이다. 진정한 학자가 되려면 속세의 여러 가지 유혹을 뿌리치고 들뜬 마음을 가라앉힐 수 있는 아량이 있어야 한다. 이미 학문의 길에 들어선만큼 양은정 선생이 앞으로도 마음을 다잡고 학술에 정진하며, 이 책의 출판을 계기로 더욱 큰 학술적 성과를 이루기를 간절히 바라는 바이다.

池水涌

2019년 3월 6일 桂子山에서

목차

일제강점기 중국소설번역 개황

일제강점기는 1910년부터 1945년까지 일본에 의해 강제로 점령을 당한 시기를 일컫는다. 한민족이 당한 이 굴욕의 역사는 일제의 통치 방식과 목적에 따라 무단통치시기(武斷統治時期)(1910-1919), 문화정치시기(文化政治時期)(1920-1930)와 병참기지화 및 전시동원시기(兵站基地化及戰時動員時期)(1930-1945)로 나눌 수 있다[1]. 또 국어학계에서는 일제가 시행한 조선교육령(朝鮮教育令)에 기초하여 일제 초기(1910-1922), 일제 중기(1922-1937), 일제 말기(1937-1945)로 나누기도 한다[2].

이 시기에 등장한 수많은 국어학자들 및 문학가들은 한민족의 민족정신을 되살리기 위해 한국어 연구와 교육을 주장하였다. 그중에서 이필수(李弼秀)[3], 최현배(崔鉉培)[4] 등은 한국어 교육의 일환으로 문학의

---

1) 홍금수 외(2011:174).

2) 윤여탁 외(2006:83).

3) 外国文学이 좋은 줄 알았거든 우리 文学은 어떠한 것인가 한번 生覺하여라. 어찌하여 이러한 生覺은 나지 아니하는가? 万一 우리 文学을 研究하였다 하면 어찌하여 오늘날까지 이 모양인가……중략……우리 文字를 速히 校正하여 发音法에라든지 作文法에라든지 少许라도 错误가 无케한 後에 老少와 男女를 勿论하고 잘 传播하라. 동아일보(1922.08.13).

4) 伟大한 文学家가 나와서 过去에 죽은 우리말과 現在에 营养 不足으로 元气를

힘과 역할을 강조하였다. 하지만 문학 교육을 하려고 하니 당시 한글로 된 문학 작품을 찾기 어려웠다. 그리하여 한국어로 된 문학 작품의 창작과 번역의 필요성이 대두되기 시작하였다. 특히 우수한 해외 문학에 대한 번역과 소개가 장려되었다. 또한 이 시기에는 유학을 떠난 청년들이 늘어나면서 새로운 세계를 접한 지식인층이 확대되었고, 이들이 국내로 돌아와 번역 관련 업무에 종사하는 경우가 늘어났다. 그리하여 당시의 복잡한 사회 분위기와 맞물려 조선에서도 해외 문학을 번역하는 붐이 일어나기 시작했다. 이에 본 장에서는 역사학계와 국어학계의 시기 구분을 바탕으로 이 시기를 태동기, 발전기, 정체기로 나누고 중국 소설 번역 상황에 대해 알아보도록 하겠다.

1.1 태동기

태동기(1910~1925)는 크게 두 시기로 나눌 수 있다. 제1 태동기(1910~1920)는 무단통치시기(1910~1919)이자 제1차 조선교육령(1911~1922)이 실시된 기간을 말한다. 이때의 주요 교육 정책은 동화주의(同化主義) 성격을 가미한 우민화(愚民化) 유도 형태로 나타났다. 일본어를 국어로 배우고 조선의 진짜 국어는 한문에 큰 비중을 둔 "조선어 및 한문" 과목에서 배워야 했다. 뿐만 아니라 영어를 선택 과목으로 지정하고 다른 외국어는 교육 과정에 포함시키지 않았으며 조선인의 대학

온통 잃고 漸漸 微弱해지는 우리말을 精練하여 새 生命과 새 元气를 줄……중략……国语의 发达과 統一은 实로이 큰 文学家의 힘을 기다림이 많음이다. 独逸말의 統一에는 有名한 宗教 改革家 루터가 圣经을 높은 独逸말로 翻译한 것이 主力이 되었으며 이탈리아말의 統一에는 단테의 힘이 크다하며 英语의 統一에는 초서의 힘이 많았다 합니다. 비록 한 사람일망정 그 偉大한 文学의 힘은 果然 끔찍하다 할 것이외다. 동아일보(1922.09.10).

입학도 쉽지 않았다. 또한 무단정치의 일환으로 모든 집회를 금지하고 한글로 된 신문을 폐간하는 등 언론에 대한 자유를 완전히 통제하였으며 모든 출판물은 일본 당국의 심의를 받아야만 출간할 수 있었다. 당시 한국어 일간지로는 총독부의 기관지인 매일신보(每日申報)가 유일했다.

그렇다면 이 시기의 중국 소설 번역 상황은 어땠을까. 1928년에 조선총독부(朝鮮總督府) 경무국 도서과에서 합병 이후 19년 동안의 조선 출판물 상황에 대한 조사를 벌였는데, 그 상황은 "조선문 출판물이라고는 오직 관보(官報)인 매일신보(每日申報)와 옛날 중국의 사기를 번작한 소위 구소설 약간이 남아있을 뿐5)"이었다. 당시 출판된 작품으로는 "구소설 중의 춘향전, 조웅전(趙雄傳), 류충렬전(劉忠烈傳), 심청전, 사씨남정기(謝氏南征記), 삼국지, 수호지(水滸志), 옥루몽(玉樓夢), 구운몽(九雲夢) 같은 것으로 그중에는 한판에 칠팔만 부가 인쇄되는 것6)"도 있었다. 이 시기에 인기를 얻었던 중국 고전 소설은 바로 〈삼국지(三國志)〉와 〈수호지〉였다. 이 두 작품은 조선에 전래된 이후로 오랫동안 사랑을 받았으며 중국 소설 번역 연구에 있어서도 절대 빠질 수 없는 걸작이다. 그밖에 출판된 중국 소설 작품을 알기 위해서는 조선시대에 한국어로 번역된 중국 소설 작품에 대해서 살펴볼 필요가 있다. 민관동은 조선시대에 국내에 출판된 중국 소설 작품은 모두 18종이라고 하였다7). 여기에는 이상의 〈삼국지〉와 〈수호지〉 이외에 우리에게 비교적 많이 알려진 〈서유기(西遊記)〉, 〈초한지(楚漢志)〉 등이 포함되

---

5) 동아일보(1928.07.17).

6) 동아일보(1928.07.17).

7) 〈烈女传〉, 〈世说新语〉, 〈酉阳杂俎〉, 〈太平广记〉, 〈娇红记〉(미확인), 〈剪灯新话句解〉, 〈剪灯馀话〉, 〈文苑楂橘〉, 〈三国演义〉, 〈水浒传〉, 〈西游记〉, 〈楚汉传〉, 〈薛仁贵传〉, 〈钟离葫芦〉, 〈花影集〉, 〈效颦集〉, 〈玉壶氷〉, 〈锦香亭记〉. 민관동(2007:370).

어 있다.

　그 뒤, 1910년대 중후반에 이르러서야 중국 소설이 본격적으로 번역되기 시작하였는데, 대표적인 인물로는 양건식(梁建植)이 있다. 양건식은 중국 문학에 관심을 가지고 최초로 현대적인 번역을 하기 시작한 중국 문학가이자 번역가이다. 그는 1915년에 〈속황량(續黃粱)〉을 번역하여 불교진흥회월보(佛敎振興會月報)에 발표하였다. 이 작품은 중국고전 〈요재지이(聊齋志異)〉에 나오는 설화 중에 하나로, 주인공이 꿈을 통해 인생무상을 깨닫고 꿈에서 깬 뒤 자취를 감춘다는 내용의 전형적인 몽유소설(夢遊小說)이다. 양건식은 이를 통해 정치 사회의 비리와 여성의 비참한 운명에 대해 적나라하게 묘사하였다.

　그 다음으로 1918년 3월 23일부터 10월 4일까지 매일신보에 〈홍루몽(紅樓夢)〉을 국한문으로 138회 연재했다. 〈홍루몽〉은 주인공 가보옥(賈寶玉)과 임대옥(林黛玉)이 계급이 존재하는 봉건사회 속에서 결국 사랑을 이루지 못하고 비극으로 끝난다는 이야기를 다루고 있다. 하지만 안타깝게도 이 작품은 완역되지 못했다[8].

---

8) 여기에는 역자의 개인적인 이유가 있을 수 있고, 신문사나 독자 등 외부적인 요인이 작용했을 수도 있다. 양건식(1918.03.21)은 〈홍루몽〉을 가리켜 "□气가 有한處"와 "支那人이라야 비로소 趣味가 有"한 곳이 많아 번역하기 아주 까다롭다고 지적하였다. 또한 〈삼국지〉, 〈수호지〉, 〈초한지〉처럼 전투적이고 자극적인 내용보다는 한 가문의 몰락을 비교적 평이하게 다루고 있어서 독자들로부터 큰 호응을 얻기 어려웠다. 어쩌면 양건식이 〈홍루몽〉 번역을 멈추게 된 가장 중요한 원인이 바로 이 시원치 않은 독자의 반응이었을지도 모르겠다. 그 근거는 양건식의 영향을 받은 장지영(張志暎)(1932.03.29)이 1932년에 〈홍루몽〉을 번역하면서 쓴 序에서 찾아볼 수 있다. "우리 조선 사람은 보통으로 소설을 볼 때 그 결구와 묘사에 문예적 가치가 있느냐 없느냐함에는 조금도 착안을 아니하고 다만 그 내용적 사실이 착잡하고 인과보응이 분명해야만 이것을 재미있다고 해서 비로소 독자의 환영을 받게 됩니다. (몇)년 전에 역자가 처음 소설을 번역해서 발표할 때에도 독자로부터 이러한 말이 있었습니다. 〈홍루몽〉은 너무 잔소리가 많아. 어디 맺힌 사실이 있어야 하지 그저 계집아이들하고 속살거리는 잔사

양건식이 비록 〈홍루몽〉 연재를 다 마치지는 못했지만, 그렇다고 중국 문학에 대한 애정이 식었거나 당대 지식인으로서 마땅히 가져야 할 사회적 책임까지 그만둔 것은 아니었다. 양건식은 마치 절치부심이라도 한 듯, 이듬해인 1919년 1월 15일부터 다시 매일신보에 〈기옥(奇獄)〉을 연재하기 시작했다. 이 작품의 원제는 〈춘아씨(春阿氏)〉로 중국 백화 신문의 기자인 렁포(冷佛)가 베이징(北京)에서 일어난 실제 사건을 바탕으로 소설화한 것이다. 그것도 〈홍루몽〉의 국한문 번역에서 한 걸음 더 나아가 순국문체로 번역을 시도하였다. 또한 당시 독서계의 주류였던 고전 소설 대신, 중국 근대 소설을 선택했다는 점에서도 그의 중국 문학에 대한 폭넓은 이해와 애정을 엿볼 수 있다. 이 작품의 줄거리를 살펴보면, 남녀 주인공이 서로에게 연모의 정을 품고 있지만 부모의 뜻에 따라 다른 사람과 결혼하게 되고 그로 인해 비극적 결말을 맞이하게 된다는 내용이다.

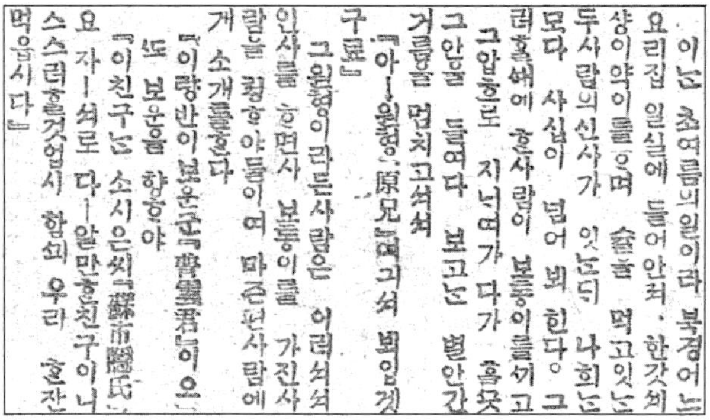
이는 초여름의일이라 북경어는
요리집 일실에 들어안져ㆍ한갓셰
샹이약이를ᄒᆞ며 술을 먹고잇는
두사람의신사가 잇는ᄃᆡ 나희는
모다 사십이 넘어 뵈힌다。그
러ᄒᆞᆫ즁에 ᄒᆞᆫ사람이 보통이를끼고
그압흐로 지너가다가 흠끗
그안을 들여다 보고는 별안간
거름을 멈치고셔셔
『아ㅡ원형(原兄)이ᄃᆡ그셔 뵈입겟
구료』
그원형이라ᄂᆞᆫ사람은 어리셔셔
인사를 ᄒᆞ면사 보통이를 가진사
람을 칭ᄒᆞ야들이며 마즌편사람에
게 소개를ᄒᆞᆫ다
『이량반이 보운군(普雲君)이오』
또 보운을 향ᄒᆞ야
『이친구ᄂᆞᆫ 소시은씨(蘇市隱氏)ㅡ
요 자ㅡ셔로 다ㅡ알만ᄒᆞᆫ친구이니
스스러ᄒᆞᆯ것업시 함ᄭᅴ 우라 ᄒᆞᆫ잔
먹읍시다』

〈사진 1-1〉 순국문체로 번역된 소설 〈기옥〉

설뿐이야. 늘 그 소리가 그 소리뿐이야." 장지영이 〈홍루몽〉을 번역했던 1930년에도 이런 반응이 있었다고 한다면, 양건식이 〈홍루몽〉을 현대어로 처음 소개한 1918년에의 독자 반응은 더욱 미적지근했을 것이 분명하다.

한편, 양건식의 〈기옥〉이 매일신보 1면에서 연재되던 무렵, 4면에서는 육정수(陸定洙)가 번역한 중국 근대 소설 〈옥리혼(玉梨魂)〉이 연재되고 있었다. 〈옥리혼〉은 1912년에 쉬전아(徐枕亞)가 지은 소설로, 당시 중국에서 선풍적인 인기를 끌었다[9]. 작품의 줄거리를 살펴보면, 이루어질 수 없는 사랑으로 힘들어 하던 여자가 병으로 죽고 남자도 결국 신해혁명(辛亥革命)에서 목숨을 바친다는 이야기를 담고 있다. 고전 소설 위주였던 조선 사회에서 중국 근대 소설을 번역했다는 점에서 큰 의미가 있다고 하겠다.

이상의 줄거리를 살펴보면, 표면적으로 모두 남녀의 사랑과 결혼에 대해 이야기하고 있지만, 낡은 전통과 유교 사상이 팽배한 이 시기에 연애와 결혼에 있어서 여성이 겪는 부당함을 다루었다는 점에서 그렇게 간단하게 볼 수 있는 작품이 아니다. 이희정은 이 작품을 가리켜 "자유연애를 주창하는 그들의 주장을 담아, 그들이 계몽시키고자 하는 지식인 독자를 대상으로 하는 계몽소설[10]"이라고 표현했다. 즉, 양건식은 〈속황량〉에서부터 〈기옥〉까지 일관되게 계몽을 통한 구제도의 타파와 개혁을 주장한 것이다. 또한 이선영이 육정수를 가리켜 "독립협회 운동 속에서 성장하여 애국 계몽기에 활약한 기독 청년 운동의 원조[11]"라고 한 점으로 볼 때, 육정수 역시 〈옥리혼〉 번역을 통해 계몽과 애국을 시사하려 했음을 알 수 있다.

제2 태동기(1920-1926)는 문화정치시기(1920-1930)와 제2차 조선

---

9) 그 당시에 〈옥리혼〉은 말 그대로 베스트셀러였다. 2년이라는 짧은 기간 동안 무려 10판이 발매될 정도였고 판매부수로 따지면 일본 소설 〈불여귀(不如歸)〉의 판매량과 비슷했다.
10) 이희정(2008:246).
11) 이선영(1989:358).

교육령(1922-1937)이 실시된 전반기를 일컫는다. 이때는 문화정치의 일환으로 내지연장주의(內地延長主義)[12]에 입각한 교육이 이루어졌는데, 그 대표적인 예로 조선인의 국내 대학 입학이 확대되었다는 점을 꼽을 수 있다. 그래서 이때는 신세대 지식인층이 대폭 확대되었고 이들이 적극적으로 외국 문물을 받아들이면서 자연스럽게 번역 작품이 증가하게 되었다. 또한 앞선 10년보다 어느 정도 언론, 집회, 출판이 허용된 까닭에 1920년에는 총독부의 매일신보에 대응하는 민간지로서 동아일보(東亞日報), 조선일보(朝鮮日報), 시사신문(時事新聞)[13]이 간행되었고, 1924년에는 시대일보(時代日報)가 간행되었다. 아래에서 이 시기에 각 신문에 연재된 번역 소설에 대해 살펴보도록 하자.

먼저 동아일보에서는 〈부평초(프랑스)〉, 〈엘렌의 공(미국)〉, 〈붉은 실(영국)〉 등이 연재되었고, 조선일보에서는 〈초련(러시아)〉, 〈부운(러시아)〉, 〈백발(영국)〉 등이 연재되었다. 또 매일신보에서도 〈희생(이탈리아)〉, 〈어디로 가나(폴란드)〉, 〈완환(영국)〉 등 서양 소설이 집중적으로 소개되었다. 세 신문사 모두 중국 소설보다는 서양 소설 번역에 더 집중하고 있는 것을 알 수 있다. 이를 두고 박진영은 "일시적으로 중국 소설의 번역에 편중된 것일 뿐 다시 서양 소설로 되돌아간 것[14]"이라

---

12) 명목상으로는 조선인과 일본인간의 교육기회균등을 보장하고 있으나, 그 이면에는 일본식 교육을 강화하여 내선일체(內鮮一体), 일시동인(一視同人)을 이루고 나아가 황국신민으로 동화시킴으로써 민족정신을 말살하고 항일투쟁을 무력화시키려는데 그 목적을 두고 있다. 김영봉(2007:53).

13) 1920년에는 3대 민간지로서 동아일보, 조선일보, 시사신문이 창간되었다. 하지만 시사신문은 1년도 채 되지 못해서 폐간을 맞이했다. 박용규(2008:8)에 따르면 현재 시사신문은 약 10일치 정도가 남아있으며, 학예란에서 외국 소설이 번역되어 실린 것을 확인할 수 있다고 한다. 하지만 친일적 성향으로 인해 큰 성과를 얻지는 못했는데, 그 예로 당시에 구독을 거부하는 사람들이 문 앞에 "시사신문불견(時事新聞不见)"을 써 붙일 정도였다.

고 분석했다. 그도 그럴 것이 양건식의 번역이 시작되기 전까지는 주로 일본 소설과 서양 소설이 번역, 연재되었기 때문이다[15]. 이 같은 원인 은 서양 문화 소개를 위주로 한 독자 유치 전략에서 찾을 수 있다. 동아 일보와 조선일보는 신생 신문사로서 10년 동안 독점적 위치를 선점해 온 매일신보에 적지 않은 부담을 느낄 수밖에 없었다. 그래서 각각 창 간 취지로 "문화주의"와 "신문명진보주의"를 내세우며, 서양 문화가 우월한 문화로 받아들여져야 하며 이에 따른 신문화 건설이 필요하다 고 주장했다. 그리고는 독자들이 비교적 쉽게 받아들일 수 있는 연재소 설로 이를 실현하고 독자들을 유인하였다. 즉, 당시 진부한 중국 고전 소설이나 상대적으로 덜 유명한 중국 근대 소설을 연재하던 매일신보 와는 달리, 전 세계적으로 유명하고 인정받는 작품들을 전면에 내세운 것이다. 이에 매일신보도 새로 생겨난 두 신문사가 여간 신경 쓰이지 않을 수 없었고 역시 같은 방식으로 이 문제를 해결하고자 하였다. 이 것은 시대일보도 마찬가지였다. 시대일보 역시 1924년 3월 31일에 창 간하면서 4월 1일부터 양건식이 번역한 모리스 르블랑(Maurice Leblane)의 추리소설 〈협웅록(프랑스)〉을 연재하였다. 이광수(李光洙) 가 "朝鮮 유일의 中華劇硏究者요 번역자"라고 극찬한 양건식을 전면 에 내세움으로써 독자 유치에 나선 것이다. 실제로 이 덕분인지는 몰라 도 시대일보는 창간 초기에 독자들로부터 꽤 큰 호응을 얻었다.

　이러한 서양 소설 위주의 번역 양상을 깨고 다시 중국 소설 연재에

---

14) 박진영(2010:21).

15) 1910년부터 1918년까지 매일신보에서는 모두 9편의 소설이 번안 또는 번역되 었다. 이 중에는 일본 소설이 4편, 서양 소설이 5편으로 서양 소설이 1편 더 많았다. 〈쌍옥루(일본)〉, 〈장한몽(일본)〉, 〈눈물(일본)〉, 〈만고기담(이슬람, 18세 기에 프랑스어로 번역된 뒤부터 각국어로 번역)〉, 〈단장록(일본)〉, 〈형제(영국)〉, 〈정부원(영국)〉, 〈해왕성(프랑스)〉, 〈홍루(프랑스)〉.

불을 지핀 이는 역시 양건식이었다. 양건식은 〈협응록〉 번역을 마친
뒤, 1925년 1월에 〈홍루몽〉 재번역에 나섰다. 아무래도 1918년에 〈홍
루몽〉을 완역하지 못한 것이 큰 미련으로 남았던 듯싶다. 하지만 〈석두
기(石頭記)〉라는 제목으로 시도한 두 번째 번역도 아쉽게 완역을 하지
는 못했다. 그 뒤, 같은 해 8월에 〈목양애화(牧羊哀話)〉를 번역하여 연
재하기도 하였지만, 역시 완역하지는 못했다. 〈목양애화〉는 궈모뤄(郭
沫若)의 작품으로 일제강점기의 조선을 배경으로 하고 있으며 마찬가
지로 독자들에게 애국과 계몽을 시사하고 있다16).

한편, 이 시기에는 개벽(開闢), 삼천리(三千里), 동명(東明), 신민(新
民) 등의 잡지도 생겨났다. 그러나 신문과 마찬가지로 셰익스피어
(William Shakespeare)의 〈햄릿(Hamlet)〉으로 대표되는 서양 소설이
주로 연재되었을 뿐이다. 중국 소설로는 양건식이 개벽에 소개한 〈신
선술(神仙術)〉과 〈서운(瑞雲)〉 등을 겨우 찾아볼 수 있었다17).

이상의 소설을 종합하면, 〈신선술〉을 제외한 나머지 작품에서 공통
점을 찾아볼 수 있다. 모두 여성을 전면에 내세워 불합리한 연애와 결
혼제도에 대해 이야기하고 있다는 점이다. 즉, 이 시기의 작품들은 〈속
황량〉부터 〈서운〉까지 일관되게 계몽을 통한 구제도의 타파와 개혁을
주장하고 있다. 그래서 학계에서는 이들 역자와 작품을 가리켜 계몽

---

16) 한지연(2008:78-79)은 〈목양애화〉를 가리켜 "애국지사와 친일파라는 상반되는
   한인 형상을 통해 애국지사 한인들의 투쟁과 희생이 결코 헛되지 않다는 점을
   부각하는 작품이다. 즉 애국지사 한인들이 지닌 긍정적 가치를 부각시키고 이에
   반대되는 친일파 한인들은 사회악으로 간주하여 독자들에게 경각심을 불러일으
   키는 것"이라고 하였다.

17) 〈신선술〉은 노력은 하지 않고 도술을 익혀 편하게 살고자 하는 어리석은 인간
   심리를 묘사하고 있고, 〈서운〉은 계모에 의해 부잣집의 첩이 될 수밖에 없는
   운명의 여성이 진정한 사랑과 결혼의 의미를 찾게 된다는 이야기를 다루고 있다.

작가, 계몽 소설이라고 하였다[18]. 이상의 내용을 바탕으로 태동기에 번역된 중국 소설을 표로 정리하면 다음과 같다.

〈표 1-1〉 태동기 중국 소설 번역 목록

년도	출처	원작	작품명	역자
1915	불교진흥회월보	聊齋志異	續黃粱	양건식
1918	매일신보	紅樓夢	紅樓夢	양건식
1919	매일신보	春阿氏	奇獄	양건식
1919	매일신보	玉梨魂	玉梨魂	육정수
1924	개벽	聊齋志異	神仙術	양건식
1924	개벽	聊齋志異	瑞雲	양건식
1925	시대일보	紅樓夢	石頭記	양건식
1925	시대일보	牧羊哀話	牧羊哀話	한꽃[19]

18) 박숙자(2008:143)는 양건식을 가리켜 "민족주의적 계몽을 얘기하는 작가"라고 하였고, 이희정은 그의 작품을 가리켜 "자유연애를 주창하는 그들의 주장을 담아, 그들이 계몽시키고자 하는 지식인 독자를 대상으로 하는 계몽소설"이라고 하였으며, 양은정(2016 : 53)은 〈옥리혼〉 등을 가리켜 "홍루몽류 계몽소설"이라고 하였다.

19) 〈목양애화〉의 역자는 "한꽃"이라는 필명을 사용하였는데, 한꽃에 대해서는 지금까지 알려진 바가 없다. 여기서 필자는 한꽃이 양건식의 또 다른 필명일 것으로 조심스럽게 추정해 보았다. 첫째, 당시 시대일보는 후발 주자로서 독자 유치에 신경이 쓰일 수밖에 없는 입장이었다. 그래서 창간 초기부터 전문 번역가인 양건식과 염상섭(廉想涉)을 내세워 서양 명작을 소개하는데 힘을 쏟았다. 한꽃이 이렇게 중요한 시기에 소설 연재를 할 수 있었던 것으로 볼 때, 굉장히 명성 있는 번역가였을 것으로 추론해 볼 수 있다. 둘째, 당시 중국 소설 번역은 시대의 흐름에 부합하는 것이 아니었다. 당시는 모든 신문사에서 서양 명작을 경쟁적으로 소개하던 때였으므로 양건식 같은 중국 문학 대가가 아닌 이상에야 신문사에서 쉽게 부담이 큰 중국 소설 연재를 허락하지 않았다. 그렇다면 한꽃은 양건식에 버금가는 중국 문학 전문가였다는 추론이 가능한데, 당시에 양건식에 견줄만한 중국 문학 전문가는 거의 전무했다. 셋째, 양건식은 훗날(1932년) 월간지 동방평론(東方评论)에 〈금강산애화(金剛山哀话)〉라는 제목으로 〈목양애화〉를 번역, 연재하였다. 양건식이 1918년에 국여(菊如)라는 필명으로 〈홍루몽〉을 연재

이때는 중국 소설이 본격적으로 번역되던 시기이다. 비록 서양 소설 번역에 밀려 일시적인 현상에 그쳐야했지만, 중국 문학 번역의 태동이라는 점에서 볼 때 아주 중요한 시기라고 할 수 있다. 특히 양건식으로 시작해서 양건식으로 끝났다고 할 정도로 양건식의 활약이 굉장히 두드러졌다. 양건식은 스스로를 "중국학도"라고 할 정도로 중국 문학에 대한 높은 애정을 드러내며 중국 고대 문학과 근대 문학을 번역하고 소개하였다. 만약 양건식이 없었다면 한국 근대 시기에 중국 문학 번역은 더 늦게 태동했을 것이 분명하다. 또한 이상의 작품들이 대부분 애국이나 계몽을 시사하고 있다는 점에서 볼 때, 당시 중국 소설 번역이 어느 정도의 사회적 역할까지 수행했음을 알 수 있다.

1.2 발전기

발전기(1927-1936)는 병참기지화 및 전시동원시기(1930-1945)의 전반기와 제2차 조선교육령(1922.2-1938.3)이 실시된 후반기를 일컫는다. 당시 중국은 내부적으로는 정권이 불안정하고 또 외부적으로는 일본과의 껄끄러운 관계가 지속되어 전 세계적으로 큰 이목을 모으고 있는 상황이었다. 특히 일본은 1931년 만주사변(滿洲事變)을 일으켜 중국 대륙으로의 침략을 개시하면서 조선을 자신들의 침략 전쟁 수행을 위한 병참기지로 삼았다. 그래서 이 시기에는 중국의 정치, 경제,

---

하고, 1925년에는 백화(白華)라는 필명으로 〈석두기〉를 연재한 것으로 비춰볼 때, 그가 〈금강산애화〉를 연재하기 전에 이 작품을 다른 필명과 다른 제목으로 번역했을 가능성도 충분해 보인다. 이를 근거로 볼 때, 한꽂은 양건식만큼 명성 있는 번역가이자 중국 문학 전문가이며, 마찬가지로 궈모뤄의 소설 〈목양애화〉에 관심을 가졌던 사람이라는 결론이 나온다. 양건식과 여러모로 닮아있다고 할 수 있다.

군사, 외교 등 큰 사건부터 중국인의 생활, 풍습, 제도, 요리와 명승지 등 작은 부분까지 소개하는 내용들이 눈에 띄게 증가하였다. 이것은 일제가 현장에 바로 투입할 수 있는 인재를 육성하기 위해 좀 더 실용적인 내용으로 교육하려 했음을 의미한다. 실제로 1932년에는 부분 개정된 교육령을 통해 중국어를 선택 과목으로 새롭게 추가하는 등 앞으로의 대륙 침략에 대비하는 모습을 보여 주었다. 이 같은 사실은 당시에 창작된 소설에도 고스란히 나타나 있다. 당시에 탄생한 소설의 배경이 조선인의 만주를 비롯한 중국으로의 이동을 다룬 것이 대부분이었는데, 소설속의 인물들은 모두 일본어와 중국어에 능숙했다. 예를 들어, 1934년에 현진건(玄鎭健)이 쓴 〈적도(赤道)〉속의 주인공은 마지막에 중국으로 떠나면서 좀 더 나은 미래를 꿈꾸고 있다. 또 1935년에 김말봉(金末峯)이 쓴 〈밀림(密林)〉속에는 김말순이라는 인물이 등장하는데, 그녀는 한중일 3개 국어를 능숙하게 구사하며 빼어난 통역 솜씨를 자랑하고 있다. 즉, 이 당시의 조선인은 자의적으로든 타의적으로든 중국과 관련을 맺고 있었고, 이것은 자연스럽게 중국 소설을 읽는 것으로 이어졌다.

그럼 이 시기에는 중국 소설이 대량으로 번역, 출판되었던 것일까. 아래는 김성근(金聲近)이 동아일보에 쓴 논평의 일부이다.

> 飜譯文學의 樹立이 우리 文學의 質的向上을 爲하여 急務의 하나인 것을 느끼는 바이다……중략……朝鮮에 있어서 飜譯文學이 存在 못하고 있다는 事實……중략……一年을 가도 이렇다 할 飜譯小說 하나 찾기 힘든 것이 우리의 文壇 아닌가[20].

---

20) 동아일보(1930.10.09).

위 기사를 통해 당시에 외국 소설이 번역은 되었지만 출판까지 이어진 것은 아니었음을 알 수 있다. 이것은 당시 일제의 심의를 받아야만 출간할 수 있었던 조선의 출판계 상황도 주요 원인으로 작용했지만 독자들의 성향 변화도 소설 출판에 적지 않은 영향을 끼친 것으로 나타났다. 스스로를 "1920년에 서점을 낸" 판매업자라고 밝힌 정동규(丁東圭)는 당시 독자의 성향을 두고 다음과 같이 평론했다.

> 三一運動을 前後로 新文藝運動이 勃起한 後에……중략……朝鮮文으로 쓴 雜誌 單行本 팜플레트 等의 販賣率은 一時 새로운 勢力으로 日進하는 傾向이 보이더니 요즘 와서는 아주 完全히 店鋪에 購讀者의 足踪이 끊어져 가는 寂寞을 느끼게 된다……중략……여기에는 몇 가지 怪異한 流行적 讀者의 態度를 엿볼 수가 있다. 이것이 決코 筆者의 偏見이 아닌 것을 自信하며 曰 "朝鮮文 書籍은 볼 것이 없다"는 單純한 解釋을 가지고 學生層及多數文學靑年層이 日文書籍에 손을 대는 까닭이라 한다. 寒心한 者 가운데는 朝鮮文 書籍을 읽음을 큰 부끄림으로 여기는 者도 있다[21].

이때는 이미 20년 넘게 일제의 지배 아래에 있었던 터라 다수의 독자들이 일본어에 익숙해졌고 이들이 상위문화에 이끌리는 현상이 나타났다. 그러다보니 자연스럽게 조선어 번역물은 팔리지 않게 되고 결국에는 조선어 번역물의 출판 감소로 이어지게 된 것이다. 또한 이와 비슷한 이유로 번역 소설 가운데서는 〈무쇠탈〉, 〈해왕성〉, 〈부평초〉 같은 서양 작품들이 독자들에게 높은 인기를 얻을 수밖에 없었다. 하지만 아무리 일본어 서적과 서양 작품을 즐겨 읽는 사람이라고 하더라도 당시 급변하는 사회를 이해하기 위해서 신문 구독은 필수였다. 그래서

---

21) 동아일보(1933.09.01).

단행본의 판매량은 줄어든 반면, "新聞讀者는 日益增加"하는 현상이 나타나게 되었다. 그리하여 역자들은 단행본보다는 잡지와 신문에 연재하는 방식으로 번역 작품을 소개하였다. 아래에서 이 시기에 번역, 소개된 중국 소설 목록을 살펴보도록 하자.

〈표 1-2〉 발전기 중국 소설 번역 목록

년도	출처	원작	작품명	역자
1926	신민	水滸傳	新譯水滸傳	양건식
1927	동광	狂人日記	狂人日記	유기석
1928	동아일보	水滸傳	新釋水滸傳	윤백남
1929	개벽사	頭髮的故事 외 14편	中國短篇小說集22)	미상23)
1929	중외일보	西遊記	新譯西遊記	동유생
1929	매일신보	西湖佳話	斷橋奇聞	양건식
1929	매일신보	三國演義	三國演義	양건식
1930	조선일보	阿Q正傳	阿Q正傳	양건식
1930	조선일보	紅樓夢	紅樓夢	장지영
1930	중외일보	傷逝	愛人의 죽음 -渭生의 手記	정래동
1931	동아일보	江湖奇俠傳	江湖奇俠傳	맹천24)
1932	동광	奶奶	中國 할머니	최창규
1932	중앙일보	紅樓夢	紅樓夢	장지영
1932	동방평론	牧羊哀話	金剛山哀話	양건식
1933	제일선	在酒樓上	在酒樓上	김광주
1933	조선중앙일보	楚漢志	楚漢軍談項羽	윤백남
1934	동아일보	少林奇俠傳	武術原祖 中國外派武俠傳	이규봉
1935	매일신보	玉梨魂	恨綿綿	읍홍생
1935	삼천리	狂人日記	狂人日記	유기석
1936	조광	故鄕	故鄕	이육사
1936	월간야담	剪燈新話	剪燈新話	양건식

위의 〈표 1-2〉를 토대로 이 시기에 나타난 중국 소설 번역 특징을 간단하게 살펴보면 다음과 같다.

첫째는 지속성을 꼽을 수 있다. 1926년부터 1936년까지 10년에 걸쳐 꾸준히 20여 편의 번역이 이루어졌다.

둘째는 출처, 역자 및 작품의 장르와 내용이 다양화된 것을 들 수 있다. 먼저 번역 작품이 실린 출처를 살펴보면, 특정 매체에서만 번역, 연재된 것이 아니라 모든 매체에서 앞 다투어 중국 소설을 연재한 것을 알 수 있다. 태동기 때, 몇몇 매체에서 일시적으로 중국 소설을 소개했던 것과는 확연한 차이가 느껴진다. 또한 여러 잡지에서도 중국 소설이 소개되고 출판사에서 단행본이 발간되는 등 그 출처가 다양해졌음을

----

22) 1929년 1월에 개벽사(开辟社)에서 출판한 〈중국단편소설집(中国短篇小说集)〉은 일제강점기에 출판된 유일한 중국 근대 소설집이자 개벽사에서 출판한 두 개의 단행본 중에 하나이다. 다른 하나는 1922년에 방정환(方定焕)이 번역한 〈사랑의 선물〉이다. 이 책은 이듬해에 5판이 발매될 정도로 베스트셀러였다. 이것으로 볼 때, 비록 〈중국단편소설집〉의 정확한 판매부수를 알 수는 없지만 "출판업도 이윤추구를 목적하는 사업이기 때문에, 상업성·대중성 높은 서적을 중심으로 출판계가 형성되는 것은 당연"하므로, 꽤 많은 부수가 판매되었을 것으로 유추할 수 있다. 유석환(2007:25)참조. 〈중국소설단편집〉에 실린 작품 목록은 아래와 같다. 〈두발 이야기(주노신)〉, 〈아란의 모친(양진성)〉, 〈범위내에서(경심)〉, 〈깨끗한 봉투(풍문병)〉, 〈서울의 공화(포백영)〉, 〈광명(남서희)〉, 〈양봉회신(엽소균)〉, 〈이혼한 뒤(풍숙란)〉, 〈민불료사(진대비)〉, 〈선상(서지마)〉, 〈소설의 결국(사빙심)〉, 〈내 아내의 남편(아심냉)〉, 〈초어스름에 온 손님(노은)〉, 〈구약삼장(허흠문)〉, 〈화지사(숙화)〉.

23) 그동안 〈중국단편소설집〉은 양건식의 작품으로 알려져 왔고 많은 서적과 논문에서 그대로 인용되어 온 것이 사실이다. 그러나 최근 들어 양건식에 대한 연구가 활발해지면서 박진영(2014:234) 등에 의해 실제 번역가가 양건식이 아니라는 새로운 주장이 제기되었다. 그래서 이 책에서는 이 작품의 역자를 미상이라고 하였다.

24) 맹천(孟泉)은 박건병(朴健秉)의 아호이다. 그는 주시경(周时经) 선생의 문도로서 조선어를 연구하였고 후에는 민족운동에도 참여하였다. 그러나 안타깝게도 1932년 괴한들에 의해 피살되었다. 동아일보(1932.01.31)참조.

알 수 있다.

　다음으로는 역자의 다양화를 들 수 있다. "중국문학 1인자"로 불렸던 양건식을 필두로 윤백남(尹白南), 동유생(東遊生), 장지영(張志暎), 정래동(丁來東), 최창규(崔昌圭), 김광주(金光洲), 이규봉(李圭鳳), 읍홍생(泣紅生) 등과 같은 많은 문인들이 중국 소설 번역에 참여하였다. 이것은 중국 소설이 이제 소수가 아닌 다수에 의해 향유되었음을 의미한다. 또한 이미 마흔을 넘긴 양건식을 이어나갈 이십대의 젊은 인재 정래동, 김광주 등의 유입은 앞으로의 중국 문학 번역에 밝은 미래를 안겨주었다. 그러나 다른 문인들과는 달리 지금까지 동유생, 읍홍생에 대해서는 밝혀진 것이 거의 없고, 〈중국소설단편집(中國小說短篇集)〉의 경우에도 역자 미상으로 알려져 있어 앞으로 연구가 요구되는 바이다.

　또한 작품 장르와 내용의 다양화도 빼놓을 수 없다. 우선 중국 고전 소설을 비롯해서 여러 장르의 근대 소설이 번역되었다. 〈수호지〉, 〈서유기〉, 〈삼국지〉, 〈홍루몽〉 같은 중국 4대 기서(奇書)부터 중국 근대 문학의 창시자이자 대표 작가인 루쉰(魯迅)의 〈아Q정전(阿Q正傳)〉과 〈상서(傷逝)〉 그리고 당대 최고의 베스트셀러인 〈강호기협전(江湖奇俠傳)〉, 〈소림기협전(少林奇俠傳)〉이 번역되어 실렸다. 이중에서 맹천(孟泉)이 번역한 〈강호기협전〉은 1927년에 중화민국에서 첫 출판한 최신 무협 소설로 당시에 아주 큰 인기를 얻었다. 일부에서는 이 작품을 가리켜 한국 최초의 번안 무협 소설이라고 주장하기도 한다[25]. 뿐만 아니

---

25) 얼마 전까지만 해도 한국 최초의 현대적인 무협 소설 번안작을 김광주(金光洲)가 1961년 경향일보에 연재한 〈정협전(情俠传)〉으로 보았다. 이 작품은 대만 작가 웨이츠원(尉遲文)이 쓴 〈검해고홍(劍海孤鴻)〉을 번안한 것이다. 그 뒤, 이진원(2008)이 〈한국무협소설사〉를 펴내면서 한국 최초의 현대적인 중국식 무협소설은 1934년에 이규봉이 동아일보에 연재한 〈무술원조중국외파무협전(武术原祖中国外派武侠传)〉이라고 소개하였다. 이 작품은 중국의 수송(寿松)이라는 스님

라, 쉬전야의 작품이 〈한면면(恨綿綿)〉이라는 제목으로 연재된 것도 눈
여겨 볼만하다. 역자인 읍홍생이 원작의 이름을 소개하지 않아 1919년
에 육정수가 번역한 〈옥리혼〉과 비교해 보았는데, 두 작품 모두 동명소
설을 원작으로 하고 있었다. 이를 통해 당시에 쉬전야의 작품도 조선에
서 큰 인기를 얻었음을 알 수 있다.

　한편 이 시기에 번역, 연재된 작품의 내용적 특징을 살펴보면 태동기
와는 조금 다른 양상을 엿볼 수 있다. 앞에서 언급했듯이, 태동기에는
주로 계몽과 애국을 목적으로 한 중국 소설 번역이 이루어졌다. 이것은
근대로 넘어가는 개화기의 시대적 특징과 나라를 잃은 국민으로서 가
지는 당연한 감정의 표출이라고 볼 수 있다. 이러한 시대적 요구는 발
전기까지 이어져 루쉰의 작품 번역으로 나타났다. 루쉰은 당시 봉건주
의적 전통에 반대하고 자유사상을 고취함으로써 제국주의적 행태를 비
판했다. 그러면서 곳곳에 만연해 있는 낡은 정신과 민족성을 계몽하여
중국인들이 새로운 자세로 세계무대에 당당히 나설 수 있기를 기대했
다. 이러한 그의 작가 정신은 작품에도 고스란히 나타났는데, 이것은
당시 조선 사회와 조선인들에게 반드시 필요한 사상이었다. 그래서 이
시기에는 여러 역자들에 의해 루쉰의 작품이 번역된 것을 알 수 있다.
먼저 김시준은 유기석(柳基石)이 번역한 〈광인일기(狂人日記)〉를 가리
켜 "외국인이 번역한 최초의 노신(루쉰) 소설[26]"이라고 하였다. 유기석
은 자신의 필명을 루쉰의 본명을 따서 유수인(柳樹人)으로 할 정도로
그에 대한 존경심을 드러냈다. 또한 양건식은 "封建的 社會制度에 反
抗하여 因循姑思 頑迷固陋한 國民性을 痛恨하였다……중략……守舊

　　이 쓴 〈소림기협전(少林奇俠傳)〉을 번안한 것이다. 그렇다면 이보다 3년이나 앞
　　서 번역된 〈강호기협전〉은 한국 최초의 중국 무협 소설 번역작이 된다.
26) 김시준(1998:193).

社會의 여러 가지 弱點을 暴露하여 中國 國民의 愚頑을 顯示하고 때로
는 舊思想 舊道德의 反抗을 試하였다[27]"라고 루쉰의 작품을 소개하였
고, 정래동은 "중국 전통의 억압과 인습에 맞서 싸운 자유로운 반항
정신의 소유자[28]"라고 루쉰을 이해하였다. 하지만 이와 동시에 일제강
점기가 20년 넘게 진행된 발전기에는 〈강호기협전〉, 〈소림기협전〉 같
은 무협 소설과 〈수호지〉, 〈삼국지〉, 〈초한지〉 등의 영웅호걸을 주인공
으로 하는 전쟁 소설들이 많이 번역된 것을 알 수 있다. 아무래도 많은
사람들이 당시의 상황에 어쩔 수 없이 순응하거나 또는 현실에 대한
희망과 기대를 잃어버리게 되면서 계몽적인 소설보다는 흥미와 쾌락을
위한 작품을 찾게 되었기 때문으로 해석할 수 있다. 예를 들어, 〈강호기
협전〉은 몸에 도술을 익힌 협객들이 사면팔방으로 다니며 힘센 자를
누르고 약한 자를 도와주는 이야기를 그리고 있다. 또 〈삼국지〉는 각지
에서 내놓으라 하는 영웅호걸들이 모여 기묘한 전략과 전술로 전국
통일을 위한 전쟁을 벌이는 이야기이다. 이들은 사람을 울리는 연애
소설이나 복잡한 사회 소설보다 비교적 쉽게 읽을 수 있고 또 대리만족
을 줄 수 있다는 장점을 가지고 있다. 김현은 이 같은 현상이 "비개성적
허무주의"에서 비롯된 것으로 독자들은 이들 작품을 읽음으로써 "이유
모를 불안감으로 휩싸여 있는 그들의 세계에서 도피하여 동면의 시간
을 즐긴다. 그 동면의 시간 동안 그들은 아무런 고통을 당함이 없이
자신의 적을 무찌르고, 자신을 동료들로부터 빼내며, 지배하는 者의
쾌감을 만끽[29]"할 수 있다고 하였다. 실제로 번역자인 맹천 역시 머리

---

27) 동아일보(1935.03.12).
28) 최진호(2016:42).
29) 김현(1969:303).

말에서 "내가 이 책을 읽을 때에 미상불 스스로 글 가운데의 사람이 되어보매 저절로 어깨가 으쓱하여지고 기운이 나서 팔을 뽐내고 주먹을 불끈 쥐기도 하며 읽다가 말고 술을 한잔 부어 쭉 들이어 마시기도 하였습니다……중략……이 책을 번역하여 뜻있는 독자에게 소개하노니 모름지기 불평에 우는 이와 문약에 빠진 이들이 이 책을 읽으시고 나와 같은 느낌이 있게" 되기를 바란다고 하였다. 즉, 이 시기의 무협 소설과 전쟁 소설은 독자들로 하여금 억압적인 현실 세계로부터 빠져나와 자유롭게 상상할 수 있게 만드는 통로이자 현실과는 정반대의 세계에 대한 욕구 표출의 도구였다고 할 수 있다. 다시 말해, 이 시기에는 계몽 사업을 통한 자유와 독립에 대한 열망을 드러낸 작품이 번역된 한편, 20년이 넘게 진행된 식민 지배로 인해 패배주의를 해소할 수 있는 작품도 많이 번역되었음을 알 수 있다.

〈사진 1-2〉 삽화가 곁들어진 양건식의 〈삼국연의〉

마지막 특징으로는 번역 소설 연재 방식의 풍부화를 들 수 있다. 이 시대에는 1910년대와는 달리 번역문에 삽화가 곁들어진 작품이 많이 등장했다. 윤백남의 〈신석수호전〉을 비롯해서, 동유생의 〈신역서유기〉, 양건식의 〈삼국연의〉, 맹천의 〈강호기협전〉, 장지영의 〈홍루몽〉 등은 모두 삽화가 곁들여 있어서 독자들에게 더욱 생생하게 내용을 전달해주었다.

　이상의 분석을 통해, 이 시기에 신문, 잡지, 출판사 등 여러 매체를 통해 다양한 작품이 소개된 것을 알 수 있다. 또한 중국 근대 문학이 거의 발표와 동시에 조선에서 번역된 점으로 볼 때, 당시 양국의 이동과 교류가 비교적 활발했음도 알 수 있다. 특히 역자가 직접 원작자와 만나는 현상도 나타났다. 예를 들어, 유기석은 1922년 7월에 루쉰을 방문하였고, 번역 작품이 나온 뒤인 1928년 9월에도 루쉰을 방문하였다30). 또한 정래동은 1926년 무렵 루쉰의 강연을 직접 청강하였고 1930년에 그의 작품을 번역하였다31). 이육사도 1933년 6월에 상하이(上海)에서 루쉰을 만났고 1936년에 〈고향(故鄕)〉을 번역하였다32). 뿐

---

30) 루쉰의 일기를 통해 유기석의 방문을 확인해 볼 수 있다. 1922年7月24日 : 朝鮮柳君　辻武雄君先后来访。　1928年9月1日 : 午后时有恒　柳树人来　不见。김시준(1998:201-205)참조.

31) 정래동은 루쉰에 대해 다음과 같이 회고했다. "魯迅은 그해 여름에 北京에 와서 讲演을 하였었다. 笔者는 이 机会를 놓쳐서는 魯迅을 다시 볼 기회가 없겠다고 쫓아갔더니 벌써 讲堂은 大满員이요 魯迅은 벌써 坛 위에서 서 있었다.------중략------그때는 여름이라 (노)氏는 모시 두루마기에 坛 위에는 낡은 '파나마'가 놓여 있었고 머리는 오래 깎지 않아서 空中을 쑤시고 있는 것이 恰似 病後의 外貌나 獄中에서 곧 나온 사람과 비슷하나 그 다문 '입'이라든지 주름살 잡힌 '이마' 양쪽 '광대뼈'에는 堅決한 內心이 나타나 보여서 雪中에 孤淸한 梅花 등걸과 비슷하였었다." 동아일보(1935.05.03).

32) 이육사는 1933년 6월 딱 한 차례 루쉰과 조우하였다. 그는 루쉰과의 만남을 다음과 같이 회상했다. "노신(루쉰)은 R씨로부터 내가 조선 청년이라는 것과 늘 한번 대면의 기회를 가지려고 했더란 말을 듣고 외국의 선배 앞이며 처소가 처소인만큼 다만 근신과 공손할 뿐인 나의 손을 다시 한 번 잡아줄 때는 그는 매우 익숙하고 친절한 친구이었다." 조선일보(1936.10.23).

만 아니라, 잡지 혹은 신문의 특성상 독자의 의견이 비교적 많이 반영
된다는 점에서 비춰볼 때, 독자 역시 적극적으로 중국 소설을 소비한
것을 알 수 있다. 즉, 당시에 역자, 출판 매체, 독자가 모두 중국 소설의
생산, 유통, 소비에 굉장히 적극적이었음을 알 수 있다. 한편, 루쉰 등의
작품을 통해 조선에서 꾸준히 애국, 계몽을 시도했던 점도 주목할 필요
가 있다. 비록 편수가 많지는 않지만, 훗날 조선에서 루쉰의 소설을
읽는 것이 금지될 정도였으니 당시 루쉰 소설이 조선에 끼친 영향을
가히 짐작해 볼 수 있을 것이다. 이와 동시에 이 시기에는 태동기 때의
정치, 계몽적 번역 목적에서 벗어나, 소설 그 자체로서 중국 소설이
번역, 소비되었다. 무협 소설 같은 재미를 추구하는 작품이 번역되었는
데 이것은 문학계에 있어 괄목할 만한 발전이 아닐 수 없다. 이때는
태동기와는 비교가 될 수 없을 정도로 질적, 양적인 성장을 가져왔기에
현대 한국어로의 중국 소설 번역사에 있어서 아주 중요한 단계라고
할 수 있다.

1.3 정체기

정체기(1937-1945)는 병참기지화 및 전시동원시기(1930-1945)의
후반기와 일본이 제3차(1938-1943), 제4차(1943-1945) 조선교육령을
발표한 시기이다. 이 시기에는 다시 출판과 언론 등이 엄격히 제한을
받았으며 학교에서는 전쟁 준비를 위한 인재 양성을 목표로 한 교육이
이루어졌다. 그래서 제3차 조선교육령에서는 조선어가 선택과목으로
바뀌었고 제4차 조선교육령에서는 이 마저도 완전히 폐지되었다. 반
면, 외국어 과목에서 중국어가 정식 과목으로 도입되는 등 중국어 교육
은 날로 중시되는 경향이 나타났다. 뿐만 아니라 학교 이외의 야학 등

에서도 중국어를 배울 수 있었는데 신문에서 학생을 모집하는 광고를
심심찮게 찾아볼 수 있었다.

> 시내청년회에서 오는 十五일부터 四개월 동안 야학으로 지나어강
> 습회(支那語講習會)를 열터인데 四개월을 마치면 보통 회화를 할 수
> 있는 정도로 되리라하며 상세는 동회와 상의함이 좋겠다 한다[33].

하지만 그럼에도 불구하고 이 시기에는 발전기와는 대조적으로 번
역 수량이 대폭 줄어든 것을 알 수 있다. 그 이유를 몇 가지 살펴보면
다음과 같다.

첫째, 중국 소설은 그동안 신문과 잡지를 통해 번역, 소개되었다. 하
지만 일제강점기 말기에 접어들면서 조선총독부는 다시 언론, 출판,
집회, 결사에 대한 단속을 강화하였고, 이런 강압에 못 이겨 1937년에
조선중앙일보(朝鮮中央日報)가 폐간되고, 1940년에는 동아일보와 조
선일보가 폐간되었다. 또한 1941년에는 잡지 통폐합의 협의를 통해
문예 잡지들이 일제히 폐간되었고, 그나마 살아남은 잡지들은 그들의
선전 도구로 이용되었다. 이렇듯 그동안 중국 소설의 생산, 유통, 소비
에 핵심적인 역할을 담당하던 매체들이 사라지면서 그 활로가 막히게
되었고, 결국 중국 소설 번역도 줄어들게 되었다.

둘째, 이때는 일제가 중국과의 전쟁을 전후한 시점이라 국내 출판
사정이 좋지 않았다. 특히 1937년 중일전쟁이 발발하면서 조선 사회
전체는 또 다시 비상사태에 접어들게 되었고, 출판계 역시 주춤하게
되었다. 이 같은 사실은 아래의 신문 기사를 통해 확인할 수 있다.

---

33) 매일신보(1938.12.10).

하기야 때가 從前에 없든 非常時요……중략……그 前보다 못하더
라도 너무 못해서는 뒷날 出版文化의 隆盛할 때가 到來하더라도 再起
할 수가 있을는지가 자못 疑心 되는 것이다34).

이것으로 볼 때, 중일전쟁이 조선에도 큰 영향을 끼쳤고, 자연스럽게
출판계의 불황으로 이어진 것을 알 수 있다. 또 이러한 불황 속에서
가장 타격을 받은 것은 다름 아닌 중국 소설 번역이었다.

지나사변 관계로 (인)하여 조선문 출판문화에 어떠한 영향이 있는
가는 여러 방면에서 주목을 하고 있는 중인데……중략……작년에 비
하야 약 二활의 감소를 보였다……중략……특히 이채를 끄는 것은 보
통 장거리에서 보는 지나 문학 등 서적에서의 번역물이 현저히 줄어서
종래 一千부를 인쇄하던 것이 七百부니 五百부도 출판하는 것이 현재
의 상태이고35).

이상의 내용만 보더라도, 1938년에는 1937년보다 출판 상황이 더
여의치 않은 것을 알 수 있다. 특히 일제가 중국과 전쟁을 벌이고 있는
상황에서 중국 소설을 번역한다는 것은 쉽지 않은 작업이었을 것이다.
특히 교전국이라는 이유로 중국 서적을 금서(禁書)로 정했는데 여기에
는 정치적 색채가 짙은 쑨원(孫文)의 서적이외에 루쉰의 작품도 포함되
었다. 그러다 보니 이를 번역하는 사람이나 이를 출판하는 사람이 줄어
들 수밖에 없었다. 이것은 일제가 1935년에 국제연맹을 탈퇴하면서
서양 문학의 번역이 줄어들게 된 것과도 일맥상통한다36).

34) 동아일보(1937.12.16).
35) 동아일보(1938.12.24).
36) 1935년을 분수령으로 하여 그 전후의 (번역문학)소계를 내보면, 1935년 이전은
    잡지 735, 단행본 12, 1935년 이후는 잡지 159, 단행본 8로 나타난다. 잡지·단행

셋째, 독자의 성향 변화 역시 큰 원인 가운데 하나였다. 이때는 앞선 발전기 때보다 일본어에 익숙한 사람이 더 많이 늘어났다[37]. 또한 학교에서 중국어 교육이 이루어지면서 굳이 한국어로 번역된 중국 소설을 읽을 필요가 없어지게 되었다. 이를 증명하듯, 이 당시 도서수입량 통계를 보면 다른 해외 작품들의 수입량은 줄어든 반면, 중국 도서 수입량은 크게 늘어난 것을 알 수 있다[38]. 독자들이 일본어에 이어서 중국어도 원문으로 직접 읽고자 하는 성향이 생겨난 것이다.

넷째, 이 시기에는 발전기 때부터 중국으로의 유학이 인기를 끌면서 중국과 중국 문학을 이해하는 연구자 및 전문가들이 대량으로 배출되었다. 이들은 단순히 중국 문학을 번역하는 것에 그치지 않고 중국 문학을 분석하거나 평론하는 것에 더욱 열중했다. 그래서 비록 당시 중국 소설이 많이 연재되지는 않았지만, 정래동, 김광주, 이달(李達) 등이

본을 막론하고, 1935년 이후는 급강하하는 현상을 드러내고 있는데, 거기에는 일제가 1935년에 국제연맹에서 탈퇴하여 영미를 위시한 독일·이탈리아 이외의 국가들에 대한 적대행위 결과 조성된 서구문화 배격과 그 통제의 피해를 가장 예민하게 받은 식민지로서의 입장이 가장 으뜸가는 원인이다. 한국민족문화대백과사전(http://encykorea.aks.ac.kr).

37) 1939년의 제3차 교육령으로 학교에서 조선어 과목을 없애고 한글이나 한국어를 사용하는 학생은 엄한 체벌을 가하게 했다. 이는 일상생활에서도 한국어, 한글을 쓰지 못하게 하는 식으로 점점 엄격해져서, 1945년 해방이 될 당시에 15세 미만의 청소년은 한글을 쓸 줄 모름은 물론, 한글이라는 글자가 존재한다는 사실조차 모르는 경우가 태반이었다. 김우창(2003:59).

38) 今年一月부터 八月까지에 輸入된 外国图书를 大藏省調查에 依하면 総数三百九十一万二千餘册으로 前年同期의 三百五十六万五千册에 比하면 約三十四万七千餘册이 만하……중략……아직도 斷然 首位는 英语로 百五万七千餘册, 다음은 支那语의 四十三万八千餘册, 独逸语의三十六万六千餘册, 佛兰西语의十四万一千餘册, 露西亚语의七千餘册의 順序로 이를 前年同期에 比하면 英语는 約廿一万册이 減少되고 反对로 支那语가 約十九万七千册, 独逸语가 三万三千册이 增加된것은 時局关系의 탓일 것이다. 동아일보(1938.12.24).

연재한 중국 문학 소개나 중국 문단 및 작가와 관련된 논평은 자주 찾아볼 수 있었다. 또 이 시기에 알려진 중국 문학 연구가인 김태준(金台俊)은 중국 문학 전공자로서 비교문학적 관점에서 한문 소설을 주로 연구하였고39), 유기석은 중국으로 완전히 무대를 옮겨 교편을 잡고 학술 연구에 매진하였다. 이상의 사회적 배경을 바탕으로 아래에서 당시의 소설 번역 상황을 살펴보도록 하자.

〈표 1-3〉 정체기 중국 소설 번역 목록

년도	출처	원작	작품명	역자
1937	동아일보	三國演義	少年三國志	이걸
1938	야담	東周列國志	五羊皮	박태원
1938	소년	聊齋志異	요술꾼과 복숭아	박태원
1938	월간야담	聊齋志異	覺世名言	양건식
1938	조광	今古奇觀	賣油郎	박태원
1938	야담	今古奇觀	杜十娘	박태원
1938	야담	今古奇觀	黃柑子	박태원
1938	사해공론	東周列國志	亡國調	박태원
1938	야담	今古奇觀	芙蓉屛	박태원
1939	월간야담	紅線傳	紅線傳	양건식
1939	인문사	今古奇觀 외	支那小說集40)	박태원
1939	조선일보	三國演義	三國志	한용운
1941	신시대	三國演義	新譯三國志	박태원
1942	조광	水滸傳	水滸傳	박태원
1943	신시대	西遊記	西遊記	박태원

---

39) 문학과사상연구회(1999:18)는 김태준에 대해 "연암 박지원의 소설뿐만 아니라, 중국 문학의 방계를 이루는 한자 소설들, 『장화홍련전』등 기타 공안류 소설들 및『춘향전』과 같은 작품들"을 다루었다고 하였다.

40) 〈지나소설집(支那小說集)〉에는 〈매유랑(賣油郎)〉, 〈오양피(五羊皮)〉, 〈두십랑(杜

　이상의 〈표 1-3〉을 바탕으로 이 시기에 나타난 중국 소설 번역 특징
을 세 가지로 요약할 수 있다.

　첫째, 일제의 관리, 감독이 다시 엄격해지면서 중국 근대 문학 작품
에 대한 번역이 제한을 받게 되자, 이 시기에는 역자들이 다시 중국
고전 소설 번역으로 눈을 돌리는 현상이 나타났다. 〈삼국연의(三國演
義)〉, 〈요재지이〉, 〈동주열국지(東周列國志)〉, 〈금고기관(今古奇觀)〉,
〈홍선전(紅線傳)〉, 〈수호지〉, 〈서유기〉가 번역되었는데, 이들은 모두
조선시대부터 꾸준히 번역되어온 가장 대표적인 중국 고전 소설이다.
그중에서도 〈삼국지〉가 무려 3편이나 번역된 것을 알 수 있다. 먼저
이걸(李傑)의 〈소년 삼국지〉는 소년을 대상으로 하고 있어서 내용과
번역투가 상대적으로 부드러운 것이 눈여겨 볼만하다. 한용운(韓龍雲)
의 〈삼국지〉는 양건식의 〈삼국연의〉와 더불어 "그동안 구소설 번역이
가진 투박함에서 벗어나 세련된 번역 기법을 구사하여 삼국지 텍스트
의 근대화 과정을 보여주는 판본41)"으로 평가받고 있다. 또한 박태원
의 〈신역 삼국지〉는 "세련된 현대어 문장이 번역 과정에서 구수한 의
고문장과 결합하여 독특한 미적 성취에 도달"42)하였다고 평가받았다.
일제강점기에 나온 〈삼국지〉 번역본 연구에서 절대 빠질 수 없는 아주
중요한 작품들이다. 여기에는 주로 전쟁이나 환상이 가미된 비현실적
인 내용이 녹아 있어, 앞선 시기와 마찬가지로 허무주의의 일환에서
나타난 독서 성향을 엿볼 수 있다. 한편 이상의 작품들을 저항 소설이

十娘)〉, 〈망국조(亡国调)〉, 〈양각애(羊角哀)〉, 〈귀곡자(鬼谷子)〉, 〈상하사(床下
士)〉, 〈황감자(黄柑子)〉, 〈부용병(芙蓉屏)〉, 〈동정홍(洞庭红)〉의 단편 10편이 수록
되어 있다.
41) 조성면(2005:87).
42) 윤진현(2005:109).

라고 평가하며 또 다른 애국계몽주의 소설의 발현이라고 주장하는 학자들도 적지 않다. 예를 들어, 유창진은 "양산박의 호한들은 민중을 대표하는 존재로서, 관핍민반(官逼民反)이라는 민중의 저항의식과 희망이 성공적으로 반영되고 있다. 이와 같은 저항의식은 물론『삼국지』에서도 나타난다.……중략……도원에서 결의를 맺고 군사를 일으킨 것은 일종의 민중적 봉기에 가깝다. 유비 삼형제에 대한 독자들의 지지는 부패한 정치권력과 불평등한 사회에 대한 민중적 항의와 분노[43]"가 담겨있다고 하였다.

둘째, 박태원(朴泰遠)으로의 세대교체를 꼽지 않을 수 없다. 그동안 중국 소설 번역을 선도해 온 이는 단연 양건식이었다. 태동기에 양건식의 등장으로 중국 소설이 현대어로 조선에 소개되었는데, 그는 고전과 근대 소설을 넘나들며 중국 문학에 대한 넘치는 사랑을 보여주었다. 또한 당시 서양 소설과 일본 소설에 편중되어 있던 많은 이들을 중국 소설로 이끈 것 역시 양건식이었다. 그런 양건식의 번역 활동은 1939년을 전후하여 끊기게 된다. 그리고 1944년에는 매일신보를 통해 양건식의 사망 소식이 전해졌는데[44], 이때 등장한 것이 바로 박태원이었다. 당시 많은 이들이 중국 소설 번역을 포기하고 학술 연구나 논평에 집중한 것과 달리, 이 시기 박태원은 활발한 번역 활동을 펼치기 시작한다. 〈홍루몽〉을 제외한 중국 4대 기서 번역에 나섰을 뿐만 아니라, 〈지나소설집(支那小説集)〉을 편찬하기도 하였다. 그가 이렇게 중국 소설 번역

---

43) 유창진(2012:390).
44) 백화 양건식 씨는 七일 오전 十시 분에 홍파정 백九십 번지 자택에서 별세하였는데 향년 五십五 세다. 씨는 중국 문학의 권위로 소설의 번역 등 저서가 많으며 ……중략……소화 십삼 년에 병을 얻은 이래 자택에서 치료중이던바 이번에 별세한 것인데. 매일신보(1944.02.08).

에 뛰어든 것에 대해, 양건식으로부터 독서지도 혹은 중국 고전 소설에
대한 지식과 한문 교육을 받은[45] 박태원이 그를 계승하려고 했던 것이
아니었을까 짐작해 볼 수 있다. 그러면서도 양건식과는 차별점을 두며,
자신만의 노선을 걸어가고자 했던 모습도 엿볼 수 있다[46]. 어찌되었든
박태원이 아니었다면 일제강점기 중국 소설 번역은 양건식을 끝으로
막을 내려야 했을 것이 분명한 만큼, 이 시기 박태원의 등장은 중국
소설 번역 연구에서 결코 빠질 수 없는 중요한 부분이 아닐 수 없다.

  셋째, 각 신문사에서 경쟁적으로 번역되던 서양 소설을 비롯한 중국
소설은 태평양전쟁(太平洋戰爭)과 중일전쟁(中日戰爭)으로 인해 모두
자취를 감추고 말았다. 대신 이때에는 20여년 넘게 추진한 국내 문학계
의 계몽과 진흥으로 조선 문인들에 의해 탄생한 성인을 대상으로 하는
창작 소설과 청소년을 대상으로 하는 소년 소설이 그 자리를 메우게
되었다. 그중에서도 특히 소년 소설이 많이 연재되었는데, 이것은
1937년 이후 "일제의 극심한 탄압으로 일반문단에서 글을 쓸 수 없었
던 일반 성인 작가들이 대거 청소년 소설[47]"을 쓰게 되면서 나타난
현상으로 풀이할 수 있다. 이 점을 반영하듯, 비록 그 수량이 많지는
않지만 1937년에 연재된 이걸의 〈소년 삼국지〉 역시 소년을 독자 대상
으로 하고 있어서 이런 현상이 창작 소설과 번역 소설을 가리지 않고

----

45) 구보학회(2008:12-14).

46) 무엇보다 박태원은 양건식의 시대와 다른 역사적 조건에 처했으며 박태원의 세
   계문학, 중국문학이라는 것도 양건식의 입지나 시각과 구분되는 세계문학, 중국
   문학일 수밖에 없었다.――중략――양건식이 고른 이야기와 거의 겹치지 않으
   며 번역 방식도 상당히 달랐다. 고전이라는 의식에서 출발한 양건식이 종내 야
   담의 프레임을 돌파하지 못했다면 박태원은 처음부터 고전의 권위보다 이야기
   의 흐름에 초점을 맞추어 재편성하거나 개편하는 과감한 길을 걸었다. 박진영
   (2014:237-247).

47) 최배은(2005:55).

나타난 것을 알 수 있다. 또한 1938년에 연재된 박태원의 〈요술꾼과 복숭아〉도 지나 동화로 명명되어 있어 당시 상황을 잘 나타내준다.

〈사진 1-3〉 이걸의 〈소년 삼국지〉

민간지가 폐간된 뒤에는 신시대(新時代), 조광(朝光) 등 잡지에서 중국 소설이 연재된 것을 알 수 있다. 그렇다면 매일신보는 어땠을까. 1945년까지 다시 매일신보만이 한국어 신문으로서 발행되었다. 중국 관련 작품 중에서 그나마 눈에 띄는 것은 린위탕(林語堂)의 에세이를 한설야(韓雪野)가 〈북경의 날〉이라고 3차례에 걸쳐 소개한 것[48]과 이석훈(李錫薰)이 〈지나의 지성〉이란 제목으로 5차례에 걸쳐 소개한 것을 그나마 찾아볼 수 있었다. 이석훈은 작품 소개에 앞서 다음과 같이

---

48) 한설야(1940.07.09)는 이 작품에 대해 "支那 当代의 一流 文化 批判者인 林语堂 의 이作은 支那 어느 作家의 作品에도 지지 않을 만큼 支那의 雰囲气도 또 支那 人의 肉身도 精神도 잘 나타내고 있다"라고 소개하였다. 또한 박태원(1940. 06.01)도 이 작품을 번역하며 "이 小说은『义和团事件』으로 하여 资产家 姚一族 이 故乡 杭州로 避难을 가는데서부터 이야기가 시작된다. 原作의 副題目으로『支 那近代生活의 小说』이라 써있는 바와 같이 支那의 家庭生活이 어떠한 것인가, 그 结婚风习은 어떠하고 主从关系는 어떠하며 北京은 어떠한 곳이고 支那의 文 明은 어떻게 변해가고 있는 것인가, 또 그 가운데 젊은 男女는 어떻게 恋爱하고 어떻게 살아가는 것이며 어떠한 生活의 享乐이 支那人에게는 있는가…대체 없는 것이라고는 없는 巨作이다"라고 덧붙였다.

연재 이유를 밝혔다.

> 支那事變이 勃發한 以來 급작스레 支那와 및 支那人乃至支那文化
> 란 것에 對하여 一般으로 關心이 높아지고 이를 硏究하려는 風이 盛
> 해진 것은 必然之勢라 하겠다……중략……이러한 때에 마침 林語堂의
> 『리틀·크리티크』(小評論)가 『支那의知性』(喜人虎太郎譯)이라 題하여
> 和譯되어 興味있는 『支那人의支那觀』을 가장 率直하게 그리고 『유모
> 러스』하게 提示하고 있다. 나는 그中에서 『支那의 民衆』『支那人의리
> 알리즘과 유ㅣ모어』『支那文化의 精神』 등 세 가지 論文에서 支那의
> 높은 知識人이 支那 自身을 如何히 보고 批判하고 있는가? 하는 것을
> (내 自身의 感想을 揷入하면서) 簡單히 紹介하려고 한다[49].

이를 통해 당시 일본과 조선에서는 중국 소설보다는 당대 중국의 지식인을 통해 중국인과 중국 상황을 이해하고자 했음을 알 수 있다. 이와 마찬가지의 이유로, 외국인이 객관적으로 바라본 중국이라는 이유로 펄벅(Pearl Buck)의 작품 〈대지(The Good Earth)〉도 조선에서 큰 인기를 얻었다[50]. 당시 정래동은 이 작품에 대해 "魯迅이나 巴金 魯彦 張大翼 等의 小說에 나오는 支那 農村은 比較的 朝鮮 農村의 生活과 비슷한 点도 不少하여서 支那 農村의 特異性을 摘出하는데 困難할 때 가 많은데 女士의 作品中 人物 王龍, 阿蘭, 王虎, 王淵 等은 참으로 支那人이고나 할만치 感歎하게 된다.------중략------支那人이 그려낸 支那人은 特殊性이 적고 支那 以外의 作家가 쓴 小說의 主人公은 도

---

49) 매일신보(1940.08.11).
50) 이 작품은 1940년 김성칠(金聖七)에 의해 "조선어"로 번역되고 영화 역시 상영 되었는데 시사회와 좌담회까지 개최될 정도였다. 그리고 검열에 의해 성공하지 는 못했지만 이 작품을 연극으로 만들어 무대에 올리려는 움직임도 있었다. 이 금선(2011:17).

리어 支那人의 特徵이 如實하게 나타51)"났다고 극찬한 바 있다. 이로
써 중국 대륙 침략을 위한 준비가 중국의 정치, 경제, 군사, 외교 등을
위주로 소개했던 신문 보도뿐만 아니라, 문학 작품을 통해서도 대대적
으로 이루어진 것을 알 수 있다.

1.4 소론

본 장에서는 일제강점기 35년 동안 소개된 중국 소설 목록을 통해
당시의 번역 상황을 개괄적으로 살펴보았다. 먼저 태동기에는 주로 중
국 고전 작품이 많이 출판되었는데, 그 전에 유통되던 것을 재출판한
것으로 보인다. 그러다 1910년대에 양건식이 〈속황량〉과 〈홍루몽〉 등
의 연재를 시작하면서 중국 소설은 현대식 번역의 길로 들어서게 된다.
비록 서양 소설에 밀려 일시적인 현상에 그쳐야했지만 중국 소설 번역
사에서 볼 때 아주 중요한 시기라고 할 수 있다.

그 다음 발전기가 시작되는 1920년대 말에는 시시각각 변화하는 중
국의 국내외 사건으로 인해 사람들의 이목이 집중되면서 양건식을 중
심으로 윤백남, 정래동, 유기석, 김광주, 장지영 등이 중국 소설 번역에
뛰어들게 된다. 그래서 이때는 오랜 시기에 걸쳐 다양한 장르의 작품이
번역되었다. 또한 독자들 역시 앞선 시기와는 달리 적극적으로 중국
소설을 소비하게 되면서 질적, 양적으로 큰 성장을 가져왔다.

하지만 활기를 띤듯했던 중국 소설 번역은 1937년에 발생한 중일전
쟁으로 인해 다시 정체기를 맞이한다. 민간지를 비롯한 다수의 잡지가
폐간되면서 그 유통 활로가 막히게 되었고 일제의 감시가 심해져 번역

---

51) 동아일보(1938.11.15).

수량이 크게 줄어들게 된 것이다. 그래서 이때는 다시 중국 고전 소설이나 소년을 대상으로 하는 소년 소설의 형태로 번역이 이루어졌다. 물론 중국을 알고자 하는 시도는 계속되었다. 중국의 지식인이나 외국인의 관점에서 중국을 보다 객관적으로 다룬 작품들이 주로 소개되었다.

한편, 본 연구를 통해 동유생, 읍홍생 등의 작가와 〈강호기협전〉, 〈소림기협전〉 등의 작품을 찾을 수 있었다. 이상의 작가와 작품들은 지금까지 제대로 된 연구가 이루어지지 않고 있어서, 앞으로 더 많은 이들이 관심을 갖고 연구할 필요가 있겠다.

제1장의 분석을 통해 이 시기에 수많은 번역가들이 배출된 것을 알수 있었다. 이들이 없었다면, 당시에 중국 소설이 한국어로 번역되어독자들에게 소개되지 못했을 것이다. 이렇듯 번역에 있어서 역자의 역할은 그 무엇보다 중요하다. 그래서 역자를 가리키는 수식어가 적지않다. 대표적인 것으로 "역자는 하인"이라는 말이 있다. 역자는 작자와독자를 위해 존재하는 하인으로 일복이주(一僕二主)라는 표현을 쓰기도 한다[1]. 또 다른 표현으로는 "중매인"이 있다[2]. 작자와 독자를 이어주는 역자의 역할을 강조하는 것으로 하인이라는 표현보다는 조금 순화된 느낌을 준다. 이보다 한층 고급스러운 표현으로는 "문화운반자"가 있는데, 한 언어와 그 작품이 가진 고유의 문화를 다른 언어로 옮긴다는 측면에서 나온 수식어이다. 반대로 한 언어로 된 작품을 다른 언어로 완벽하게 표현하는 것이 불가능함을 강조하며 역자를 가리켜 "반역자"라고 부르기도 한다. 뿐만 아니라, 역자라면 누구나 번역의 질에대한 평가를 피할 수 없으며, 출판사를 위한 이익 창출까지 신경 써야

---

1) 劉桂兰(2015:196).

2) 궈모뤄(郭沫若)는 "처녀는 마땅히 존중받아야 하고, 중매인은 마땅히 자제시켜야 한다(處女应当尊重, 媒婆应当稍加遏抑)"라고 하였고, 마오둔(矛盾)은 "좋은 중매인은 추천하고, 거짓말 하는 중매인은 비판해야 한다(推荐好的媒婆, 批评说谎的媒婆)"라고 하였다.

하기 때문에 번역이 결코 쉬운 작업이 아니다. 이런 측면에서 볼 때, 번역 이론이 제대로 정립되지 않고, 또한 출판에 대한 감시가 그 어느 때보다 엄격했던 일제강점기에 독자들에게 중국 소설을 소개했던 이들은 분명 위대한 인물들임에 틀림이 없다. 이 시기의 역자들을 간단하게 살펴보면 태동기에 양건식(梁建植), 육정수(陸定洙)가 있었고, 발전기에 양건식, 유기석(柳基石), 윤백남(尹白南), 장지영(張志暎), 정래동(丁來東), 김광주(金光洲), 이규봉(李圭鳳), 이육사(李陸史) 등이 있었으며, 정체기에 양건식, 이걸(李傑), 한용운(韓龍雲), 박태원(朴泰遠) 등이 있었다. 이들은 저마다의 동기와 목적으로 번역 대상을 물색하고 한국어로 소개하였다. 아래에서 각 시기에 나타난 대표적인 역자를 꼽아 간단하게 살펴보도록 하자.

2.1 양건식

양건식은 일제강점기 전반에 걸쳐 활동한 중국 소설 번역가이다. 그의 활동 시기를 놓고 볼 때, 일제강점기의 중국 소설 번역은 양건식으로 시작해서 양건식으로 끝났다고 해도 과언이 아닐 정도로 이 기간 동안 두드러진 활약과 성과를 보여주었다. 또한 많은 동료와 후배들을 중국 소설 번역으로 이끈 중요한 역할을 한 인물이었기에, 이 시기에 나타난 역자를 연구할 때 양건식에 대한 소개가 빠질 수 없다.

2.1.1 생애

양건식은 1889년 8월 서울에서 출생했다. 그의 어린 시절은 잘 알려져 있지 않다. 다만 그 시대적 배경으로 미루어볼 때, 어렸을 때부터 한문을 수학하며 기본적인 독해와 작문 실력을 갖춘 것으로 보인다.

그리고 한성관립학교(漢城官立學校)를 졸업하고 각지로 유학을 다녔
다고 알려져 있다[3]. 이런 양건식의 소개와 관련하여 지금까지 몇 가지
논쟁이 끊이지 않고 있다. 첫 번째는 그의 전공과 관련한 문제이다.
앞에서 소개했듯이 그는 한성관립학교를 졸업했다고 전해진다[4]. 외국
어 학교의 특성상, 그리고 그가 중국 문학 번역과 연구에 몰두했다는
이후의 행적으로 미루어 볼 때, 그동안 그가 중국어과를 졸업했을 것으
로 으레 짐작되어 왔다. 하지만 최근 박진영의 연구에 따르면, 그가
중국어과가 아닌 일본어과를 졸업한 것을 알 수 있다[5]. 그래서 이 부분
에 대한 논쟁은 어느 정도 실마리가 풀린 듯하다.

두 번째 문제는 지금까지도 의견이 분분한 그의 중국 유학에 관한
부분이다. 그는 한성관립학교를 졸업한 뒤 각지로 다년간 유학을 다녔
다고 전해진다. 하지만 그가 정확히 언제 어디에서 유학했는지는 지금
까지 밝혀지지 않고 있다. 그래서 대부분은 그가 일제강점기 전반에
걸쳐 중국 문학에 관심을 갖고 적극적으로 번역하였을 뿐만 아니라,
실제로 중국을 종종 방문하는 등 누구보다 발 빠르게 중국 최신 문학을
소개한 것으로 비추어 볼 때, 그가 중국에서 유학했을 것이라고 막연하
게 생각해 왔다. 예를 들어, 최용철은 "그가 중국에 갔었다면 1912년
이전의 수 년 간일 것이지만, 어쨌든 정식으로 학업을 이수하고 졸업을

---

3) (양건식)氏는 京城 塔洞 出生으로 汉城官立学校를 나온 뒤 각지로 多年 游学, 官
   吏 生活 一时. 「东明」志에 「빨래하는 处女」라는 王昭君을 题材로 한 小说을 발표
   한 뒤 계속하여 中国의 小说과 剧을 연구 소개함이 많았다. 삼천리 제7권(1935.
   11.01).
4) 한성관립학교는 관립한성외국어학교(官立汉城外国语学校)를 가리킨다. 1895년
   에 개교하였고, 일어, 영어, 중국어, 독어, 불어 등을 가르쳤다. 1911년 폐교되었다.
5) (양건식은)1907년 3월에 배출된 관립한성일어학교 제9회 졸업생이다. 박진영
   (2014:231).

한 것은 아닐 것이다. 그 무렵 중국에서 경험한 그의 중국문학 세계는 결국 그를 개화 계몽기의 가장 중요한 중국문학자로 만들고 말았다[6]"라고 하였고, 박숙자는 "중국에 유학기간 동안에 전개되고 있었던 중국신문학운동을 동시대인의 안목으로 비교적 자세하게 국내에 소개한 이동적 매개[7]"라고 양건식을 평가하였다. 하지만 박진영은 이상의 논문에서 양건식이 중국 유학을 간 적이 없다고 주장했는데[8], 이 부분에

....

6) 최용철(1996:575).

7) 성현자(1999:302).

8) 박진영(위의 논문)은 그러한 근거로 다음의 몇 가지를 제시하였다. 첫째는 양건식이 일본어과를 졸업하고 일본으로 유학을 갔을 가능성이 있다고 하였다. 둘째는 그의 대표작이라고 할 수 있는 〈홍루몽(紅楼梦)〉을 비롯한 작품들이 일본어 작품을 중역한 것이라고 하였다. 그러면서 일역본을 참고하지 않고 번역한 〈아Q정전(阿Q正传)〉의 번역에 오역이 많다고 지적했다. 셋째는 양건식 본인이 중국어를 모른다고 한 부분을 근거로 들었다. 양건식(1928.02.01)은 중국 방문에 관한 에피소드를 언급하며 "나는 中国말을 알지 못함으로 인력거꾼에게 중국문자로 가는 地方을 가르쳐 주었더니 그 者는 目不识见이면서도 아무 말도 하지 않고 그저 아는 척하며 웃기만 하고 간다"라고 하였다. 그러나 필자는 최용철의 주장에 더 동의하는 바이다. 첫째, "각지로 다년 유학"이라고 한 것으로 볼 때, 그는 한 곳이나 한 나라가 아닌 여러 곳이나 여러 나라를 두루 돌아다녔을 가능성이 있다. 즉, 일본과 중국을 모두 유학했을 가능성을 배제할 수 없다. 또한 최용철의 주장처럼 학업을 이수하거나 특정 전공을 졸업한 것이 아니라 짧은 기간 연수를 한 것이라고 본다면, 여러 나라에서의 연수가 가능하다. 둘째, 중역에 관한 부분이다. 조용만(赵容万)은 일찍이 양건식이 직역을 선호하였다고 회고하였다. 고재석(2000:176)참조. 또한 양건식(1918.03.21)도 〈홍루몽〉 번역을 앞두고 최대한 원문에 충실하겠다고 언급한 바 있다. 이것으로 볼 때, 그가 중국문학을 중역했다기 보다는 원문을 직접 번역하거나 일역본을 참고로 하여 번역했다고 보는 것이 더 옳을 것이다. 셋째는 양건식의 중국어 구사 여부인데, 이상에서 양건식이 중국말과 중국문자를 철저히 구분한 것으로 볼 때, 말하기 및 독해와 작문을 분리해서 살펴볼 필요가 있다. 그가 짧은 기간 중국 유학을 했다고 가정한다면, 조선으로 돌아온 뒤 중국어 말하기 능력이 퇴보했을 가능성이 있는 것이다. 그러나 말하기 능력이 퇴보했다고 해서 그가 중국어 번역을 할 수 없는 것은 아니다. 뿐만 아니라, 양건식은 이상의 에피소드에서 다음과 같이

대해서는 앞으로 보다 신빙성 있는 자료의 발굴이 필요해 보인다.

세 번째는 그의 중역에 관한 문제이다. 사실 그가 일본어과를 졸업했다든지 중국 유학을 하지 않았다든지의 문제는 그가 중국 문학을 번역하는데 큰 장애가 되지 않는다. 당시의 지식인이라면 다들 어느 정도 한문에 대한 소양을 갖추고 있었고, 또한 유학이 아니더라도 국내에서 얼마든지 중국어 공부를 할 수 있었기 때문이다. 다만 중요한 것은 그가 중국 문학을 직역했는가, 중역(重譯)했는가, 혹은 일역본을 참고로 삼아 번역했는가 하는 부분인데, 이것은 반드시 짚고 넘어갈 필요가 있다. 예를 들어, 박진영은 그가 일본어과를 졸업하고 일본으로 유학을 갔으며 일역본을 대상으로 중국 문학을 중역했다고 주장했다. 만약 정말 양건식이 중국어를 모르며 일역본을 중역한 것이라고 한다면, 그를 과연 중한 번역자로 볼 것인지 아니면 일한 번역자로 볼 것인지 하는 새로운 문제와 마주하지 않을 수 없게 된다. 그러나 양건식이 중국어를 전혀 몰랐다고 하기에는 그의 중국 문학에 대한 해박한 지식과 높은 독해력에서 비롯된 섬세한 번역을 설명하는데 분명 한계가 있어 보인다. 뿐만 아니라 조용만(趙容萬)은 일찍이 양건식이 직역을 선호하였다고 회고하였고[9], 양건식도 〈홍루몽〉 번역을 앞두고 최대한 원문에 충실하겠다고 언급한 바 있다[10]. 이것으로 볼 때, 그가 중역을 했다기

말도 덧붙였다. "마침 日本사람 한 아이 지나감으로 반가워 日本语로 그 地方을 물었더니 그는 또 내 말을 잘못 듣고는──중략──잘못 가르쳐 주었다." 일본어과를 졸업한 양건식이 박진영의 주장처럼 일본 유학까지 마친 상태였다면 위치를 묻는 간단한 의사소통에서 이 같은 문제가 발생한 것을 좀처럼 이해하기 힘들다. 그러므로 "중국말을 알지 못"한다고 한 양건식의 표현만으로 그가 중국 유학을 한 적이 없다고 단정 짓는 것은 섣부르다고 할 수 있다.

9) 고재석(2000:176).
10) "다만 恐컨대 译者의 浅学으로 因하여 原作者에게 累를 及할가 함이라 然하나

보다는 원문을 직접 번역하거나 일역본을 참고로 하여 번역했다고 보는 것이 더 옳을 듯하다. 물론 더 정확한 사실 확인을 위해서는 앞으로 이 부분에 대한 연구가 계속해서 이루어져야 할 것이다.

〈사진 2-1〉 첫째 줄 왼쪽에 두루마기를 입고 앉아 있는 양건식

양건식은 1914년부터 불교진흥회(佛敎振興會) 거사불교운동(居士佛敎運動)에 참여하였다. 시기상으로 볼 때, 그가 학업을 마치고 각지로 유학을 다녀온 이후로 추정할 수 있다. 그 이듬해에는 불교 잡지를

此书는 朝鮮에서 由來로 难解의 作이라 称하여 第一类의 汉学者도 读破치 못한 것을 译连함인즉 江湖의 读者도 译者의 先히 着手한 点만 嘉타하여 비록 误译이 间有할지라도 深责치 아니 할 것을 □信하는 바이너와 本译者가 此小说을 译出함에 当하여 可能한 程度에서 原文에 忠实코자 하였"다고 하였다. 매일신보 (1918.03.21).

창간하는 등 적극적인 활동을 보여주었다. 그리고 문필 활동도 시작하였는데, 대표적인 작품으로는 〈석사자상(石獅子像)〉과 〈슬픈 모순〉이 있다. 그러나 중국 문학 번역과는 달리 그의 이런 창작 소설은 크게 환영 받지 못했다11). 그 뒤에 그는 본격적으로 중국 문학 번역에 몸담게 된다. 사실 양건식은 소설뿐만 아니라, 중국의 희곡, 신시도 번역했으며 중국 문학 평론에도 깊은 관심을 가졌던 인물이다. 그래서 이광수(李光洙)는 그를 가리켜 "朝鮮 유일의 中華劇研究者요 번역자"라고 극찬하였고, 조용만은 "중국문학 1인자"라고 치켜세웠으며, 박종화(朴鍾和)는 "중국문학의 통"이라고 평가하였다. 당시 그의 주요 번역 작품 및 중국 문학 평론을 표로 정리하면 아래와 같다.

〈표 2-1〉 양건식의 중국 문학 번역 및 평론

년도	출처	제목	분류
1915	불교진흥회월보	續黃粱(소설)	번역
1917	조선불교총보	小說 西遊記에 就하여	평론
1917	매일신보	支那의 小說及戲曲에 就하여	평론
1918	매일신보	紅樓夢에 就하여	평론
1918	매일신보	紅樓夢(소설)	번역
1919	매일신보	奇獄(소설)	번역
1920	개벽	胡適氏를 中心으로 한 中國의 文學革命	평론
1921	신천지	琵琶記(희곡)	번역
1922	동아일보	中國의 思想革命과 文學革命	번역
1922	동명	봄 맡은 여신의 노래(시)	번역
1923	동명	봄은 왔다(시)	번역

---

11) 고재석(2000:212). 이밖에도 박월탄(朴月灘)(1923.01.01)은 양건식의 창작 소설을 가리켜 "첫째는 심각한 묘사가 없으며(내면, 외면을 아울러 말함) 둘째로 강하고 뜨거운 울림이 없다"라고 하였다. 또 안재좌(安在左)(1933.03.01)는 "맛이 없는 것이다. 양 씨의 체격과 같이 묽을 것이다"라고 하였다.

년도	출처	제목	분류
1923	동명	登山(시)	번역
1923	동명	죽음의 誘惑(시)	번역
1923	동명	桃花扇傳記(희곡)	번역
1923	동명	내아들(시)	번역
1924	개벽	反新文學의 出版物이 流行하는 中國文壇의 奇現象	평론
1924	개벽	神仙術(소설)	번역
1924	개벽	瑞雲(소설)	번역
1924	개벽	王昭君(희곡)	번역
1925	시대일보	石頭記(소설)	번역
1925	시대일보	牧羊哀話(소설)	번역
1925	시대일보	桃花扇傳記(희곡)	번역
1925	조선문단	西廂歌劇(희곡)	번역
1925	조선문단	琵琶行(시)	번역
1926	동아일보	水滸傳 이야기	평론
1926	신민	新譯水滸傳(소설)	번역
1926	동아일보	紅樓夢 是非	평론
1927	동광	琵琶記(희곡)	번역
1929	동아일보	中國文化의 根源과 近代學問의 發達	평론
1929	매일신보	斷橋奇聞(소설)	번역
1929	매일신보	三國演義(소설)	번역
1929	신생	琵琶記(희곡)	번역
1930	조선일보	阿Q正傳(소설)	번역
1930	조선일보	中國文學革命의 先驅者 靜庵 王國維	평론
1930	동아일보	文學革命에서 革命文學	평론
1930	조선일보	中國의 名作小說-紅樓夢의 考證	평론
1930	매일신보	中國의 近代詩僧 蘇曼殊大士 一生	평론
1931	조선일보	卓文君(희곡)	번역
1931	조선일보	楊貴妃(희곡)	번역
1932	동방평론	金剛山哀話(소설)	번역
1932	문예월보	潘金蓮(희곡)	번역

년도	출처	제목	분류
1932	신생	말괄량이(희곡)	번역
1932	중앙일보	途上의 孔夫子(희곡)	번역
1935	매일신보	中國의 現代作家	평론
1935	매일신보	玉梨魂(소설)12)	번역
1935	삼천리	荊軻(희곡)	번역
1936	월간야담	剪燈新話(소설)	번역
1938	월간야담	覺世名言(소설)	번역
1939	월간야담	紅線傳(소설)	번역

이처럼 양건식은 중국 문학과 관련된 다양한 분야에서 대단한 성과를 보여주었다. 그리고 시기적으로도 가장 오랫동안 활동하였을 뿐만 아니라, 작품의 장르도 시, 희곡, 소설, 평론을 가리지 않고 두루 섭렵하

---

12) 〈옥리혼(玉梨魂)〉의 역자는 읍홍생(泣紅生)으로 전해진다. 지금까지 읍홍생에 대해서는 밝혀진 바가 없는데, 필자는 읍홍생이 양건식의 또 다른 필명일 것으로 보고 있다. 첫째, 이 작품은 〈홍루몽〉이 강하게 투영된 작품이다. 소설 전반에 걸쳐 〈홍루몽〉의 색채가 강하게 드러나고 있어서 역자가 〈홍루몽〉을 제대로 이해하지 못한다면 번역이 쉽지 않을 수밖에 없다. 당시 양건식은 〈홍루몽〉을 두 번이나 번역하고 이와 관련된 여러 편의 평론을 발표한 만큼, 이 작품에 대해 흥미를 가졌을 가능성이 적지 않다. 둘째, 발전기의 중국 소설 번역은 대체로 루쉰의 작품을 통한 애국계몽을 목적으로 하는 소설 혹은 〈강호기협전(江湖奇俠傳)〉 같은 흥미 위주의 무협 소설이 큰 인기를 모았다. 반면, 태동기에 유행하던 여성을 제재로 하는 계몽 소설은 거의 자취를 감춘 상태였다. 이러한 때에 읍홍생은 다시 이 같은 제재의 소설을 꺼내들었는데, 이는 역자의 성향을 고스란히 드러낸다고 할 수 있다. 당시 양건식은 〈홍루몽〉, 〈기옥(奇獄)〉 등의 소설 및 〈비파기〉, 〈탁문군〉 등의 희곡 등 주로 여성을 제재로 하는 작품에 아주 심취해 있었다. 이로 비추어볼 때, 양건식이 이 작품을 번역했을 가능성이 아주 농후해 보인다. 셋째, 〈옥리혼〉이 처음 번역된 것이 1919년 3월 매일신보(每日申報)를 통해서였는데, 같은 시기에 양건식도 매일신보에서 〈기옥〉을 연재하고 있었다. 이는 그가 오래전부터 〈옥리혼〉에 대해 잘 알고 있었던 것을 증명해준다. 넷째, 〈옥리혼〉 역문의 여러 군데에서 그의 번역 스타일이 엿보이는데, 이 부분에 대해서는 더 자세한 연구가 필요하므로 설명은 생략하겠다.

였다. 먼저 시는 주로 궈모뤄(郭沫若)와 후스(胡適) 등의 신시를 번역하여 소개하였다. 그 다음 희곡에 있어서는 조선에서 최초로 희곡이라는 말을 사용할 정도로 선구자적인 역할을 하였다. 〈비파기(琵琶記)〉, 〈왕소군(王昭君)〉, 〈탁문군(卓文君)〉, 〈양귀비(楊貴妃)〉, 〈반금련(潘金蓮)〉 등 제목만 봐도 알 수 있듯, 여성 캐릭터가 두드러지는 작품을 주로 번역하였다. 소설에서는 중국 4대 기서(奇書)를 비롯한 고전 및 루쉰(魯迅)과 궈모뤄로 대표되는 근대 작품을 다양하게 번역하였다. 또한 당시 중국에서 전개된 문학혁명을 그 누구보다 정확하고 발 빠르게 조선에 소개하기도 하였다. 홍학(紅學) 시비를 불러일으킨 〈홍루몽〉 등의 작품 및 중국 문학혁명에서 핵심적인 역할을 했던 왕궈웨이(王國維), 쑤만수(蘇曼殊) 등을 국내에 소개하였다. 이렇듯 양건식은 한평생을 바쳐 중국 문학을 사랑하고 연구하고 알리고자 하였다. 다시 20살의 청년이 된다면 무엇을 하겠느냐는 설문조사에서 "10년 동안 중국의 유학13)"을 가고 싶다고 서슴없이 말할 정도로 그는 중국 문학에 항상 목말라 있었다. 그랬던 그는 말년에 정신병으로 고생했다고 전해진다14). 그러다가 광복을 불과 1년 남짓 남긴 1944년 세상을 떠나고 만다. 거사불교운동과 중국 문학 번역에 매진했던 비운의 천재가 아닐 수 없다.

---

13) 동광 제8호(1926.12.01).
14) 박종화(1944.02.07)는 양건식의 죽음을 애도하며 "불행히 칠 년 전부터 정신을 상실하였다"라고 하였다. 이로 볼 때, 양건식이 대략 1938년 무렵부터 정신상에 문제가 생긴 것을 알 수 있다. 그가 정신병을 앓았던 이유에 대해서 박용식, 고재석(1991:122)은 "시대에 부응하지 못하는 중국문학을 연구함으로써 가난과 싸우지 않을 수 없었고 가정적으로도 불운"했던 것을 이유로 꼽았다.

2.1.2 양건식과 <홍루몽>

위의 〈표 2-1〉을 통해 알 수 있듯, 양건식은 일제강점기 전반에 걸쳐 수많은 중국 문학을 번역, 소개하였다. 그중에서 그와 떼려야 뗄 수 없는 작품을 꼽으라면 단연 〈홍루몽〉일 것이다. 〈홍루몽〉은 그를 본격적인 중국 문학 번역의 길로 이끈 작품일 뿐만 아니라, 그가 비록 완역을 하지는 못했지만15), 두 번이나 번역을 시도하고 여러 번에 걸쳐 이와 관련된 평론을 할 정도로 큰 애착을 가졌던 작품이다. 그렇다면 그가 이토록 〈홍루몽〉에 애착을 가졌던 이유는 무엇일까. 먼저 그가 1918년에 〈홍루몽〉 번역을 앞두고 쓴 글에 따르면, "朝鮮에 久히 支那의 小說이 轉入된 以來로 水滸傳의 譯書는 임의 世에 此一傳하거늘 此와 並稱하는 紅樓夢이 姑無함은 朝鮮文壇의 一恥16)"라고 하였다. 또 1925년에 〈석두기(石頭記)〉를 번역하면서는 "本土 中國에서는 淸

---

15) 양건식이 〈홍루몽〉 번역을 멈추게 된 가장 중요한 원인으로 시원치 않은 독자의 반응을 꼽을 수 있겠다. 양건식(1918.04.18)이 독자에게 보내는 편지에는 다음과 같은 내용이 실려 있다. "여러 读者诸氏에게 한마디 말씀하겠습니다. 다름 아니라 요사이 本小说은 아마 诸氏가 滋味가 없어하실 줄 아옵니다. 勿论 译者도 滋味없어 하는 바인즉 그렇지 안사오리까 그러나 前日 豫告하온 바와 같이 이 小说은 원체 大作인 때문에 아직 滋味가 없는 것은 웬일이냐 하면 只今은 그 局面에 伏线을 놓는 것이니 이러하고야 비로소 小说이 되는 까닭으로니 诸氏는 아직 그 意味를 모르실지라도 连续하여 잘 记忆하여 주시면 나중에 비로소 理会하실 날이 있어 무릎 치실 날이 있으리다." 또한 양건식의 영향을 받은 장지영(张志映)도 1932년에 〈홍루몽〉을 번역하면서 다음과 같이 언급했다. "우리 조선 사람은 보통으로 소설을 볼 때 그 결구와 묘사에 문예적 가치가 있느냐 없느냐 함에는 조금도 착안을 아니 하고 다만 그 내용적 사실이 착잡하고 인과보응이 분명해야만 이것을 재미있다고 해서 비로소 독자의 환영을 받게 됩니다. (몇)년 전에 역자가 처음 소설을 번역해서 발표할 때에도 독자로부터 이러한 말이 있었습니다. 〈홍루몽〉은 너무 잔소리가 많아. 어디 맺힌 사실이 있어야지 그저 계집아이들하고 속살거리는 잔사설뿐이야. 늘 그 소리가 그 소리뿐이야." 이로 미루어 볼 때, 당시 〈홍루몽〉에 대한 독자의 반응이 미적지근했던 것을 알 수 있다.

16) 매일신보(1918.03.21).

朝를 衰亡케한 小說이라 또는 人心을 頹廢케한 作品이라 하여 어지간
히 問題가 되어 있는 만큼 中國學徒의 우리로서는 이를 忽諸히 볼
수17)"없다고 평론하였다. 이로 볼 때, 양건식은 〈홍루몽〉의 문학적 가
치와 작품성에 관심을 가진 한편, 당시 중국 문학계에서 뜨거운 감자로
떠오른 〈홍루몽〉을 홍학이라는 이론적, 학문적 관점에서 살펴보고자
했던 것을 알 수 있다. 그래서 〈홍루몽〉 번역을 두 번이나 시도하고,
여러 번의 중국 문학 평론을 통해 차이위안페이(蔡元培)와 후스의 관
점을 적극적으로 소개한 것이다.

   그 다음으로 〈홍루몽〉이 가진 여러 가지 작품적 특성이 양건식의
취향에 부합했던 것을 들 수 있다. 먼저 당시 양건식은 거사불교운동에
매진하며 불교 잡지인 불교진흥회월보(佛敎振興會月報)를 펴낼 정도
로 불교에 심취해 있었다18). 마찬가지로 〈홍루몽〉은 불교적 색채가 강
한 작품으로 불교 소설로 분류되기도 한다. 예를 들어, 〈홍루몽〉의 주
요 등장인물 가운데 하나인 가석춘(賈惜春)은 인생의 덧없음을 깨닫고
출가하여 비구니가 되었고, 남자 주인공 가보옥(賈寶玉)도 인간 세상
의 이합비환(離合悲歡)을 겪은 뒤 출가하였다. 이를 통해, 〈홍루몽〉이
가진 이런 불교적 특징이 당시 양건식의 행보와 딱 들어맞았던 것을
알 수 있다. 그리고 이를 증명하듯, 양건식은 훗날 자신이 문학 활동에
참여하게 된 계기를 다음과 같이 회고하였다. "漢文을 배우다가 中國
文學을 연구하여 보자는 생각이 났고 佛書를 읽다가 宗敎에 관한 所
感을 말해 본 것이 나의 붓을 잡은 動機다19)." 이처럼 종교적인 이유도

---

17) 동아일보(1926.07.20).
18) 이광수(1924.02.01)는 이를 두고 "(양건식)君은 불교 애호자(실례인지 모르나)로
     校洞에 신축한 불교애호자 俱乐部(웃는 소리)에 가서 消日을 하신다"라고 묘사
     하였다.

양건식이 〈홍루몽〉과 인연을 맺는데 결정적인 작용을 한 것을 알 수 있다.

〈홍루몽〉이 가진 또 다른 특징으로는 사실 소설이라는 점을 꼽을 수 있다. 〈홍루몽〉은 "현실주의를 내세운 고전문학의 대작(現實主義 的古典文學巨作)20)"으로 불린다. 심지어 일부에서는 작자 조설근(曹雪芹)의 자서전이라는 말까지 나오고 있다21). 마찬가지로 양건식은 그 누구보다 사실 소설에 관심을 가졌던 작가였다. 그가 1918년에 창작한 단편 소설 〈슬픈 모순〉도 비판적 사실주의에 입각해 완성하였다. 또한 그가 1919년에 번역한 〈기옥〉도 베이징(北京)에서 일어난 실제 사건을 바탕으로 소설화한 작품이다. 이 작품의 원제는 〈춘아씨(春阿氏)〉로 실제 사건은 1906년 7월에 발생하였고, 1909년 3월에 피의자 춘아가 감옥에서 병사하면서 막을 내렸다. 춘아가 사망한 뒤에는 이 사건에 상상력을 덧붙여 완성한 필사본이 베이징에서 유행하면서 사람들의 관심을 다시 한 번 모으게 되었다. 그 뒤, 1913년에 애국백화보(愛國白話報)의 렁포(冷佛)가 이것을 신문에 연재하고 이듬해에는 소설책으로 엮어 출판하면서 당대 최고의 베스트셀러로 떠올랐다22). 뿐만 아니라, 양건식이 1935년에 번역한 것으로 추정되는 〈한면면(恨綿綿)〉도 사실

---

19) 삼천리 제7권(1935.06.01).
20) 袁世碩(1982:03).
21) 양건식(1926.09.21)은 후스가 〈홍루몽〉을 두고 작자 조설근의 자서전이라고 한 주장에 대해 다음과 같이 평론했다. "胡適 博士의 推定에 대하여 筆者는 크게 敬意를 表한다. 作者가 그만큼 滿洲 貴族의 生活을 깊이 들어가 描写할 적에는 아무리 하여도 作者 自身이 그 空気속에 있어서 깊은 経験을 가진 사람이 아니면 아니 된다.----중략----胡適 씨의 이론과 같은 것으로 참으로 作者 苦心의 痕迹을 闡明하여 이 大艺术에 대한 理解 있고 同情 있는 見解라고 하겠다."
22) 민국 5년에 2판, 민국 12년에 3판이 출판되는 등 1930년대까지 인기가 계속 이어졌고, 표점교감본이 나오기도 하였다.

소설로 볼 수 있다. 이 작품의 원제는 〈옥리혼(玉梨魂)〉으로 쉬전야(徐枕亞)가 1912년에 민권보(民權報) 복간에 연재하였다. 리종강(李宗剛)은 〈옥리혼〉에 대해 "중화민국 수립 후, 인간의 개성 의식이 감정 변화에 따라 힘겹게 탈변하는 것을 사실적으로 묘사(這成爲民國政體確立後個性意識在情感驅動下艱難脫變的眞實寫眞)23)"한 작품이라고 평가하였다. 또한 일부에서는 이 작품이 작가의 경험을 바탕으로 한 것이라고 주장하기도 한다. 이처럼 양건식의 작품 성향은 줄곧 사실주의를 따르고 있기 때문에 〈홍루몽〉이 가진 사실주의적 특징도 양건식의 번역 대상 선택에 있어서 주요 요인으로 작용한 것을 알 수 있다.

그리고 무엇보다 빼놓을 수 없는 것이 〈홍루몽〉을 통해 양건식이 나타내고자 했던 번역 목적이다. 〈홍루몽〉은 봉건제도에 억압된 인간성의 회복을 주장하는 작품으로, 특히 혼인과 애정의 자유 및 여성 존중 사상을 강조하고 있다. 즉, 양건식은 이를 통해 여성의 해방과 자유연애에 대한 주장을 펼치고자 한 것이다. 비록 양건식이 이 부분에 대해 직접적으로 언급을 하지는 않았지만, "여성 해방은 天理에 合한事24)"라고 할 정도로 평소 여성 해방에 관심이 많았던 점으로 비춰볼 때, 그가 〈홍루몽〉을 번역하는데 있어서 이러한 내용적 특징도 적지 않은 동기 부여로 작용했음을 짐작할 수 있다. 이를 뒷받침 해주듯, 양건식이 번역한 기타 작품들은 대부분 여성의 연애 및 결혼과 깊은 관련이 있는 것을 알 수 있다. 예를 들어 양건식은 〈기옥〉을 번역하면서 다음과 같이 번역 목적을 소개하였다.

---

23) 李宗剛(2010:67-68).
24) 개벽 제4호(1920.09.25).

그 結婚制度의 不完全으로 因하여 일어나는 家庭慘劇은 朝鮮에도
古來로 그치지 않고 일어나는 일이니 이는 彼我할 것 없이 一般識者
의 率先唱道하여 改良하여야 할 現代社會의 가장 緊急하고 가장 重한
일이라 하노라25).

이 뿐만 아니라, 〈한면면〉 번역에서도 그가 따로 번역 목적을 밝히지
는 않았지만, 양은정이 〈한면면〉의 작자가 당시 봉건제도가 빠르게 붕
괴하고 있는 상하이(上海) 사회와 밀접한 관계를 맺고 있었던 만큼,
이 작품이 "〈홍루몽〉보다는 진보적이지만 아직 덜 개방된 과도기적 특
성으로 국민들의 의식 향상을 더욱 채찍질하는 작품26)"이라고 해석한
것으로 볼 때, 〈한면면〉 역시 계몽을 목적으로 했던 것을 알 수 있다.
실제로 양건식은 "문학이 현실에 대한 비판과 혁신 요구, 또는 계몽의
기능을 갖춰야 된다27)"라고 생각하는 소설가이자 번역가였다. 양건식
은 번역을 통해 불합리한 혼인 제도를 개혁하고 여성 해방에 대한 국민
들의 의식을 계몽하고자 했던 것이다.

한편, 차이위안페이는 "만주족에 나라를 빼앗긴 한족은 청나라 초기
에 은연자중하면서 언젠가는 나라를 되찾으려고 노력을 기울이고 있었
으며, 누군가 반청복명(反淸復明)운동을 목적으로 『홍루몽』을 지었다
고 주장28)"하기도 하였다. 양건식은 그의 이와 같은 주장에 대해, "蔡
氏는 그 人格으로든지 그 學識으로든지 全中國의 崇拜人物인만큼 그
主張하는 말도 우리로는 자못 傾聽할 價値가 있다29)"라고 하였다. 이

---

25) 매일신보(1919.01.15).
26) 양은정(2016:53).
27) 왕녕(2013:28).
28) 강태권(2006:336).
29) 동아일보(1926.09.14).

로 볼 때, 〈홍루몽〉은 여성의 해방을 위해 국민들의 낡은 사상과 풍습
을 교화하는 목적에서 한 걸음 더 나아가, 나라의 부강과 독립을 주장
했다고도 할 수 있다.

　이를 종합해 보면, 〈홍루몽〉이야말로 양건식의 이런 작품 세계 및
성향 그리고 번역 목적 등을 가장 잘 대변해주는 작품이라고 할 수
있다. 그래서 양건식의 〈홍루몽〉 번역은 한국의 중국 문학 번역사에
있어 큰 의미를 가진다. 즉, 〈홍루몽〉은 한국에서 가장 사랑 받는 중국
문학 작품은 아니지만, 한민족이 일제식민지라는 암울한 시기를 겪는
동안 어느 정도의 계몽적 역할을 수행했던 교과서적인 작품이었던 것
이다. 또한 이 작품은 현대 한국어로 소개한 최초의 〈홍루몽〉 역본이자
조선시대부터 시작된 〈홍루몽〉 번역 계보를 이어준 작품이기 때문에
더욱 큰 의의가 있다[30]. 비록 작품이 완역되지는 못했지만, 같은 시기
장지영(張志暎)에게까지 영향을 주며 번역에 동참하도록 이끌었기
에[31] 〈홍루몽〉 역본 연구에서 절대 빠질 수 없는 보물이다.

---

30) 한국에서의 〈홍루몽〉 번역 계보를 간단하게 살펴보면, 크게 네 시기로 구분할
　수 있다. 첫 번째 시기는 조선시대이다. 이때는 〈홍루몽〉이 조선에 전래되고,
　외국어로서 전 세계 최초로 번역이 이루어졌다. 대표적인 번역작으로 낙선재본
　(乐善斋本)이 전해진다. 두 번째 시기는 바로 일제강점기이다. 양건식과 장지영
　이 〈홍루몽〉을 각각 현대적인 한국어로 번역하였다. 세 번째 시기는 해방 이후
　부터 한중수교 무렵을 가리킨다. 한국인 역자와 조선족 역자들이 각각 한국어로
　의 번역을 진행하였다. 대표적인 번역작으로 1969년에 초판된 이주홍의 〈홍루
　몽〉과 1978년에 옌볜대학홍루몽번역팀이 출간한 〈홍루몽〉이 있다. 그 이후부터
　현재까지가 네 번째 시기이다. 최용철과 홍상훈 등이 각각 〈홍루몽〉을 완역, 출
　판하였다.
31) 장지영(1932.03.31)은 〈홍루몽〉 번역에 앞서 다음과 같이 언급했다. "역자가 일
　을 시작함에 공경하는 친구 양백화(梁白华) 선생이 여러 가지로 참고 될 재료를
　대여주시고 좋은 의견을 많이 말씀해주어□ 이 일에 큰 도움을 끼치심□ 고마워
　합니다."

　마지막으로 두 차례에 걸친 〈홍루몽〉 번역은 훗날 그가 〈한면면〉을 번역하는데 결정적인 역할을 하였다. 〈한면면〉은 〈홍루몽〉을 모티브로 하여 탄생한 작품으로[32] 〈한면면〉에서 〈홍루몽〉 관련 부분을 찾는 일은 그리 어려운 일이 아니다. 예를 들어, 이 소설 제1장의 제목은 "장화(葬花)"로 주인공 허명샤(何夢霞)가 〈홍루몽〉속의 임대옥을 따라 꽃이 떨어진 것을 슬퍼하며 장사를 지낸다. 또 다른 주인공인 추이쥔첸(崔筠倩)은 스스로 〈홍루몽〉속의 가석춘(賈惜春)이 되기를 바라지만, 결국에는 가보옥의 시녀였던 청문(晴雯)처럼 세상을 떠나고 만다.

　이렇듯 〈한면면〉은 〈홍루몽〉과 떼려야 뗄 수 없는 관계를 맺고 있기 때문에 〈한면면〉 번역에 있어서 〈홍루몽〉과 관련된 부분의 번역은 상당히 중요하다고 할 수 있다. 역자가 작품의 모티브가 된 〈홍루몽〉을 얼마나 더 잘 이해하느냐에 따라 번역의 질이 달라질 수 있기 때문이다. 육정수(陸定洙)가 1919년에 번역한 것과 대조해 보면 그 차이를 더욱 분명하게 알 수 있다.

　　예(1) 林顰卿葬花, 爲千秋佳話. 埋香塚下畔一塊土, 卽我今日之模型矣.
　　림빈경이 꽃을 장사하고 천추에 가화를 지었으니 향을 묻은 무덤아래 한 덩이 흙을 더함이 오늘날의 모형이라. (육정수)
　　임대옥(林黛玉)이 꽃을 장사지낸 것은 천추에 아름다운 이야기가 되었으니 매향총(埋香塚)아래 흙 한 덩어리가 오늘날 나의 본뜰 것이 되었도다. (양건식)

---

32) 쉬전야의 작품에서 나타나는 인물 형상과 플롯 설정 그리고 감정선에는 〈홍루몽〉의 그림자가 짙게 배어 있다. 특히 그의 대표작으로 꼽히는 〈옥리혼〉이 그러하다(纵观徐枕亚的小说创作, 其人物形象, 情节设置甚至是小说中的整体情感氛围都有《红楼梦》的影子, 而这其中首当基衡的便是他的代表作《玉梨魂》). 金德芬(2014: 89).

예(2) 嫂休矣, 妹心已灰. 此后杜門謝客, 不願再問人間事. 靑燈古佛, 伴我生涯, 妹其爲紅樓夢之惜春矣.

형님 제 마음이 이미 죽었으니 문을 닫고 바깥을 사양하여 인간사를 듣기 원이 아니라 청등고불은 내 생애를 짝하고 홍루몽의 봄 아낌을 삼을지라. (육정수)

형님은 그만 두실지어다 나의 마음은 벌써 재가 된지라 이후로는 문을 닫고 손님을 사절하여 다시 인간사(人間事)묻기를 원치 아니하며 푸른 등잔 옛 부처(靑燈古佛)로 나의 생애(生涯)를 벗할지니 나는 홍누몽(紅樓夢)의 석춘(惜春)이 되리로다. (양건식)

〈홍루몽〉은 "중국 문화의 백과사전"이라고 불릴 정도로 많은 인물이 등장한다. 양건식은 이 작품이 "235명의 남자와 213명의 여자[33]"로 구성되었다고 하였다. 예(1)은 "林顰卿"으로 임대옥을 나타낸 경우이다. 임대옥은 가보옥과 더불어 〈홍루몽〉속 가장 중요한 인물로 꼽힌다. 그래서 〈홍루몽〉을 읽어본 사람이라면 누구나 임대옥이라는 이름을 기억한다. 쉬전야는 작품에서 임대옥을 가리켜 "林顰卿"이라고 하였는데 이것은 〈홍루몽〉 제3회에서 가보옥이 임대옥에게 "顰顰"이라고 표자(表字)를 지어주는 부분에서 비롯되었다. 하지만 "林顰卿"이라는 이름을 자세히 기억하는 독자는 많지 않다. 이런 상황에서 육정수는 한자 독음대로 "림빈경"이라고 번역하였다. 반면 양건식은 "림빈경" 대신 독자들에게 친근한 이름인 "임대옥(林黛玉)"이라고 번역함으로써 독자들이 작품을 더 쉽게 이해하고 즐길 수 있게 하였다. 예(2)는 추이쥔 첸이 〈홍루몽〉 제115회에서 출가를 선택한 가석춘처럼 되겠다며 한탄을 하는 부분이다. 여기에서 양건식은 "惜春"을 한자 독음에 따라 "석춘(惜春)"이라고 번역했다. 반면에 육정수는 어휘의 뜻에 따라 "봄 아

---

33) 매일신보(1918.03.21).

낌"이라고 직역을 하였다. 이것은 역자가 "惜春"이 〈홍루몽〉속 등장인
물의 이름이라는 것을 모르고 번역하여 생긴 오역의 경우이다. 여기서
우리는 이상의 예문을 통해 육정수가 〈홍루몽〉을 읽어보지 않았거나
혹은 〈홍루몽〉에 정통하지 못한 상태에서 이 작품을 번역했다는 것을
알 수 있다. 그렇지 않고서야 〈홍루몽〉에서 비교적 상징적 의미를 가지
고 있는 가석춘을 모를 수가 없기 때문이다[34]. 이것은 역자가 원문과
원문이 가진 배경지식에 대해 충분히 이해하지 못하면 결코 좋은 번역
을 할 수 없음을 보여준다[35]. 그러므로 양건식이 〈한면면〉 번역에서
보여준 자연스러움과 조화로움은 모두 그의 〈홍루몽〉에 대한 깊은 이
해에서 비롯되었다고 할 수 있다. 그만큼 〈홍루몽〉은 양건식이 다른
작품을 번역하는데도 적지 않은 영향을 주었다.

2.2 유기석

유기석은 일제강점기 중반에 등장한 번역가이다. 지금까지 밝혀진
바에 따르면 그가 번역한 작품은 루쉰의 〈광인일기(狂人日記)〉가 유일
하다. 그럼에도 불구하고 그를 이 시기의 중요한 역자로 소개하는 이유

---

34) 가석춘은 금릉십이차(金陵十二釵) 중의 한 사람으로 작품 전반에 걸쳐 등장하다
  가 대관원(大观园)의 실세가 기울어가던 무렵 그 상징성을 여실히 드러냈다. 그
  녀는 왕희봉(王熙凤)과 함께 침착하게 사태군(史太君)의 장례를 치르고는 덧없는
  인생을 한탄하며 미련 없이 출가를 선택한다.

35) 우선 바르게 알리는 좋은 번역은 어떤 것일까. 바르게 알리자면 우선 번역자가
  바르게 이해하고 있어야 한다. 두말할 것 없이 '바르게 이해하고 있다'는 전제가
  붙어야 번역이 가능하다. 바르게 이해하고 있으면 그것으로 끝내 준다. 쉽게도
  재미나게도 된다. 이해를 못한 상태에서 번역의 붓을 들게 되니까 알아듣지 못
  할 소리로 비틀어댄다. 이건 상식에 속하는 사항이라 더 이러쿵 저러쿵 잔소리
  할 필요도 없다. 최근덕(1992:19).

는 훗날 그의 영향으로 나타난 조선에서의 루쉰 작품 번역 및 계몽 효과를 들 수 있다. 특히, 그는 작품에서 뿐만 아니라 실제로도 다양한 독립 운동을 실천하며 애국계몽을 몸소 보여주었던 위인(偉人)이었다.

2.2.1 생애

〈사진 2-2〉 1925년과 1938년의 유기석

　유기석은 1907년 황해도 금천(金川)에서 태어났다. 그 후 1915년에 간도로 이주하여 1918년 옌지(延吉)의 도립 제2중학에 입학하였고, 난징(南京)의 화중공학(華中公學)을 졸업한 뒤, 1924년에 베이징 조양대학(朝陽大學)에 입학하면서 역사 무대에 자신의 이름을 알리기 시작했다. 사실 유기석은 문학가라기보다는 무정부주의자로 더 많이 알려져 있다36). 조선의 안창호(安昌浩), 김구(金九)뿐만 아니라, 중국의 바진(巴金), 샹페이량(向培良), 차이위안페이, 루쉰과도 친분이 있었던 것으

로 전해진다. 그는 조선이 독립을 맞이하는 순간까지 다양한 항일 운동
을 펼쳤고, 그 노고를 인정받아 2008년 대한민국 정부로부터 독립유공
자로 추서(追敍)되었다. 공훈전자사료관에 실린 그의 공적을 소개하면
다음과 같다.

> 1926년 中國 北京에서 北京 高麗留學生의 復興會에서 체육부 위
> 원에 선정되어 활동했으며, 1928년 3월 上海에서 在中國朝鮮人無政
> 府主義聯盟을, 1930년 봄에는 同地에서 朝鮮無政府主義懇談會라는
> 연구단체를 조직하였고, 大韓大獨立黨籌備會 기관지 『韓國의 血』의
> 고문으로 활동하면서 同年 4월 上海에서 柳子明 등과 함께 南華韓人
> 靑年聯盟을 결성하였으며, 1931년 무정부주의자 연구단체인 不滅俱
> 樂部에 소속되어 활동하였고, 1932년 上海事變 後 東北義勇軍 등 각
> 종 항일단체에 가입하여 천진일본총영사관 파괴 및 상해의 有吉公使
> 암살 등을 시도하였으며, 1933년 7월 反日滿 처단을 목적으로 한 中
> 韓互助聯合會를 결성하였고, 1935년 上海韓人靑年聯盟員 엄순봉 등
> 과 함께 상해조선민회간부와 옥관빈 등의 암살에 관계하였고, 1938년
> 金九와 협력하여 일본의 국제적 지위를 실추시키기 위하여 上海의 英
> 美 각 기관과 신문사 등에 대한 공격을 감행하였으며, 同年 日本 軍艦
> 出雲을 폭침시키려고 기도하였고, 1943~1945년 南京에서 韓族同盟
> 의 의장이자 광복군 징모 제3분처의 대장으로 초모활동을 한 사실이
> 확인됨[37].

이것은 그가 일제강점기에 보여주었던 항일 운동의 흔적들이다. 끊

---

36) 유기석, 심여추(沈茹秋), 유자명(柳子明) 등 조선인 무정부주의자들이 주장한 내
　　용은 대략 다음과 같다. 첫째, 전 세계에 일본의 조선에 대한 강제 합병의 진상을
　　알린다. 둘째, 과거 조선에 끼친 청나라의 제국주의와 마르크스 등이 주장한 사
　　회주의를 비판한다. 셋째, 각 민족에 부합하는 이념, 제도 마련의 필요성과 이를
　　바탕으로 한 전 세계 민족의 공동 번영을 꾀한다. 卢寿亭(2009:98) 참조.
37) 공훈전자사료관(http://e-gonghun.mpva.go.kr).

임없이 조직을 결성하고 조직에 가입하는 한편, 암살 및 공격을 도모하는 등 조국의 독립을 위해 중국에서 목숨을 건 활동을 펼쳤다. 이를 두고 바진은 "일 년 동안 하찮은 일만 한 제가 부끄럽기 짝이 없습니다. 이번에 여러분이 간행물을 출판하여 힘든 투쟁의 진상을 우리 중국 민중에게 알려주셨습니다. 중국 민중은 여러분들의 이런 정신에 감동 받았고 잠에서 깨어나 각성하게 되었습니다(我很慚愧, 一年來只做了 一點微小的工作. 這次你們自己出版刊物, 把你們苦斗的眞相告訴我們 中國民衆, 使中國民衆被你們這種精神感動, 從睡夢中覺醒起來)38)"라고 감탄하였다. 그렇기 때문에 유기석은 무정부주의자, 독립운동가 등으로 더 유명할 수밖에 없다.

이렇듯 그는 일제강점기 전반에 걸쳐 독립 운동에 온 몸과 마음을 바쳤다. 그래서 그가 남긴 번역 작품은 많지 않다. 지금까지 밝혀진 바에 따르면, 1927년 동광(東光)에 발표한 〈광인일기〉와 그것을 1935년 삼천리(三千里)에 재발표한 것이 유일하다. 그 외에 문학과 관련된 활동으로는 중외일보(中外日報)에 〈무산계급예술신론(無産階級藝術新論)〉과 〈신흥시가(新興詩家)〉 등을 소개한 것 정도가 있다. 그러나 그가 선택한 작품의 내용과 제목 등으로 보았을 때, 그의 작품이 그의 항일 운동 및 정치사상과 굉장히 부합한다는 것을 알 수 있다. 즉, 이들은 떼려야 뗄 수 없는 관계를 가지는 것이다. 예를 들어, 유기석은 1927년 1월에 안창호와 함께 중국 경찰에 체포되었다가 약 20여 일만에 풀려났고, 그 직후에 〈광인일기〉를 번역하였다. 유기석은 이 작품을 베이징에서 톈진(天津)으로 향하는 기차 안에서 번역하였다고 하였다. 흔들리는 기차 안에서 그는 조국의 독립을 염원하고 이를 위한 수많은

---

38) 巴金(1993:79).

다짐을 했을 것이 분명하다. 그리고 그것이 〈광인일기〉 번역으로 나타났다. 그만큼 그의 독립 정신과 계몽사상은 그의 번역에도 큰 영향을 끼쳤다고 할 수 있다.

유기석은 광복 이후에 중국에 남아 역사학과 교수로 재임하면서 학술 연구에 매진하는 한편, 그의 자서전이라고 할 수 있는 회고록을 남기는 등 왕성한 활동을 이어가다가 1980년에 세상을 떠났다. 아래에서 그의 유일한 번역 작품이자 청장년 시기의 축소판이라고 할 수 있는 〈광인일기〉에 대해 알아보도록 하자.

2.2.2 유기석과 〈광인일기〉

〈광인일기〉는 루쉰이 1918년 신청년(新靑年)에 발표한 그의 처녀작이다. 작품의 표면적인 내용은 주위 사람들이 자신을 잡아먹으려고 한다는 강박관념을 가진 주인공의 이야기를 그리고 있지만, 그 내면에는 시대를 해치는 유교 정신과 위선으로 가득한 인간성을 고발하고 있으며, 그것을 부정하는 이는 무참히 짓밟아버리는 모순된 사회 구조를 이야기하고 있다. 당시 중국의 상황은 조선과 아주 비슷했다. 여전히 유교 사상이 팽배한 낡은 사회 구조와 그 안에 갇힌 사람들, 그리고 서양 및 일본 등의 외세가 들이닥치는 상황을 루쉰은 날카로운 눈으로 포착하고 특유의 풍자로 작품 속에 꼬집어냈다. 루쉰은 당시 봉건주의적 전통에 반대하고 자유사상을 고취함으로써 제국주의적 행태를 비판했다. 그러면서 곳곳에 만연해 있는 낡은 정신과 민족성을 계몽하여 중국인들이 새로운 자세로 세계에 당당히 나설 수 있기를 기대했다. 이것은 당시 조선 사회와 조선인들에게도 반드시 필요한 사상이었다.

조선에서 가장 먼저 루쉰을 소개한 이는 양건식이었다. 양건식은 1921년 〈胡適氏를 中心으로 한 中國의 文學革命(續)〉에서 루쉰과 〈광인일기〉를 간단하게 소개하였다[39]. 하지만 그 뒤로 오랫동안 루쉰 작품의 번역은 등장하지 않았다. 그 오랜 침묵을 깨고 루쉰 소설 번역의 시작을 알린 이는 바로 유기석이었다. 유기석은 루쉰의 작품을 한국어로 처음 소개한 인물이다. 또한 김시준은 유기석이 번역한 〈광인일기〉를 가리켜 "외국인이 번역한 최초의 노신(루쉰) 소설"이라고 하였다. 그렇다면 유기석은 언제 〈광인일기〉를 접하게 된 것일까. 리정원(李政文)에 따르면, "1920년 초에 옌지 도립 제2중학을 다녔던 나를 비롯한 많은 조선 청년들은 당시 진보 사상을 가졌던 선생님을 통해 〈신청년〉에 실린 〈광인일기〉를 접하게 되었다. 처음에는 이해하기가 어려워 몇 번을 더 거듭해서 읽었는데, 나중에 우리는 거의 정신이 나갈 정도로 감동했다. 루쉰 선생이 중국의 광인뿐만 아니라 조선의 광인도 묘사했다고 생각했다. 그때부터 루쉰 선생은 우리가 존경하는 첫 번째 중국인이 되었고 내 마음속에는 그를 만나보고 싶다는 생각이 싹트기 시작했다(我和許多朝鮮靑年在一九二〇年初在延吉道立第二中學讀書的時候,通過進步敎師讀到了刊載在〈新靑年〉上的〈狂人日記〉, 最初我們讀不憧, 讀了幾遍後, 激動得我們幾乎也要發瘋了, 那時認識到, 魯迅先生不僅寫了中國的狂人, 也寫了朝鮮的狂人. 從那時起魯迅先生成了我們崇拜的第一位中國人, 我的心裡産生了拜見魯迅先生的念頭)[40]"라고 하였다. 여기서 "나"는 유기석을 가리킨다. 실제로 유기석은 훗날 루쉰을 방문하기도 하였다. 1922년 7월에 루쉰을 방문하였고, 번역 작품이 나온 뒤인 1928년 9월에도 루쉰을 방문하였다. 이처럼 유기석은 루쉰의

39) 양건식(1921.02.01)은 "魯迅은 未來가 有한 作家이니 그 「狂人日記」(新靑年四의 五)와 如한 것은 一迫害狂의 惊怖한 幻覚을 描写하여 至于今 中国 小説家의 未到한 境地에 足을 入하였다"라고 소개하였다.

40) 李政文(1981:51).

사상과 작품에 깊은 영향을 받은 것으로 나타났다. 그리고 이를 증명하듯, 그는 자신의 필명을 루쉰의 본명을 따서 유수인(柳樹人)으로 하였고, 또한 이동 과정에서도 루쉰의 작품을 가지고 다니며 반복해서 읽었다. 루쉰의 작품과 사상에 깊은 감동을 받은 그는 먼저 항일 운동을 직접 실천하는 것으로 그것을 표현해냈다. 또한 연설을 통해 대중들에게 애국계몽을 호소하기도 하였다. 당시 그의 연설 소식은 조선일보(朝鮮日報)를 통해 국내에도 전해졌다.

지난 달 삼십일 北京 天安門에서 열린 국민대회 때에 오백 여 단체 십여 만 명의 어마어마한 군중이 모여든 가운데에는 조선, 인도, 대만, 터키, 일본 등의 동양 각국 사람들과 독일 사람까지도 참가한 사람이 있었으며, 그 참가한 외국인들은 각각 일장의 연설이 있었는바, 그 중에서 외국 사람으로 제일 먼저 등단한 사람은 류기석(柳基石)이라는 동포였었다. 류군은 현재 조양대학에 재학 중인 학생으로서 이날 제일 먼저 등단하여서 침통한 사기로 장시간의 연설을 시험하였으며 연설이 끝나매 단하에 모여 섰던 십만 군중은 비상히 흥분되어 중화민족 만세와 '□□□□타도 □□제국주의'(□□□□打倒 □□帝國主義)를 높이 불러 많은 중국인에게 흥분을 주었고[41].

이를 두고 홍석표는 "중국인의 각성을 촉구한 루쉰의 계몽주의적 영향을 받은 유기석이 위의 대중연설에서 보여준 모습은 〈광인일기〉의 주인공 광인의 계몽적 외침과 다를 바가 없었다[42]"라고 하였다. 당시 유기석은 작품에 대한 감동을 뛰어넘어 스스로가 작품 속의 주인공이 되어 직접 사람들을 계몽하고자 했던 것이다. 즉, 그가 바로 현실 속에

---

41) 조선일보(1925.07.10).
42) 홍석표(2013:114-115)참조.

살아 있는 광인이었던 셈이다. 하지만 이런 항일 운동과 연설만으로는
계몽의 한계를 느낀 유기석은 문학이 가진 파급력을 깨닫게 되었고,
1927년 베이징-톈진 간 열차에서 〈광인일기〉를 번역하고 이를 동광에
발표하였다. 아직 사람을 잡아먹지 않은 아이를 구하기 위해 그가 발
벗고 나선 것이다.

이러한 유기석의 〈광인일기〉 번역에서는 다음과 같은 특징을 찾아볼
수 있다. 원문에 충실한 직역을 시도했다는 점과 국한문이 아닌 순국문
체로 번역을 시도했다는 점이다. 이로 볼 때, 유기석은 루쉰의 사상이
나 문학뿐만 아니라 그의 번역 이론이나 그가 주장한 신문학운동에도
어느 정도 영향을 받은 듯하다. 우선 루쉰은 직역을 주장했던 번역가였
다. 당시 린수(林紓) 등에 의해 절역(節譯), 개역(改譯)의 형태로 번역계
가 형성되자, 루쉰과 저우쭤런(周作人)은 이에 반대하며 각각 "역문이
자연스럽지 않더라도 원문에 충실해야 한다(寧信而不順)"와 "가장 좋
은 방법은 글자대로 번역하는 것이고, 부득이한 경우에는 구절대로 번
역해야 한다. 중국어가 중국어 같지 않고, 외국어가 외국어 같지 않더
라도 바꿀 필요가 없다(最好是逐字譯, 不得已也應逐句譯, 寧可中不像
中, 西不像西, 不必改頭換面)[43]"라고 하였다. 이것은 당시로서는 매우
혁신적인 주장이었기에 많은 반대와 비판을 받아야했다. 이에 루쉰은
자신의 주장을 관철하기 위해 어순도 바꾸지 않는 등 일부러 더 부자연
스러운 직역을 고집하기도 하였다. 마찬가지로 유기석의 역문에서도
부자연스러운 문맥을 찾아볼 수 있다. 일부에서는 그 원인으로 그의
서툰 한국어 솜씨를 지적하기도 하는데, 직역으로 인해 생겨난 현상으
로 볼 수도 있겠다.

---

43) 陈福康(2002:169).

　다음으로 인간은 언어를 통해 의사소통을 하며 사회를 유지해 나간
다. 그래서 언어에는 사회의 여러 속성이 투영되게 마련이다. 그만큼
언어와 문자는 사회를 유지하게 하는 중요한 요소이자, 사회를 구성하
는 사상과 정신에 막대한 영향을 끼치는 무기이다. 그래서 중국에서는
5·4운동 이후에 백화문을 사용하자는 운동이 일어났고 루쉰, 후스 등
을 중심으로 백화문(白話文)으로의 번역이 전개되었다. 백화문의 사용
은 단순한 언어 개혁이 아니라, 인도주의와 평민사상 및 과학적이고
이성적인 정신을 신장시켜 주는 지렛대와 같았다. 옛 글자를 아는 사람
은 옛 사상에 사로잡혀 있을 수밖에 없으므로, 새로운 사상을 얻기 위
해서는 새로운 언어와 문자가 필요했는데, 그것이 바로 백화문으로의
문자 개혁의 이유였다. 루쉰은 신언준(申彦俊)과의 대화에서 "나는 차
라리 中國에서는 中國文이 없어지고 英語든지 佛語든지 中國文보다
나은 글이 普及되기를 바란다44)"라고 하였고, 실제로도 "한자를 없애
지 않으면 중국은 반드시 망한다(漢字不滅, 中國必亡)"라고 주장하였
다. 또 첸쉬안퉁(錢玄同)은 "중국을 구하고, 중국인이 21세기에 교양
있는 민족이 되기 위해서는-----중략-----공자의 학설과 도교의 요사스
러운 말을 담은 한문을 폐기하는 것이 가장 근본적이 해결 방법이다.---
--중략-----문법이 간단하고 발음이 규칙적이며 우수한 언어 근원을
가진 ESPERANTO를 채용해야 한다(欲使中國不亡, 欲使中國民族爲二
十世紀文明之民族,-----略去-----而廢記載孔門學說及道教妖言之漢
文, 尤爲根本解決之根本解決.-----略去-----則以爲當採用文法簡賅, 發
音整齊, 語根精良之人爲的文字ESPERANTO)45)"라고 주장하기도 하

---

44) 홍석표(2008:162).
45) 钱玄同(1918.04.15).

였다. 이와 마찬가지로 당시 조선에서도 "애국, 애족, 계몽 등 설득 목표가 분명한 상태에서, 그 필요성과 불가피성을 국민들을 설득하기 위해 설득의 도구 혹은 방식[46]"이 필요했고, 또 이것을 강조할수록 "한자의 권위는 전유해야 할 것이 아니라 떨쳐 버려야할 불순물[47]"로 간주되었다. 그리하여 순국문체는 당시 조선인이 마땅히 가져야 할 새로운 사상과 정신을 담은 새 시대의 대변인이 되었다. 즉, 순국문체로의 표현은 또 다른 계몽 방법이었던 셈이다. 그래서 유기석은 루쉰의 이런 번역 이론을 자신의 역문에도 투영하여 〈광인일기〉를 완성하였다.

유기석은 다른 작품은 번역하지 않은 것으로 보인다. 1935년에 〈광인일기〉를 수정 없이 삼천리에 재발표한 것이 그가 번역한 전부이다. 리정원은 그가 〈아Q정전(阿Q正傳)〉도 번역했다고 주장했지만 아직까지 역문이 발견되지 않고 있다. 어찌되었든 이를 계기로 조선에서 루쉰이 더 많이 알려지게 되었고, 그에 대한 평론이 실리고 작품들이 번역되기 시작하였다. 이를 표로 살펴보면 다음과 같다.

〈표 2-2〉 루쉰 작품에 대한 번역 및 평론

년도	출처	작품명	작자/역자	분류
1927	동광	狂人日記(소설)	유기석	번역
1929	중국단편소설집	頭髮이야기(소설)	미상	번역
1930	조선일보	阿Q正傳(소설)	양건식	번역
1930	조선일보	『阿Q正傳』을 읽고	정래동	평론
1930	중외일보	愛人의 죽음-渭生의 手記(소설)	정래동	번역
1931	조선일보	中國 短篇小說家 魯迅과 그의 作品	정래동	평론
1931	조선일보	그후의 魯迅	이경손	평론
1932	동방평론	中國 新興文學의 『阿Q』時代와 魯迅	우산학인	평론

---

46) 전성기(2007:160).
47) 황호덕(2005:507).

년도	출처	작품명	작자/역자	분류
1932	삼천리	過客(희곡)	정래동	번역
1933	제일선	在酒樓上(소설)	김광주	번역
1933	신동아	中國의 大文豪 魯迅 訪問記	신언준	평론
1935	삼천리	狂人日記(소설)	유기석	번역
1935	동아일보	中國文人 印象記(三)孤獨과 諷刺의 象徵인 只今은 左傾한 魯迅氏	정래동	평론
1936	사해공론	魯迅印象記	홍성한	평론
1936	조광	故鄕(소설)	이육사	번역
1936	조선일보	魯迅略傳	이육사	평론
1936	조선일보	魯迅 追悼文	이육사	평론
1936	삼천리	나의 遺言狀(수필)	미상	번역
1938	조선일보	魯迅에 대하여	이명선	평론

　이상의 〈표 2-2〉를 통해 유기석의 〈광인일기〉 이후 루쉰의 작품 번역 및 평론이 많이 나타난 것을 알 수 있다. 심지어 루쉰의 작품이 연극으로 만들어지기도 하였다.

　　朝鮮興藝社에서는 今番에 朴齊行, 李素然, 金蓮實, 姜石齊 等 演劇人들을 모아 새로 劇團 "花郎苑"을 創立하고 二月十六, 十七, 十八 三日間 府民館에서 創立 第一回 公演을 하겠는바, 上演 藝題는 支那 大文豪 魯迅 原作, 田漢 脚色, 金健 譯案의 阿Q큐傳 五幕과 金健 作 "琴香哀史" 四幕이라 한다48).

　이를 통해, 루쉰과 루쉰 작품에 대한 열풍이 단지 중국 문학가로 대변되는 지식인들 사이에서만 일어났던 것이 아니라, 극단에서 창립 제1회 공연으로 삼을 정도로 대중적으로 인기를 얻었던 것을 알 수 있다.

48) 동아일보(1938.01.20).

이런 현상에 대해 최진호는 "식민지 한국에서 루쉰은 한 사람의 문학가이자 현대 중국을 상징하는 인물로 표상된 것이다. 루쉰에 대한 수용은 중국을 어떻게 이해하고 받아들일 것인가라는 문제의식이나 중국과 어떤 관계를 맺어야 하는가라는 고민이 들어 있다[49]"라고 해석하였다. 즉, 당시 루쉰과 루쉰 문학은 10년간 조선에서 소비되며 계몽의 기능을 뛰어넘어 조선과 중국의 관계를 이해하는 도구로 확대된 것이다. 그러나 1937년 중일전쟁(中日戰爭)이 발발하면서 일제는 교전국이라는 이유로 중국 서적을 금서(禁書)로 정했는데, 여기에는 정치적 색채가 짙은 쑨원(孫文)의 서적이외에 루쉰의 작품도 포함되었다. 그래서 1938년 이후로는 더 이상 루쉰과 관련된 작품이나 평론을 찾아볼 수 없게 되었다.

당시 반식민지와 다름없었던 중국은 조선과 비슷한 문제에 직면해 있었다. 이때 루쉰은 날카로운 눈으로 현실을 깨닫고 이를 작품 속에 옮겨 놓았다. 그리고 루쉰 소설이 가진 인도주의, 계몽주의, 반봉건주의 사상은 조선의 문학가, 애국주의자 및 독자들에게 큰 공감을 불러일으켰다. 비록 이 시기에 많은 편수가 번역된 것은 아니지만, 훗날 한국에서의 루쉰 연구에 기틀을 마련해주는 중요한 역할을 하였다. 이 모든 것이 타향에서 광인 같은 삶을 살다간 유기석의 애끓는 조국 사랑이 있었기에 가능했다.

2.3 정래동

정래동은 일제강점기 중반기부터 활동한 역자 중에 하나이다. 양건

---

49) 최진호(2017:25)참조.

식과 다르게 중국에서 근 10년 간 유학을 하
며 신문학운동을 몸소 경험한 산증인이자, 같
은 시기 베이징에서 수학하며 가깝게 지냈던
유기석과는 달리[50) 유학 후 조선으로 돌아와
중국 문학 번역 및 평론에 참여했던 중국 문학
연구가였다. 그래서 그가 조선에 소개한 중국
문학들은 이들과 같으면서도 다를 수밖에 없
었다.

〈사진 2-3〉 1939년 동
아일보에 실린 정래동의
모습

2.3.1 생애

정래동은 1903년 전남 곡성(谷城)에서 태어났다. 5살 때부터 〈천자
문(千字文)〉, 〈명심보감(明心寶鑑)〉, 〈소학(小學)〉 등을 배우며 한문을
익혔다. 그 뒤 1917년 일본 유학길에 올랐다가 1924년 관동대지진(關
東大地震) 및 조선인대학살이 발생하자 일본을 떠나 중국으로 자리를
옮기게 된다. 그는 중국 유학 기간 동안 베이징에 머물며 민국대학(民
國大學) 영문과를 졸업하였다. 이에 대해 훗날 정래동은 "英文科에 志

---

50) 정래동은 베이징 유학 시절 유기석 등과 함께 활발한 무정부주의 활동을 펼쳤
다. 예를 들어, "정래동을 포함한 베이징 민국대학 아나키스트 학생그룹은 1930
년대 베이징에서 소집된 재중국 조선무정부주의자 대표자 회의가 열렸을 때 연
락책과 자금 전달을 담당했으며 그 과정에서 정래동이 중국 경찰에 구속되기도
했"다. 그러나 정래동은 유학을 마치고 귀국한 뒤에는 더 이상 이런 활동에 가담
하지 않았으며, 또한 훗날 직접 작성한 회고록에도 이와 관련된 기록을 남기지
않았다. 그가 이 부분을 의도적으로 회피하고 있음을 짐작할 수 있다. 이에 대해
백지운(2009:403-408)은 "한국의 아나키즘이 민족주의와 완전하게 결별할 수
없었던 당시의 상황——중략——아나키즘은 유토피아적 사상이며 그런 만큼 구
체적인 정치행동으로 전화되기 힘들다.——중략——그의 아나키즘은 행동을 강
박하는 1930년대의 현실에서 출구를 찾을 수 없었던 것"이라고 해석했다.

願한 것은 學校에서는 英文學, 私私로는 中國文學을 硏究할 속셈이었다51)"라고 회고하였다. 실제로 이 기간 동안 정래동은 중국인 샹페이량, 조선인 곽동헌(郭桐軒) 등과 교류하면서 중국 문학을 공부했다52). 또한 정래동이 베이징에서 유학을 하던 당시는 중국 신문학운동이 가장 맹위를 떨치던 시기였다. 이런 점은 그가 중국 문학을 번역하고 연구하는데 있어서 많은 영향을 주었다.

> 北京과 같이 支那文學의 書籍을 求하기도 쉽고 또 一流作家 一流
> 硏究家가 거의 다 메운 이러한 機會에 英文學만을 硏究한다는 것은
> 나로서 一大好機를 無爲하게 넘기는 것이라고 생각이 들자 晝間은
> 英文學 夜는 支那文學을 硏究하였으나 主로 支那文學에 努力하였습
> 니다. 筆者가 支那文學을 硏究한 徑路는 말에서 始作하여 通俗小說
> 을 보고 現代 作家의 小說을 읽고 戱曲을 보고 白話詩를 讀破하였습
> 니다. 그때도 白話文學熱이 盛하였을 뿐더러 學習한 徑路가 言語에서
> 始作한 만큼 使用하는 言語와 距離가 먼 文學作品은 興味를 느끼지
> 않을 뿐만 아니라 그네들이 말한 것 같이 死文學이라고 느꼈습니다.
> ----중략----新文學에 있어서는 한 作家의 作品보다 여러 作家의
> 詩, 小說戱曲, 隨筆 等을 選譯하여 紹介하고 싶습니다. 外國文學을
> 輸入할 때 한 作家의 것만을 飜譯하면 그 작가의 文壇上 地位를 잊는
> 수가 많습니다. 그러므로 다른 作家와 比較하면서 읽는 것이 한 作家
> 를 認識하는데도 有助합니다53)."

이를 증명하듯, 그는 중국 유학 시절부터 1932년 중국 유학을 마치고 귀국하여 동아일보(東亞日報)에 입사한 이후 1940년 퇴사하기 전까

---

51) 이근효, 신명규 등(1981:237).
52) 정래동은 샹페이량에게서 白话文学 작품을 배우고, 곽동헌에게서 〈史记·文选〉을 사숙했다.
53) 동아일보(1939.11.16).

지 중국 현대 시, 희곡, 소설을 번역, 평론하여 조선에 소개하였다. 이것을 표로 정리하면 아래와 같다.

〈표 2-3〉 정래동의 중국 문학 번역 및 평론

년도	출처	제목	분류
1928	신민	現代中國文學의 新方向	평론
1929	조선일보	中國現文壇槪觀	평론
1930	조선일보	中國新詩槪觀	평론
1930	중외일보	愛人의 죽음-渭生의 手記(소설)	번역
1930	조선일보	阿Q正傳을 읽고	평론
1931	조선일보	中國短篇小說家-魯迅과 그의 作品	평론
1931	동아일보	現代中國戲劇	평론
1931	조선일보	胡適의 自己思想 紹介(평론)	번역
1931	조선일보	움직이는 中國文壇의 最近相	평론
1931	동아일보	中國新詩壇의 彗星 '徐志摩'를 弔함	평론
1932	조선일보	모델(희곡)	번역
1932	동광	黑暗중의 紅光(희곡)	번역
1932	삼천리	過客(희곡)	번역
1932	조선일보	短文數篇	평론
1932	동광	버얼(희곡)	번역
1932	제일선	湘累(희곡)	번역
1932	신가정	江村小景(희곡)	번역
1933	신동아	가거라(시)	번역
1933	신동아	渺少(시)	번역
1933	조선일보	中國文壇의 新作家 巴金의 創作態度	평론
1933	신가정	冰心女士의 詩와 散文	평론
1933	신가정	中國의 女流作家	평론
1933	동아일보	中國文壇現狀	평론
1933	신가정	中國 新舊女性의 프로필	평론
1933	조선문학	中國文學과 朝鮮文學	평론
1933	중앙	落葉 줍는 處女(시)	번역

년도	출처	제목	분류
1933	중앙	薄命妾(시)	번역
1933	중앙	鄕愁(시)	번역
1933	중앙	夜半(시)	번역
1933	중앙	農家怨(시)	번역
1934	신가정	歌謠로 본 中國女性	평론
1934	중앙	中國文藝作品중에 나타난 農村의 變遷	평론
1934	동아일보	朱湘과 中國詩壇	평론
1934	동아일보	葬我(시)	번역
1934	신가정	中國女流作家의 創作論과 創作經驗談	평론
1935	조선문단	中國新詩槪評(평론)	번역
1935	신동아	中國兩大文學團體槪觀(평론)	번역
1935	동아일보	中國文人印象記	평론
1935	신가정	中國現代女流作家 白薇女士의 文學生活	평론
1935	동아일보	文壇肅淸과 外國文學輸入의 必要	평론
1936	학등	中國文學의 特徵-中國文學을 硏究하려는 분에게	평론
1936	사해공론	最近 中國의 新文學 展望	평론
1936	극예술	〈湖上의 悲劇〉의 作品的 價値	평론
1936	조선문학	中國 新詩의 展望	평론
1937	조선문학	中國作家紹介-葉紹鈞과 沈從文(평론)	번역
1939	인문평론	支那新作家集-夜哨線	평론

이상의 〈표 2-3〉을 통해 다음과 같은 사실을 확인할 수 있다.

첫째, 정래동은 고전 작품보다는 현대 작품을 주로 번역하고 소개하였다. 아무래도 유학 기간 동안에 벌어진 신문학운동 및 백화문 학습 그리고 당대 중국 문인들과의 직접적인 교류 등이 영향을 끼쳤을 것으로 보인다54). 또한 앞에서 이미 밝혔듯이 특정 작가나 작품에 치중하기

---

54) 정래동은 중국 유학 기간 동안 샹페이량, 바진, 후스, 루쉰, 저우쮀런, 류푸(刘复), 빙신, 정전둬(郑振铎) 등과 직·간접적으로 교류하였다.

보다는 당시 중국 문단의 전체적인 상황을 두루 소개하고자 하였다. 쉬즈모(徐志摩), 바진, 빙신(冰心), 예사오쥔(葉紹鈞), 선충원(沈從文) 등의 작가와 루쉰의 소설 〈애인의 죽음-위생의 수기〉, 궈모뤄의 시 〈야반〉, 샹페이량의 희곡 〈암흑중의 홍광〉, 후스의 평론 〈胡適의 自己思想 紹介〉 등을 번역, 소개하였다. 뿐만 아니라 정래동은 단순히 중국 문학을 소개하는 차원에 머문 것이 아니라 비평도 할 줄 아는 진정한 중국 문학 전문가였다. 예를 들어, 〈中國短篇小說家-魯迅과 그의 作品〉에서는 루쉰의 변화된 사상과 그의 문학 작품에 대해 날카로운 비평을 하기도 하였다[55]. 이것은 일제강점기를 통틀어 조선에서 루쉰 문학을 전체적으로 비평한 유일한 평론으로 평가받고 있다. 그렇다고 정래동이 현대 작품에만 관심을 가졌던 것은 아니었다. 〈홍루몽〉, 〈서상기(西廂記)〉 등에도 관심을 가졌으며, 훗날 한국의 고전 〈춘향전(春香傳)〉 등과 연계하여 연구하기도 하였다.

둘째, 번역보다는 평론에 더욱 치중한 것을 알 수 있다. 그는 어렸을 때부터 배운 한문과 근 10년간의 중국 유학으로 아주 유창한 중국어 실력을 가지고 있었다. 하지만 그가 갖고 있던 능력에 비해 실제 그가 번역한 작품 수는 많지 않다. 소설 1편, 희곡 6편, 신시 8편, 평론 3편이 전부이다. 이것은 중국 유학생 출신으로서의 자부심에서 비롯된 현상

---

55) 정래동은 총 20회에 걸쳐 루쉰과 그의 작품을 평론하였다. 〈그의 시대는 지났는가〉라는 소제목에서 "全中國의 文学青年의 시선을 一身에 받고 있던 魯迅이 近 2·3년에 와서는 일부 청년 사이에서 이전 「吶喊시대」와 같이 환영을 받지 못하고 있으며 또 時代精神에 앞선 어떤 創作을 발표하지 못하고 거의 沈滯状态에 있다.──중략──魯迅 自身이 中国의 現在 및 将来에 대하여서나 世界 人类의 将来 또는 그 行程에 대하여 확실한 主见이나 把握이 없기 때문인가 한다"라고 하였다. 이외에 〈그의 작품과 내용〉이라는 소제목에서 루쉰의 작품, 언어, 사상 등에 대해서 평론하였다. 조선일보(1931.01.04-01.30)참조.

으로 이해할 수 있다. 당시 조선에서의 중국 문학은 양건식으로 통했다. 하지만 양건식은 중국 유학을 하지 않았거나 혹은 짧은 연수 방식으로 중국에 머물렀을 가능성이 높다보니 중국 유학생 출신인 당시의 문인들이 보기에 부족한 부분이 적지 않았다. 반면 정래동은 비유학생 출신보다 체계적인 중국어를 구사하였고 중국 문학에 대해서도 좀 더 이론적인 접근이 가능했다. 이런 점에서 볼 때, 정래동은 자신의 경험과 장점을 살리는 동시에 양건식과의 차별화를 위해 번역보다는 평론에 더 몰두했던 듯싶다. 즉, 당시 양건식을 뛰어넘을 수 있는 충분한 번역 실력을 가지고 있었지만 그의 명성에 도전하기 보다는 중국 유학생 출신으로서 좀 더 학문적인 작업을 시도했던 것이다. 마찬가지의 이유로, 당시 양건식이나 유기석이 중국 문학을 계몽의 도구로 적극 활용한 것과 달리, 정래동은 문학 작품을 통한 계몽 효과를 충분히 인식하고는 있었지만 중국 문학을 단순한 계몽적 도구나 오락적 도구로 이용하는 차원을 넘어 학문적 차원에서 다루고자 하였다. 예를 들어, 정래동도 양건식처럼 여성이라는 독립된 개체에 각별한 관심을 가졌던 것으로 보인다. 그러나 양건식이 〈홍루몽〉, 〈기옥〉 등의 소설 번역을 통해 비참한 여성의 삶을 소개하고 이를 통한 각성 및 계몽 효과를 노린 것과 달리, 정래동은 중국의 여류 작가라는 이미 사회적으로 명성을 얻고 있는 신여성을 적극적으로 소개함으로써 그녀들의 생활과 관점을 배우도록 하였는데, 이때 그는 문학 작품 번역이 아닌 〈중국여류 작가의 창작론과 창작경험담〉, 〈中國現代女流作家 白微女士의 文學生活〉 등의 평론 방식을 사용하였다.

셋째, 중국 문학을 통한 조선 문학의 연구와 발전에도 관심을 가졌다. 예를 들어, 정래동은 〈문단숙청과 외국문학수입의 필요〉에서 "過去 數百年間 朝鮮에서는 漢文을 文學上 用語로 쓰게까지 中國 文化의 影

響을 받았던 것이 事實이다. 現在에 있어 過去의 業績을 본다면 部分的이었고 修辭學的이 있으며 盲從的이었었다. 그러므로 中國의 辭, 歌謠, 戲曲 같은 것은 間或 輸入은 하였으나 極히 小數였었고 文學史를 無視하였음으로 中國 文學에 對한 系統이 없었다. 그리고 中國의 詩는 朝鮮에 있어 그저 模倣한데 그쳤을 뿐이요 獨創이 적었었다. 過去 朝鮮에서는 中國 文學을 崇拜하였을 뿐이며 模倣하는 것으로써 能事를 삼았고 그것을 輸入하여서 自己 文學의 糧食으로 쓰지를 못하였었다. 現在의 우리는 中國 文學을 輸入할 때 그러한 態度를 取하여서는 안 될 것이다.┄┄중략┄┄우리는 좀 더 具體的으로 全面的으로 體系있게 外國 文學을 輸入하는 것이 目下 朝鮮 文學을 進展케하는 一大 時急한 問題56)"라고 주장하면서, 앞으로 조선 문학이 나아갈 방향을 제시하였다. 뿐만 아니라 문학 번역 방면에도 적극적으로 의견을 내비쳤다. 예를 들어, "中國의 文壇을 볼 때에는 模倣할 點이 퍽이나 많다. ┄┄중략┄┄中國 文壇에 있어서도 朝鮮 文壇에서보다는 飜譯을 퍽이나 重要하게 여긴다. 그네들은 外國 文學 輸入의 必要를 痛切하게 느낄 뿐 아니라 그것을 實行하고 있다"라고 하면서, 자신이 먼저 앞장서서 번역 비평을 시도하였다. 대표적인 것으로 1930년에 양건식이 〈아Q정전〉을 번역하자, 그것을 읽고 바로 비평을 하였다57). 번역 비평이 흔하지 않았던 당시에 그가 이렇게 공개적으로 역문을 비평했다는 점에서 볼 때, 조선에서의 중국 문학 연구와 문학 번역이 좀 더 나은

---

56) 동아일보(1935.08.07).

57) 정래동(1930.04.09)은 원문과 역문의 대조를 통해 많은 오역을 발견하고 이를 지적하였다. 예를 들어, "老婆"를 "조모(祖母)"라고 번역한 것을 놓고 "白华 氏는 白话文만 볼 줄 알고 그 一般 日用会话를 或 알지못하는데서 「아내」라고 译할 것을 「祖母」라고 翻译함이나 아닐까?"라고 하였다.

방향으로 발전하기를 바라는 그의 마음과 애정을 엿볼 수 있다. 물론 그러면서도 "飜譯은 外國 것을 朝鮮말로 移植하는 것만 必要할 뿐 아니라 朝鮮 것을 外國語로 譯出하는 것도 여러 가지 意味로 必要한 것58)"이라고 하면서, 우수한 조선 문학을 번역하여 해외로 역수출해야 한다고 피력하는 것도 잊지 않았다. 이로써, 그가 중국 문학 소개와 연구를 통해 궁극적으로 조선 문학의 발전을 추구했음을 알 수 있다.

한편, 정래동은 1941년 동아일보가 폐간된 후, 보성전문학교(普成專門學校)에서 중국어 전임강사로 몸담았고, 광복 이후에는 여러 대학에서 중문과 교수로 재임하며 한국에서의 중국 문학 소개에 한평생을 바쳤다.

이렇듯 정래동은 중국 문학에 대해 자신만의 관점과 시각을 가지고 있었으며, 그 누구보다 중국 문학 연구에 굉장한 자부심을 가지고 있었다. 수많은 번역 작품을 남긴 양건식 및 애국계몽을 몸소 실천했던 유기석과는 다르게, 학문적 관점에서 중국 문학에 접근했던 이 시대의 진정한 학자였다.

2.3.2 정래동과 <상서>

앞에서 이야기했듯이, 정래동은 일제강점기를 통틀어 단 1편의 소설을 번역한 것으로 알려져 있다59). 그는 1930년 중외일보(中外日報)에 루쉰의 두 번째 소설집 <방황(彷徨)>에 실려 있는 <상서(傷逝)>를 <애인의 죽음-위생의 수기>라는 제목으로 번역, 연재하였다. 소설은 세상

---

58) 동아일보(1935.08.06).

59) 필자가 이미 탈고하여 원고를 출판사에 넘긴 뒤에, 정래동이 1934년에 루쉰의 소설 <공을기(孔乙己)>를 한 편 더 번역한 것을 확인할 수 있었다. 이로써 일제강점기에 번역된 루쉰 소설은 모두 7편이 된다.

을 떠난 즈쥔(子君)을 그리는 웨이성(渭生)의 회상으로 이루어져 있다. 여주인공인 즈쥔은 자유를 주장하며 봉건 가족 제도라는 속박에서 벗어나 웨이성과 자유연애를 하고 작은 가정도 꾸린다. 그러나 그렇게 해방의 기쁨을 누린 것처럼 보였던 즈쥔은 어찌된 일인지 새로 꾸린 가정에서 예전처럼 책을 읽거나 공부를 하지 않고, 자신의 할머니와 어머니가 그랬던 것처럼 집안일을 하고 남편을 챙기는 전통적인 여성의 모습으로 돌아간다. 즉, 그녀는 하나의 구사상에서 벗어나 또 다른 구사상으로 자신을 옭아맨 것이다. 그리고 그것은 결국 그녀를 죽음으로 내몰고 만다. 이를 통해 여성의 진정한 해방이 단지 연애와 결혼의 자유만이 아닌, 여성 스스로가 하나의 독립된 개체로서 생각하고 존재할 수 있어야 함을 시사하고 있다.

　이러한 내용을 보고 있자면, 그동안 여성을 제재로 했던 작품들과는 전혀 다른 것을 알 수 있다. 1930년 이전까지 여성을 제재로 하여 계몽목적으로 소개됐던 주요 작품에는 〈기옥〉, 〈옥리혼〉 등이 있다. 〈기옥〉은 봉건 사회 속에서의 여성이 결혼과 연애에 있어 그 어떤 자유와 권리를 갖지 못하고 부모 혹은 사회에 의해 좌지우지 되는 것을 이야기하고 있다. 그리고 〈옥리혼〉에는 이보다 조금 더 진보한 여성이 등장한다. 예를 들어, 〈옥리혼〉속 주인공 중의 한 사람인 추이쥔첸(崔筠倩)은 신교육을 받고 자랐으며 자유연애를 주장하는 모던 여성이다. 그러나 그럼에도 불구하고 그녀는 여전히 높은 사회적 장벽에 부딪쳐 결국 집안 어른의 뜻에 따라 결혼하고 만다. 즉, 〈옥리혼〉은 〈기옥〉보다 조금 더 발전된 여성의 의식 수준을 보여주지만 그것만으로는 사회 전체에 오랫동안 뿌리박힌 낡은 사상을 뽑아버릴 수 없음을 보여주고 있다. 반면, 자유연애와 결혼에 실패한 이들과 달리, 〈상서〉속의 여주인공 즈쥔은 "나는 내 자신의 것이다. 그들은 아무도 나를 간섭할 권리가 없다

(我是我自己的, 他們誰也沒有干涉我的權利)"라고 외치며 모든 사회적 압박을 이겨내고 자유연애에 성공하고 사랑을 쟁취한다. 하지만 그 후에 그녀는 안타깝게도 스스로가 다시 전통적인 여성의 모습으로 돌아가고 만다. 정래동은 바로 이러한 점에 주목하였다. 그동안 여성의 해방이라고 믿어왔던 자유연애와 결혼을 이룬다고 해서 그 모든 문제가 해결되는 것이 아니라, 궁극적으로 여성 스스로가 독립된 개체로 일어설 수 있어야만 문제가 해결될 수 있음을 보여준 것이다. 이로 볼 때, 〈상서〉는 당시 지식인들이 주장했던 여성 해방에서 한 걸음 더 나아간 진보된 사상을 보여준다고 할 수 있다. 그래서 정래동은 이 작품의 번역 후에 신교육을 받고 자란 뒤 자신의 업적을 이루며 자아를 찾아가고 있는 중국 여성 작가들을 부지런히 소개하였다. 그녀들의 소개를 통해 여성의 근본적인 해방에 대해 실제적인 방법까지 제시하려고 했던 것이다. 예를 들어, 정래동은 빙신을 소개하면서 "女士의 詩歌를 읽어보면 아름답고 窈窕한 女子를 想像할 수 있는 同時에 퍽이나 勇敢하고 前進的인 것도 推測할 수 있다. 더군다나 女士의 말하는 態度를 본다면 女士는 조금도 연하고 보드랍고 긴 얇은 普通女子와 다른 것을 直覺할 수가 있[60]"다고 하였고, 바이웨이(白薇)에 대해서는 "몸이 약하고 그 관계로 얼굴이 항시 창백하"고 "가정의 허락이 없이 동경으로 도망" 유학을 떠나야 했지만, "가장 불리한 환경을 자기가 찾아서 경험을 하"며 "신여성이 구사회와 분투하는 내용[61]"의 작품을 발표하는 등 몸소 여성 해방을 실천한 작가라고 소개하였다. 즉, 당시 양건식 등이 봉건 사회속의 가여운 여성의 모습을 그리며 그런 여성들을 해방

---

60) 동아일보(1935.05.07).
61) 신가정(1935:57-59).

시켜야 한다고 주장한 것과 달리, 정래동은 실제로 신교육까지 받고 자란 여성이 겉으로는 독립된 개체로 보이지만 속으로는 여전히 전통적인 여성과 다를 것이 없기 때문에 여성 스스로가 더욱 근본적으로 변해야 함을 주장하며 중국 여성 작가들의 삶과 작품을 본보기로써 제시한 것이다. 이러한 점으로 볼 때, 정래동은 양건식을 알게 모르게 의식하고 있었던 것을 알 수 있다. 중국 유학도 제대로 해보지 못한 양건식이 당시 조선 최고의 중국 문학 연구가로 이름을 떨치고 있었으니, 정통 유학생 출신인 정래동이 봤을 때는 여간 우스운 일이 아닐 수 없었을 것이다. 또한 정래동은 양건식의 치명적인 약점을 충분히 눈치 채고 있었다[62]. 그래서 양건식이 번역한 〈아Q정전〉을 읽고 그의 중국어와 번역 실력을 꼬집기도 하고[63], 〈상서〉 번역을 통해서는 그동안 양건식이 보여주었던 여성 계몽의 한계를 뛰어넘으며 그 나아갈 방향까지 제시한 것이다. 이러한 점은 그동안 양건식이 보여주지 못했던 부분이었기에 그가 중국 유학생 출신으로서 한 차원 높은 능력을 보여주었다고 할 수 있다. 물론 다른 한편으로는 이것을 그들 사이의 세대 차이로 볼 수도 있겠다. 40대의 양건식이 생각하는 여성 계몽과

---

62) 박진영(2014:133-134) 참조.

63) 정래동은 루쉰의 〈공을기〉도 번역했다. 필자가 역문을 직접 확인하지는 못했지만 1934년에 창간된 문예지 형상(形象)의 창간호에 역문이 실려 있다고 한다. 한 포털 사이트의 소개에 따르면, 당시 정래동은 이 작품을 가리켜 "중국 프로문학의 「아큐정전」에 비견할만한 작품"으로 특별히 창간호에 소개했다고 하였다. 이러한 소개를 본다면 역시 양건식이 떠오르지 않을 수 없다. 조선에서 가장 먼저 〈아Q정전〉을 소개한 이가 양건식이기 때문이다. 정래동은 여성 계몽을 주장하는 작품인 〈상서〉를 소개한 직후, 본질을 꿰뚫지 못하고 비참한 운명에서 벗어날 줄 모르는 중국 하층민들을 비판하는 작품인 〈공을기〉 소개를 통해 조선인의 우매함을 우회적으로 꼬집었는데, 이러한 모습에서 정래동에 의해 의식적으로 투영된 양건식을 찾아볼 수 있다.

20대의 정래동이 바라보는 여성 계몽은 그 내용에 분명 차이가 있을 수밖에 없기 때문이다.

이외에 정래동은 유기석이 〈광인일기〉를 번역한 것과 마찬가지로 이 소설을 직역하였다. 또한 그가 〈아Q정전〉을 비평하면서 "나의 中國語가 不足한 結果 내가 잘못 알았는가 하고 諸親友와 先生에게 물어보았"다고 한 점으로 볼 때, 이 작품을 번역하면서도 모르는 부분은 대충 넘어가지 않고 지인들에게 물어보며 완벽을 추구했을 것으로 보인다. 뿐만 아니라, 정래동은 이 작품을 순국문체로 번역하였다. 그는 "胡適, 陳獨秀가 文學革命의 提唱者라고 한다면 그 實行者는 中國 最初 白話小說인 〈狂人日記〉를 쓴 魯迅[64]"이라고 하였다. 언문일치를 실행하고자 한 루쉰의 업적을 높이 평가한 것이다. 실제로 정래동은 훗날 "國民이 文字를 容易하게 解得하게 하기 爲하여 그 手段으로서 漢字를 廢止하자는 것이다.------중략------이點에 關하여는 中國의 文學革命運動의 經驗에 비춰보면 그 方法은 明確히 나타[65]"날 것이라고 주장하기도 하였다. 이를 통해, 그 역시 루쉰의 번역 이론과 신문학운동으로부터 영향을 받은 것을 알 수 있다.

루쉰의 첫 번째 소설집 〈눌함(訥喊)〉이 혁명에 대한 강한 외침을 담아냈다고 한다면, 두 번째 소설집 〈방황〉은 지식인의 깊은 고뇌를 표현했다고 할 수 있다. 정래동은 〈방황〉에 실린 〈상서〉 번역을 통해 여성 지식인 계몽을 시도하는 한편, 언문일치를 실행하였다. 당시 급변하는 조선의 사상과 문단의 이해를 돕는 귀한 작품이 아닐 수 없다.

---

64) 이근효, 신명규 등(1981:248).
65) 동아일보(1956.12.07).

2.4 박태원

박태원은 일제강점기 말에 등장한 번역가이다. 당시 많은 사람들이 중국 문학 평론에 관심을 가졌던 것과 달리, 박태원은 〈삼국지(三國志)〉, 〈수호전(水滸傳)〉, 〈서유기(西遊記)〉 등 중국 고전 작품을 번역하며 활발한 활동을 보여주었다. 박태원이 아니었다면 일제강점기 중국 소설 번역은 양건식을 끝으로 막을 내려야 했을 것이 분명한 만큼, 이 시기 박태원의 등장은 중국 소설 번역 연구에서 결코 빠질 수 없는 중요한 부분이라고 할 수 있다.

2.4.1 생애

박태원은 1909년 서울에서 태어났다. 어렸을 때부터 한학을 익히고 중국 고전 소설을 즐겨 읽었다고 전해진다. 1930년에 일본으로 건너가 호세이대학(法政大學)에서 수학하였고 영화, 미술, 음악 등 현대적인 것을 두루 경험하였다. 그리고 그 무렵 신생(新生)에 발표한 단편 소설 〈수염〉을 시작으로 문학 활동에 뛰어들게 되었고, 1934년 중앙일보(中央日報)에 〈소설가 구보 씨의 일일〉을 발표하면서 모더니즘 소설을 대표하는 작가로 떠오르게 된다. 당시 이태준(李泰俊)은 다음과 같이 박태원을 극찬하였다.

> 나는 仇甫의 작품들처럼 읽기에 즐거운 것은 없었다. 그는 너무나 나와 다름이 뚜렷함에 즐거웠고, 그는 時代니, 民衆이니 내세우기 전에 저부터가 즐거워서 쓴 것이 즐거웠고, 一見 弄調인가 싶으나 그것은 문학을 단순히 보는 생각, 오히려 仇甫만한 眞實一路의 작품도 다른 작가에게서 보기 드므니 즐거웠다. 더구나 그는 늘 自己自身이 주인공들의 人情世態에 대하는 감각이 仇甫 자신의 것들로 그 敎養맛과

세련된 폼이 모두 우리 지식인들에겐 仇甫 그를 만남과 다름없이 구수
한 사귐성에 묻히고 말게 하는 것이다. 더구나 仇甫는 누구보다도 先
覺한 스타일리스트다. 그의 독특한 끈기 있는 치렁치렁한 長距離문장,
心理고 事件이고 무어던 한번 이 문장에 걸리기만 하면 一絲를 가리
지 못하고 赤裸하게 노출이 된다. 이 땅에서 예술에 살려는 부질없음,
그러나 운명임에 슬픔, 蒼白한 知識幽靈群의 魂膽, 可히 웃고, 可히
슬프고, 可히 低頭沈思케 하는 우리 자신들의 陣列이 작품마다 전개
되는 것이다. 더구나 문체의 완성에는 敬意를 표하고도 남는다.『小說
家 仇甫氏의 一日』이 발표된 후에 장거리문장이 얼마나 널리 유행하
며 있는가는 예를 들기까지 區區하지 않아. 仇甫의 문장은 이제 온전
히 朝鮮文章의 한 문체로 존재하는 것이다[66].

박태원은 이후에도 〈성탄제〉, 〈골목안〉, 〈여인 성장〉 등 서민들의 일
상생활을 그린 소설을 계속 발표하며 작가로서 입지를 굳혀나갔다. 또
한 톨스토이(Lev Nikolayevich Tolstoy)의 〈바보 이반(Ivan the Fool)〉
과 헤밍웨이(Ernest Hemingway)의 〈도살자(The Killers)〉 등 서양 작
품들도 적지 않게 번역하였다. 그랬던 그는 1938년 무렵부터 돌연 중
국 소설 번역에 나서게 된다. 이 시기에 그가 번역한 작품을 표로 정리
하면 아래와 같다.

〈표 2-4〉 박태원의 중국 소설 번역 작품

년도	출처	원작	작품명
1938	야담	東周列國志	五羊皮
1938	소년	聊齋志異	요술꾼과 복숭아

---

66) 이태준(1940.07.01). 이밖에도 박팔양(朴八阳)은 그를 가리켜 "현 소설계의 재
인"이라고 하였고, 이선희(李善熙)와 임화(林和)는 각각 그의 문체를 가리켜 "독
특하고 如实하다"라고 평가하였다.

년도	출처	원작	작품명
1938	조광	今古奇觀	賣油郎
1938	야담	今古奇觀	杜十娘
1938	야담	今古奇觀	黃柑子
1938	사해공론	東周列國志	亡國調
1938	야담	今古奇觀	芙蓉屏
1939	인문사	今古奇觀 외	支那小說集
1941	신시대	三國演義	新譯三國志
1942	조광	水滸傳	水滸傳
1943	신시대	西遊記	西遊記

　사실 1980년대까지만 해도 친일 작가, 월북 작가라는 이유로 박태원에 대해 제대로 된 연구가 이루어지지 않았다. 하지만 1980년대 말부터 박태원에 대한 연구가 늘어나면서 그가 일제강점기에 중국 문학을 번역한 사실이 알려지게 되었다. 그렇다면 그동안 창작과 서양 소설 번역에 치중했던 그가 갑자기 중국 소설 번역으로 눈을 돌린 까닭은 무엇일까. 크게 세 가지 이유를 꼽을 수 있겠다. 첫째는 중국 문학에 대한 관심이다. 박태원은 어린 시절부터 중국 고전을 접하며 중국 문학에 깊은 흥미를 보여 왔다. 이 같은 사실은 그가 〈지나소설집(支那小說集)〉을 발표하면서 쓴 글에서 찾아볼 수 있다.

　자리에 들어서도 곧 잠들지 못하고 한 時間 或은 두세 時間씩 책장을 뒤적이는 것은 여남은 살 적부터의 나의 슬픈 버릇이었거니와 내 나이 弱冠을 지나서부터 이렇듯 잠을 請하느라 손에 잡았던 것은 主로 支那의 稗史小說類이다. 그 中에 한번 읽어 滋味있던 것은 혹 이를 두세 번도 읽어 보았고 네댓 번씩 읽고도 물리지 않는 것은 다시 興이 이는 대로 우리말로 고쳐 보니 이리하여 얻은 것에서 열두 편의 이야기를 골라 한卷으로 엮은 것이 곧 이 『支那小說集』이다[67].

이렇듯 박태원은 스무 살 즈음부터 중국 소설을 탐독하였다. 그리고 그것이 10년 뒤 중국 고전 소설 번역으로 발현되기 시작하였다. 실제로 이태준이 앞의 글에서 "그(박태원을 가리킴)는 時代니, 民衆이니 내세우기 전에 저부터가 즐거워서" 글을 썼다고 한 점으로 볼 때, 그가 중국 소설에 가졌던 흥미와 관심이 곧 중국 소설 번역으로 이어졌음을 짐작하게 한다.

둘째는 양건식의 영향을 꼽을 수 있다. 그동안 중국 소설 번역을 선도해 온 이는 단연 양건식이었다. 태동기에 양건식의 등장으로 중국 소설이 현대어로 조선에 소개되었는데, 그는 전통과 근대 소설을 넘나들며 중국 문학에 대한 넘치는 사랑을 보여주었다. 또한 당시 서양 소설과 일본 소설에 편중되어 있던 많은 이들을 중국 소설로 이끈 것 역시 양건식이었다. 그런 양건식의 번역 활동은 1939년을 전후하여 끊기게 된다. 그 무렵 등장한 것이 바로 박태원이었다. 당시 많은 이들이 중국 소설 번역을 포기하고 학술 연구나 논평에 집중한 것과 달리, 이 시기 박태원은 활발한 번역 활동을 펼치기 시작한다. 〈홍루몽〉을 제외한 중국 4대 기서 번역에 나섰을 뿐만 아니라, 〈지나소설집〉을 편찬하기도 하였다. 그래서 양건식으로부터 독서지도 혹은 중국 고전 소설에 대한 지식과 한문 교육을 받은 박태원이 그를 계승하려고 했던 것이 아니었을까 짐작해 볼 수 있다[68]. 예를 들어, 박태원은 "(조선에) 『三國志』量으로도 지극히 부족하거니와 質에 있어서도 이렇다 내세울

---

67) 박태원(1939:338).

68) 윤진현(2005:104)에 따르면 "박태원의 숙부 박용남은 양건식과 절친한 사이로 서 경성제일고보 재학 중이던 1926년 3월『누님』이라는 시가 『조선문단』에 가작으로 입선되면서 문단에 등단한 박태원이 일시적으로 학교를 중퇴하게 되었을 때, 박태원으로 하여금 양건식에게 문학 지도를 받을 수 있도록 주선하였다" 고 한다.

작품이 없음을 못내 부끄러워하는 터입니다[69]"라고 하면서 자신이 현재 〈삼국지〉를 번역, 연재하고 있음을 내비쳤다. 또한 박태원이 〈삼국지〉 번역을 한 것을 두고, 훗날 그의 장남인 박일영이 "조선에도 삼국지 번역을 이어갈 인재가 있다[70]"는 것을 보여주기 위함이었다고 말한 것으로 볼 때, 1929년에 양건식이 마치지 못했던 〈삼국지〉 번역을 완성하려고 했던 의도가 엿보인다. 물론 그러면서도 양건식과는 차별점을 두며, 자신만의 노선을 걸어가고자 했던 모습도 찾아볼 수 있다. 그래서 박진영은 "무엇보다 박태원은 양건식의 시대와 다른 역사적 조건에 처했으며 박태원의 세계문학, 중국문학이라는 것도 양건식의 입지나 시각과 구분되는 세계문학, 중국문학일 수밖에 없었다.------중략------양건식이 고른 이야기와 거의 겹치지 않으며 번역 방식도 상당히 달랐다. 고전이라는 의식에서 출발한 양건식이 종내 야담의 프레임을 돌파하지 못했다면 박태원은 처음부터 고전의 권위보다 이야기의 흐름에 초점을 맞추어 재편성하거나 개편하는 과감한 길을 걸었다"라고 하였다.

셋째는 당시의 복잡했던 문학계 상황을 들 수 있다. 태평양전쟁(太平洋戰爭)과 중일전쟁으로 일제의 관리, 감독이 다시 엄격해지면서 중국 근대 문학 작품에 대한 번역이 제한을 받게 되자, 이 시기에는 역자들이 다시 중국 전통 소설 번역으로 눈을 돌리는 현상이 나타났다. 또한 이때에는 청소년을 대상으로 하는 소년 소설이 많이 연재되었다. 이것은 1937년 이후 "일제의 극심한 탄압으로 일반문단에서 글을 쓸 수 없었던 일반 성인 작가들이 대거 청소년 소설"을 쓰게 되면서 나타난

---

69) 삼천리 제13권(1941.12.01).

70) 서울신문(2008.05.02).

현상으로 보인다. 이 점을 반영하듯, 1937년에 연재된 이걸의 〈소년 삼국지〉와 1938년에 연재된 박태원의 〈요술꾼과 복숭아〉도 각각 청소년 소설과 지나 동화로 명명되어 있어 당시 상황을 잘 나타내준다. 이렇듯 당시 많은 창작 소설 작가들이 작가로서의 입지를 잃게 되면서, 박태원도 적지 않은 영향을 받은 것으로 보인다. 그래서 그 역시 창작 활동을 잠시 멈추고 그동안 관심을 가져왔던 중국 고전 소설 번역으로 눈을 돌렸을 가능성이 적지 않다.

　그 이유가 어찌 되었든, 박태원은 이 시기에 많은 중국 고전 소설을 번역하였다. 특히 눈에 띄는 것이 1938년에 〈금고기관(今古奇觀)〉과 〈동주열국지(東周列國志)〉를 몇 편 번역하고, 1939년에 이를 한데 묶어 〈지나소설집〉으로 출간한 것이다[71]. 이에 대해 이병기(李秉岐)는 "비록 그의 창작은 아니더라도 창작만 못하지도 않다. 아니, 어설픈 창작보다도 나으면 나을 것이다. 한때 〈야담〉에 실렸다고 야담과 같은 것으로 돌릴 것도 아니고 보다 더 의미 있는 우리 인생 독본으로서 누구나 한번 읽어 볼만한 글이다[72]"라고 하였고, 채만식(蔡萬植)은 "박태원 씨의 근저(近著) 『지나소설집』을 권을 받고 회로 차중에서 파적삼아 한두 편 읽기 시작한 것이 의외로 흥미가 쏠려 찻간의 수 시간 동안을 무류한 줄 모르게 지냈고도 오히려 책을 덮기를 섭섭해 했었다. ------중략------아무가 읽어도 재미있는 게 이 『지나소설집』이요[73]"라

---

71) 〈지나소설집〉에는 모두 10편이 담겨있다. 10편 중 7편은 〈금고기관〉에서, 3편은 〈동주열국지〉에서 발췌하여 번역하였다. 목록은 다음과 같다. 〈매유랑(賣油郞)〉, 〈오양피(五羊皮)〉, 〈두십랑(杜十娘)〉, 〈망국조(亡国调)〉, 〈양각애(羊角哀)〉, 〈귀곡자(鬼谷子)〉, 〈상하사(床下士)〉, 〈황감자(黃柑子)〉, 〈부용병(芙蓉屛)〉, 〈동정홍(洞庭红)〉.

72) 동아일보(1939.05.09).

73) 조선일보(1939.05.22).

고 평가하였다. 또한 작품의 재미를 넘어, 일제강점기를 대표하는 몇 안 되는 중국 소설 모음집이기에 문학적, 역사적으로도 대단히 가치 있는 작품이라고 할 수 있다.

그렇다고 박태원이 순전히 중국 고전 소설만 고집한 것은 아니었다. 그는 1940년에 린위탕(林語堂)의 에세이를 번역하여 발표하기도 하였다. 그러면서 "文豪 魯迅을 잃고 一時 落莫의 情을 금할 길 없는 支那 文學界에 있어서 林語堂의 출현은 전혀 혜성적으로 小說界가 갑가기 百花요 亂하게 된 듯싶은 느낌을 우리에게 준다[74]"라고 덧붙였다. 이로 볼 때, 그가 당대 중국 문학계에도 적지 않은 관심을 가졌던 것을 알 수 있다.

〈사진 2-4〉 환갑을 맞이한 박태원(첫째 줄 가운데)과 그의 가족들

---

[74] 박태원(1940.06.01).

박태원은 일제강점기 해방 뒤에도 〈중국동화집(中國童話集)〉, 〈중국소설선(中國小說選)〉 및 〈삼국지〉를 번역, 출판하였다. 그러다 1950년 한국전쟁 때 가족을 두고 홀로 월북했다. 그리고 1956년에는 남로당(南勞黨) 계열이라는 이유로 숙청당하고 집단농장에서 강제 노동을 하였다. 이로 인해 건강이 극도로 악화되었지만, 1960년 복귀한 뒤에도 중국 고전 소설 〈삼국연의〉를 완역, 출간하고 역사 소설인 〈갑오농민전쟁〉 등을 집필하는 등 불굴의 집념을 보여 주었다.

박태원은 1986년 세상을 떠나는 순간까지도 창작 의지를 놓지 않았던 작가였다. 비록 역사의 휘용 돌이 속에서 그 모습은 피폐해져갔지만, 끝까지 모던보이이자 스타일리스트로서의 정신을 잃지 않았다. 아래에서는 "자신이 쓴 대목을 읽어줄 때 가장 행복해했다"는 박태원이, 자신의 아들에게 "연사가 연설하듯 들려주었던 삼국지75)"에 대해 살펴보도록 하자.

2.4.2 박태원과 〈삼국지〉

〈삼국지〉는 한국에서 가장 사랑받는 중국 고전 소설이라고 해도 과언이 아니다. 일례로 1904년부터 2004년까지 한국에서 백년간 간행된 〈삼국지〉만 해도 400종이 넘는다. 해마다 40종 이상의 〈삼국지〉가 쏟아져 나온 셈이다76). 〈삼국지〉는 각지에서 내놓으라 하는 영웅호걸들이 모여 기묘한 전략과 전술로 전국 통일을 위한 전쟁을 벌이는 이야기이다. 한국에는 설화(說話)의 화본(話本)을 바탕으로 간행된 〈삼국지평화(三國志平話)〉가 고려 말기에 먼저 전래되었고77), 이 영향으로 탄생

---

75) 한겨레(2016.06.07).
76) 경인일보(2016.09.27).

한 〈삼국지연의(三國志演義)〉가 1552-1560년 무렵에 전래된 것으로
보인다[78]. 이것은 당시 기대승(奇大升)이 조선 제14대 임금인 선조(宣
祖)에게 "이 책(〈삼국지연의〉를 가리킴)이 나온 지가 오래 되지 아니하
여 소신은 아직 보지 못하였으나, 간혹 친구들에게 들으니 허망하고
터무니없는 말이 매우 많았다고 하였습니다(此書出來未久, 小臣未見
之, 而或因朋輩間聞之, 則甚多妄誕)[79]"라고 한 부분을 근거로 하고 있
다. 그 뒤 1592년 이후부터 〈삼국지연의〉가 전국적으로 성행하여 부녀
자와 어린아이까지도 모두 외워 말할 수 있을 정도였다고 한다[80]. 심지
어 조선 제17대 국왕인 효종(孝宗)도 〈삼국지연의〉를 읽고 번역한 것
으로 밝혀졌다.

처음에 효종께서 친히 이 책을 번역하실 때 호지(糊紙)로 공책을
만드시고, 왕후로 하여금 초(草)를 잡게 하셨으며, 간간히 또한 궁인
(宮人)이 대신 쓴 것이 있다. 책이 이미 이루어지자 장차 초(草)를 없애
려고 하셨는데 공주께서 얻기를 청하시어 없애지 않으시고 마침내 그
책을 공주에게 하사(下賜)하시니 장황(裝潢)하여 열세 권이 되었다[81].

77) 〈삼국지평화〉는 중국의 위(魏), 촉(蜀), 오(吳) 세 나라의 역사를 바탕으로 전승되
어 온 설화의 화본을 바탕으로 간행된 책으로 모두 3권으로 되어 있다. 그 분량
은 〈삼국지연의〉의 1/10 정도이며, 훗날 나관중(罗贯中)의 〈삼국지연의〉가 탄생
하는 계기가 되었다.

78) 闵宽东, 陈文新, 张守连(2015:5) 참조.

79) 조선왕조실록(http://sillok.history.go.kr).

80) 홍인표(2004:384-385) 참조. 김만중(金万重)은 〈서포만필(西浦漫笔)〉에서 다음
과 같이 언급했다. "今所谓『三国志演义』者, 出於元人罗贯中, 壬辰後盛於我东, 妇
儒皆能诵说."

81) 김수영(2015:73)이 〈효종의 "삼국지연의" 독서와 번역〉에서 이 자료를 처음 공
개하고 이 사실을 처음으로 밝혀냈다. 원문은 다음과 같다. "始孝庙亲翻是书也,
糊纸为弓, 俾后起草, 间有亦宫人代书者. 书即成, 将毁草, 以公主请得不毁, 遂以赐
之, 盖装为十三卷."

이로 볼 때, 〈삼국지연의〉가 조선에 전래되고 얼마 되지 않아 국문으로 번역되어 유통된 것을 알 수 있다. 그 뒤로 조선에서는 〈삼국지〉의 한글 필사본이 유행하며 일제강점기 이후까지도 줄곧 사랑받았다. 그러나 대부분 역자가 분명하지 않거나 예전에 유통되던 것이 재출판된 것이어서 한자어가 많고 현대적인 감각이 부족한 편이다. 그 이후에 나타난 역자가 분명한 〈삼국지〉 역본으로는 1929년에 양건식이 번역한 〈삼국연의〉, 1937년에 이걸이 번역한 〈소년 삼국지〉, 1939년에 한용운이 번역한 〈삼국지〉와 1941년에 박태원이 번역한 〈신역 삼국지〉가 있다. 양건식의 역본은 현대적인 한국어로 번역된 최초의 〈삼국지〉로 훗날 한용운과 박태원 등에게 큰 영향을 주었고, 이걸의 〈소년 삼국지〉는 소년을 대상으로 하고 있어서 내용과 번역투가 상대적으로 부드러운 것이 눈여겨 볼만하다. 한용운의 〈삼국지〉는 "그동안 구소설 번역이 가진 투박함에서 벗어나 세련된 번역 기법을 구사하여 삼국지 텍스트의 근대화 과정을 보여주는 판본"으로 평가 받았으며, 박태원의 〈삼국지〉는 "세련된 현대어 문장이 번역 과정에서 구수한 의고문장과 결합하여 독특한 미적 성취에 도달"하였다고 평가받았다. 특히, 박태원의 〈삼국지〉는 같은 시기에 번역된 요시카와 에이지(吉川英治)의 〈삼국지〉와도 비교, 평가되고 있다. 요시카와 에이지는 중일전쟁이 발발하자 마이니치신문(每日新聞)의 특파원으로 華北에서 종군하였고, 이듬해 내각 정보국의 명령으로 문사 종군의 일원으로 전쟁 당시 중국에 두 번이나 방문한 사람이다[82]. 그 뒤에 그는 중국에 대한 이해를 촉구하고 전쟁 참여를 독려하려는 목적으로 조선총독부(朝鮮總督府)의 기관지인 경성일보(京城日報)에 〈삼국지〉를 연재하였다[83]. 그가 엮어낸

---

82) 이은봉(2015:380).

〈삼국지〉는 당시 선풍적인 인기를 얻으며 〈삼국지〉의 정석으로 자리
잡게 되었다. 바로 이러한 때에 박태원은 〈삼국지〉 번역을 시작하게
된 것인데, 이 역본은 일본 작가의 영향을 벗어난 작품으로 평가받고
있다84). 또한 유창진은 이 작품을 가리켜 "이와 같은 저항의식은 물론
삼국지에서도 나타난다.------중략------도원에서 결의를 맺고 군사를 일
으킨 것은 일종의 민중적 봉기에 가깝다. 유비 삼형제에 대한 독자들의
지지는 부패한 정치권력과 불평등한 사회에 대한 민중적 항의와 분노"
가 담겨있다고 하였다. 이렇듯 〈삼국지〉를 저항 소설로서 이해하며 또
다른 애국주의 소설의 구현이라고 주장하는 학자들도 적지 않다.

박태원의 〈삼국지〉 번역에서 또 하나 눈여겨 볼만한 것은 바로 그의
번역 태도이다. 앞에서 소개한 유기석과 정래동은 원문에 충실하게 직
역을 한 것으로 유명하다. 그것은 당시 중국에서 진행되고 있던 신문학
운동의 영향을 강하게 받은 이유에서 비롯되었다. 그러나 박태원의 번
역은 번역보다는 번안(飜案) 혹은 재창작에 가까운 느낌을 준다. 번안
은 원작의 줄거리는 그대로 따르면서 인명, 지명 따위를 역자의 주관에
따라 바꾸는 것을 말하는데, 역자의 개입 정도에 따라 원작이 변형되거

---

83) "요시카와 에이지의 『삼국지』는 황건적을 둘러싼 일련의 사건들을 소설의 도입
부에 장황하게 배치함으로써 삼국의 영웅들이 전쟁터에 뛰어들 수밖에 없는 명
분을 제공한다. 전쟁의 명분은 황건적과 십상시를 몰아내고, 도탄에 빠진 민중
을 구한다는 것이면 충분하다. 시간이 흐르고 일단 전시 상황이 펼쳐지면, 전쟁
의 본래 목적인 '천하통일'의 욕망이 투명하게 드러나게 되어 있는 것이다.------
중략------그것의 실체는 파괴와 약탈, 살인과 방화로 얼룩진 지옥 같은 전쟁을
합리화함으로써 천황제 파시즘을 더욱 공고히 하는 것"이었다. 권용선
(2006:204-205).

84) 윤진현(2005:106)은 조조(曹操)가 유비(劉備)를 공격하는 대목에서 박태원이
"지극히 어질지 않은 이가, 지극히 어진 이를 치면, 패하지 않을 도리가 있겠느
냐"라고 표현한 부분을 예로 들어, 침략 전쟁에 반대하는 박태원의 역사의식을
증명하였다.

나 손상을 입게 된다. 즉, 번역도 아니고 창작도 아닌 것이 바로 번안인
것이다. 이병기는 일찍이 그의 번역 스타일에 대해 "충실한 번역은 아
니[85]"라고 하였고, 채만식은 "번안이거나 또는 한글로 번역된 지나문
학이 아니라, 많이 조선문학에 가깝지 않은가 한다[86]"라고 하였다. 박
태원 역시 자신의 번역 스타일을 소개하기도 하였는데, "우리말로 옮
기는데 있어 나는 비교적 자유로운 태도를 가지려 하였다. 이는 대개
내가 지나 문학의 연구 또는 소개를 위하여 붓을 든 것이 아닌 까닭이
다[87]"라고 하였다. 이렇듯 그는 번역과 창작의 그 중간쯤에서 객관적
인 번역보다는 그 작품을 즐기며 감흥이 없는 부분은 과감하게 생략하
고 감흥이 일어나는 부분에서는 자신의 상상이나 생각을 더해 주관적
으로 재창작하였다. 그래서 번역가 송강호는 "박태원은 번역작업 당시
에도 자신의 장점을 발휘하여 단순한 원문의 번역을 넘어섰다[88]"라고
평가하였다. 그러나 안타깝게도 그는 "시상구에서 와룡은 주유를 조상
하고, 봉추는 뇌양현에서 고을을 다스리다(柴桑口臥龍弔喪, 耒陽縣鳳
雛理事)"까지 번역한 뒤 〈삼국지〉 번역을 중단하고, 곧 〈수호지〉 번역
에 돌입하였다.

그렇다고 박태원이 〈삼국지〉 번역을 포기한 것은 아니었다. 그의
〈삼국지〉 사랑은 해방 이후에도 계속되었다. 1950년부터 정음사를 통
해 총 10권 중에서 5권 분량을 출간하였다. 하지만 1941년 때와 마찬
가지로 그는 결국 〈삼국지〉 번역을 완성하지 못하고 월북하게 된다.
그리고 1964년 북한에서 전 6권으로 〈삼국연의〉를 완역, 출간하였다.

---

85) 동아일보(1939.05.09).
86) 조선일보(1939.05.22).
87) 박태원(1939:338).
88) 동아일보(2009.07.09).

그의 오랜 숙원이 마침내 결실을 맺게 된 것이다. 그리고 2008년 깊은 샘에서 이를 저본으로 하여 총 10권으로 구성된 〈박태원 삼국지〉를 펴내면서 한국에서도 박태원의 〈삼국지〉를 감상할 수 있게 되었다.

박태원이 일제강점기에 번역한 〈삼국지〉는 이후 한국에서의 〈삼국지〉 번역에 큰 영향을 끼친 것으로 나타났다. 그래서 조성면은 박태원의 〈삼국지〉를 가리켜 "한국판 현대 삼국지들의 좌장 격[89]"이라고 하였다. 또한 요시카와 에이지의 〈삼국지〉에 대항하며 한민족의 자존심을 세워준 작품이기도 하다. 뿐만 아니라 박태원은 〈삼국지〉를 계몽 목적이나 학문 목적으로 이용하기 보다는 문학 작품 자체로 즐기고자 하였다. 진정으로 문학을 즐길 줄 알았던 작가가 바로 박태원이었던 것이다.

2.5 소론

본 장에서는 일제강점기에 나타난 번역가의 생애와 대표작품에 대해 살펴보았다. 먼저 양건식은 일제강점기 전반에 걸쳐 활동한 중국소설 번역가이다. 그의 활동 시기를 놓고 볼 때, 일제강점기의 중국소설 번역은 양건식으로 시작해서 양건식으로 끝났다고 해도 과언이 아닐 정도로 이 기간 동안 두드러진 활약과 성과를 보여주었다. 그는 중국 소설뿐만 아니라, 희곡, 신시도 번역하였으며 중국 문학 평론에도 깊은 관심을 가졌던 인물이다. 양건식의 대표 작품으로는 〈홍루몽〉을 꼽을 수 있다. 〈홍루몽〉은 그를 본격적인 중국 문학 번역의 길로 이끈 작품이자, 두 번이나 번역을 시도하고 여러 번에 걸쳐 이와 관련된 평

---

89) 서울신문(2008.05.02).

론을 할 정도로 큰 애착을 가졌던 작품이다. 특히, 〈홍루몽〉 번역을
통해 불합리한 혼인 제도를 개혁하고 여성 해방에 대한 국민들의 의식
을 계몽하고자 했던 그의 의지를 엿볼 수 있다.

그 다음으로 유기석과 정래동은 일제강점기 중반에 등장한 번역가
이다. 먼저 유기석은 루쉰의 작품과 사상에 깊은 감동을 받고 항일 운
동을 직접 실천한 것으로 유명하다. 하지만 이런 항일 운동만으로는
계몽의 한계를 느낀 유기석은 문학이 가진 파급력을 깨닫게 되었고
루쉰의 〈광인일기〉를 번역하게 된다. 유기석은 루쉰의 작품을 한국어
로 처음 소개한 인물이며, 그가 번역한 〈광인일기〉는 외국인이 번역한
최초의 루쉰 소설로 꼽힌다. 이를 계기로 조선에서 루쉰이 더 많이 알
려지게 되었고, 그에 대한 평론이 실리고 작품들이 번역되기 시작하였
다. 또한 훗날 한국에서의 루쉰 연구에 기틀을 마련해주는 중요한 역할
을 하였다. 한편, 정래동은 유기석과 달리 중국 유학을 마치고 조선에
돌아와 중국 문학 소개와 연구에 한평생을 바친 진정한 학자였다. 특
히, 그가 번역한 〈애인의 죽음-위생의 수기〉는 양건식이 주장했던 여성
계몽에서 한 걸음 더 나아가, 여성 스스로가 독립된 개체로 일어설 수
있어야만 궁극적인 문제 해결이 가능함을 보여주는 동시에, 중국 여성
작가들의 삶과 작품을 본보기로써 제시하였다. 이것은 정통 중국 유학
생 출신으로서 한 차원 높은 능력을 보여주었다고 할 수 있다. 또한
중국 문학을 통해 궁극적으로 조선 문학의 발전을 추구하였다는 점에
서도 그의 업적을 높이 평가할 만하다.

마지막으로 박태원은 일제강점기 후반에 등장한 번역가이다. 주로
창작과 서양 소설 번역에 매진하던 그는 1938년부터 돌연 중국 소설
번역에 손을 대기 시작한다. 중국 4대 기서 번역에 나섰을 뿐만 아니라,
〈지나소설집〉을 편찬하기도 하였다. 그의 대표작으로는 〈삼국지〉를 꼽

을 수 있다. 그는 자신만의 번역 스타일로 일제강점기, 광복 직후 그리고 월북 이후까지 세 차례에 걸쳐 〈삼국지〉 번역을 시도하였으며, 한국에서의 〈삼국지〉 번역에도 큰 영향을 끼쳤다. 그래서 혹자는 그의 〈삼국지〉를 가리켜 "한국판 현대 삼국지들의 좌장 격"이라고 극찬하기도 하였다.

　본 연구를 통해 이상의 역자와 대표 작품에 대해 개괄적인 이해를 할 수 있었다. 그러나 여전히 분명하게 밝혀지지 않은 부분이 많기 때문에 앞으로도 지속적인 연구 및 자료 발굴이 필요하다. 예를 들어, 양건식의 중국 유학 여부 및 유기석이 번역했다고 전해지는 〈아Q정전〉에 대한 역문 발굴 등이 그것이다. 또한 이 시기에는 이들 이외에도 더 많은 역자와 작품들이 등장했기 때문에 이들에 대한 연구도 게을리 해서는 안 될 것이다.

일제강점기 중국소설번역 특징

 역자가 번역에 대해 가지는 목적은 번역 대상과 번역 방법을 결정하
는 데 아주 중요한 역할을 한다. 동시에 번역 대상과 번역 방법은 번역
목적을 달성해주는 도구이자 매개이기도 하다. 그래서 역자는 번역 목
적을 달성하기 위해 심지어 원문 고유의 형식, 의미, 문화적 요소를
완전히 탈바꿈하기도 한다. 그 대표적인 인물로 린수(林紓)를 꼽을 수
있다. 린수는 청나라 말기에 활동한 외국어를 배운 적이 없는 번역가로
익히 알려져 있다. 그의 말을 빌리자면 "나는 서양의 글을 모르는 까닭
에 간신히 번역계에 몸담을 수 있었다. 두세 명의 친구가 구술을 해주
면 나는 그것을 듣고 손으로 옮겨 적었다(予不審西文,其勉强廁身於譯
界者, 餘耳受而手追之)[1]"라고 하였다. 그리고 이런 방법으로 무려 10
여 개국의 작품 181편을 번역했다[2]. 보통의 역자가 평생 1-2개의 외국
어를 구사하고 기껏해야 수십여 편의 번역서를 남기는 것과 비교해
보면 정말 굉장한 수량임에 틀림없다. 그렇다면 그가 이런 방법을 쓰면
서까지 번역에 참여한 이유는 무엇일까. 물론 여러 가지가 있겠지만,

---

1) 林紓(2006).
2) 김소정(2008:269).

민중에게 외국의 실정을 알리고 애국심을 고취하려는 목적이 가장 컸다고 할 수 있다. 실제로 린수는 여러 작품에서 애국과 계몽을 강조하였다[3]. 그리고 그의 이런 번역 목적은 얼마 지나지 않아, 곧 상당한 번역 효과로 나타났다. 훗날 중국의 대문호로 성장한 루쉰(魯迅), 궈모뤄(郭抹若), 저우쮀런(周作人), 후스(胡適), 첸중수(錢鐘書) 등이 모두 그의 영향을 받은 것으로 나타났기 때문이다. 후스는 린수를 가리켜 "제일 먼저 서양 근대 문학을 소개한 인물[4]"이라고 하였고, 저우쮀런은 그가 루쉰에게 영향을 끼친 "세 번째 인물[5]"이라고 하였다. 또한 궈모뤄는 린수의 역서를 가리켜 "내가 가장 선호하는 읽을거리[6]"라고 하였고, 첸중수는 "다시 읽을 가치가 있[7]"는 작품이라고 평가하였다. 이렇듯 역자가 번역 전에 취하는 대상의 물색 및 번역 목적 그리고 번역 방법은 번역의 사회적 효과로까지 이어지며 서로 밀접한 관련을 맺고 있다. 그러므로 역자의 번역 대상, 번역 목적, 번역 방법을 이해하는 것은 상당히 중요한 작업 중에 하나라고 할 수 있다.

---

3) 린수는 〈불여귀(不如归)〉 序에서 "나는 이미 나이가 많아서 국가에 보답할 날이 얼마 남지 않았다. 일본은 아침에 우는 닭과 같으니 나는 동포들이 각성하기를 바란다(纾年已老, 报国无日, 故日为叫旦之鸡, 冀吾同胞警醒)"라고 하였고, 〈애국이동자전(爱国二童子传)〉 序에서 "또한 국내의 친자식 같이 보배롭고 옛 성현 같이 존귀한 청년들이 이 책을 읽고 애국심이 끓어오르기를 진정으로 바라는 바이다(亦冀以诚告海内至宝至贵,亲如骨肉,尊如圣贤之青年学生读之, 以震动爱国之志气)"라고 하였다.

4) 廖七一(2010:246).

5) 王予民(2007:67).

6) 郭沫若(1992).

7) 钱钟书(1981:23-24).

3.1 번역 대상의 특징

이 시기에 나타난 번역 대상은 크게 세 가지로 요약할 수 있다. 특정 제재의 작품, 특정 작가의 작품, 특정 장르의 작품이 그것이다. 아래에서 자세하게 살펴보도록 하자.

3.1.1 특정 제재의 작품

이 시기에 가장 눈에 띄는 번역 작품은 단연 여성을 제재로 한 작품이라고 할 수 있다. 당시 여성 계몽에 대한 의지가 두드러지면서 이같은 현상이 나타났다. 대표적인 작품으로는 양건식(梁健植)이 번역한 〈홍루몽(紅樓夢)〉, 〈기옥(奇獄)〉, 〈서운(瑞雲)〉, 〈홍선전(紅線傳)〉이 있고, 이외에도 육정수(陸定洙)가 번역한 〈옥리혼(玉梨魂)〉, 정래동(丁來東)이 번역한 〈愛人의 죽음-渭生의 手記〉, 박태원(朴泰遠)이 번역한 〈매유랑(賣油郞)〉, 〈두십랑(杜十娘)〉 등이 있다. 이들 작품의 줄거리를 살펴보면 다음과 같다.

〈홍루몽〉은 가보옥(賈寶玉)과 임대옥(林黛玉)이 계급이 존재하는 봉건 사회 속에서 서로 사랑하지만 가보옥이 가문의 이익을 위해 어쩔 수 없이 다른 여자와 혼인하게 되고, 그 사실을 알게 된 임대옥이 결국 병으로 세상을 떠나고 가보옥 또한 세상의 이합비환(離合悲歡)을 깨닫고 출가하게 된다는 이야기를 다루고 있다.

〈기옥〉속의 춘아(春阿)와 옥길(玉吉)이는 서로에게 연모의 정을 품고 있지만, 춘아는 부모의 뜻을 이기지 못하고 춘영(春英)과 혼인하게 된다. 춘아는 혼인 뒤에 모진 시집살이를 겪게 되고 이를 알게 된 옥길이는 춘영이를 살해한다. 그러나 춘아는 정절한 이미지를 지키기 위해 스스로 감옥살이를 하다가 병사하게 되고, 옥길이도 죄책감에 자결하고 만다.

〈서운〉은 계모에 의해 부잣집의 첩이 될 수밖에 없는 운명에 처한 서운(瑞雲)이 신선의 도움으로 흉측한 외모로 변하게 되고, 결국 시집도 못 가고 구박만 받게 되다가, 그녀의 외모가 아닌 내면을 사랑하는 하생(賀生)을 만나 결혼하게 된 뒤, 다시 본래의 아름다운 외모를 되찾게 된다는 이야기이다.

〈홍선전〉의 주인공 홍선(紅線)은 노주절도사 설숭(薛嵩)의 하녀인데, 설숭이 곤경에 빠지자 기묘한 계책으로 그를 구해낸다. 이를 계기로 홍선은 설숭으로부터 더욱 큰 신뢰를 받게 되지만, 다음 생에는 남자로 태어나고 싶다는 말을 남기고 홀연히 사라진다.

〈옥리혼〉속의 젊은 과부인 바이리잉(白梨影)은 허멍샤(何夢霞)를 만나면서 이루어질 수 없는 사랑을 하게 되고 결국 병에 걸려 죽게 된다. 바이리잉은 세상을 떠나기 전 시누이인 추이쥔첸(崔筠倩)을 허멍샤와 혼인시키지만, 강압적인 혼인 제도를 받아들일 수 없었던 추이쥔첸도 세상을 등지고 만다. 그리고 마지막에 허멍샤 역시 신해혁명(辛亥革命)에서 어처구니없는 죽음을 맞이한다.

〈애인의 죽음-위생의 수기〉속의 즈쥔(子君)은 "나는 내 자신의 것이다. 그들은 아무도 나를 간섭할 권리가 없다(我是我自己的, 他們誰也沒有干涉我的權利)"라고 외치며 모든 사회적 압박을 이겨내고 자유연애에 성공하고 웨이성(渭生)과 작은 가정도 꾸린다. 그러나 그렇게 해방의 기쁨을 누린 것처럼 보였던 즈쥔은 어찌된 일인지 새로 꾸린 가정에서 예전처럼 책을 읽거나 공부를 하지 않고, 자신의 할머니와 어머니가 그랬던 것처럼 집안일을 하고 남편을 챙기는 전통적인 여성의 모습으로 돌아간다. 그리고 그것은 결국 그녀를 죽음으로 내몰게 된다.

〈매유랑〉은 당대 최고의 기녀가 경제적인 풍요와 사회적인 명예를 마다하고 진실한 사랑을 위해 천한 기름 장수를 배우자로 선택하는 과정[8]을 그리고 있다. 그리고 마지막에는 헤어졌던 부모를 만나고 훗날 이름을 떨치게 되는 아들도 낳으며 행복한 결말을 맺는다.

〈두십랑〉은 귀족 자제 이공자(李公子)와 기생 두십랑(杜十娘)의 사랑을 그리고 있다. 그러나 이공자는 끝내 집안의 반대를 이기지 못하고 두십랑을 돈 천금에 팔아넘기려고 한다. 이에 두십랑은 지혜를 발휘하여 많은 사람들 앞에서 이공자를 비판하고 자신의 존엄을 지켜내지만, 결국 바다에 빠져 자결한다.

이상을 바탕으로, 이 시기 여성을 제재로 한 작품의 특징을 살펴보면 다음과 같다. 먼저 이들 작품들은 〈홍선전〉을 제외한 작품에서 모두 여성의 연애와 결혼에 대해 다루고 있는 것을 알 수 있다. 또한 〈서운〉과 〈매유랑〉에서만 남녀가 진정한 사랑으로 행복한 결말을 맞이할 뿐, 나머지 작품에서는 모두 부모 혹은 사회적 압박을 견디지 못하고 사랑과 결혼에 실패한 남녀의 비극적 죽음으로 막을 내리고 있다. 이렇듯 당시 여성들이 정치, 사회적인 문제보다 개인의 연애와 결혼 문제에 더욱 관심을 가진 이유는 개인 스스로가 주체적으로 사고하고 결정하고 행동할 수 있을 때에야 비로소 자유, 평등, 독립이 가능하다고 보았기 때문이다[9]. 다시 말해, 개인적인 문제가 우선적으로 해결되어야만 정치, 사회 등의 공익적인 문제가 해결될 수 있음을 시사하였다.

---

8) 유창진(2012:380).

9) 당시 신여성들은 정치·경제·사회 부문의 변혁보다 개인생활의 변혁에 더 깊은 관심을 보였는데, 그 이유는 '자기를 잊지 않는 것' '먼저 완전한 개인이 되는 것'이야말로 봉건적 제약을 뚫고 나기가 위해 통과해야 하는 첫 관문으로 보았기 때문이다. 신여성들이 "在來의 性道德에 對하여 熱烈히 反抗"하면서 "人格과 個性을 本位로 한 性的 新道德을 建設"하려고 했던 것도 개인성의 구현이야말로 주체적인 삶의 선결조건이라고 생각했기 때문이다. 이정희(2003:02).

두 번째로 눈여겨 볼만 한 것은 여성 캐릭터의 변화이다. 이들 작품
은 일제강점기 전반에 걸쳐 번역되었기 때문에 시대의 변화에 따라
새로운 여성 캐릭터가 묘사되었다. 먼저 태동기에 번역된 〈홍루몽〉과
〈기옥〉속의 여주인공은 모두 수동적인 삶으로 인해 연애와 결혼에 있
어 그 어떤 선택권도 갖지 못하며 모진 억압에도 반항할 수 없는 전형
적인 유교 문화 속 여성의 모습을 하고 있다. 특히 〈기옥〉속에 등장하
는 시어머니와 며느리의 모습은 조선의 전통적인 여인상과 매우 흡사
하다. 그 뒤, 1919년에 번역된 〈옥리혼〉에서는 신세대 여성 추이쥔첸
이 등장한다. 그녀는 기존의 여성 캐릭터와는 사뭇 달랐다. 기존의 여
성 캐릭터가 주로 기생, 하녀, 고아 등 사회적으로 미천한 신분이었다
고 한다면, 추이쥔첸은 서양식 신식 교육을 받고 자란 명문가의 딸로
나온다. 그러면서 노골적으로 자유연애를 주장하고 반항도 시도한다.
하지만 그럼에도 불구하고 결국 집안 어른들의 뜻에 따라 원하지 않는
혼인을 하게 된다. 여기에서 더욱 발전한 것이 1930년에 번역된 〈애인
의 죽음-위생의 수기〉속 즈쥔의 모습이다. 즈쥔도 역시 신식 교육을
받고 자란 신세대 여성으로, 앞선 여성 캐릭터들과 달리 모든 사회적
압박을 이겨내고 자유연애와 결혼에 성공한다. 그러나 그녀는 자신도
모르게 몸에 배인 전통 사상과 사회에 만연한 옛 관습으로 인해 한계를
극복하지 못하고 스스로 구시대의 여성으로 돌아가고 만다. 일제강점
기 말에는 이보다 더 진보한 여성 캐릭터들을 볼 수 있다. 비록 고전
소설을 번역한 것이어서 소설의 전개나 내용에 전형적인 모습이 많이
등장하지만, 연애와 결혼 혹은 기타 문제 해결에 있어서 여성들이 자신
의 주장을 적극적으로 드러내며 진취적인 모습을 보여주었다. 예를 들
어 1938년에 번역된 〈두십랑〉은 "위급한 상황에 굴복하지 않고 자신의
인격과 존엄을 끝까지 지켜나가는 새로운 여성 형상으로서의 두십랑을

묘사하10)"였고, 〈홍선전〉은 남성보다 더욱 강하고 용감한 모습으로 위기에 처한 주인을 구하는 전사 같은 여성 캐릭터를 보여주었다. 이처럼 시대가 변하면서 여성의 모습이 변하고 사람들이 기대하는 여성상이 변한 것을 알 수 있다11).

그러나 그럼에도 불구하고 여성 캐릭터들이 사회 혹은 남성의 영향에서 벗어나지 못하거나 혹은 스스로 설정한 내면적 한계를 극복하지 못하는 모습도 보여주었다. 예를 들어, 〈옥리혼〉속 추이쥔첸은 신식 교육을 받았음에도 불구하고 결국 집안 어른들의 뜻을 이기지 못하고 원하지 않는 혼인을 하게 된다. 이로써 사회 전반에 만연한 구사상이 소수의 힘만으로는 바뀔 수 없음을 시사했다. 〈애인의 죽음-위생의 수기〉속 즈쥔은 힘든 투쟁을 통해 자유연애와 결혼을 쟁취하지만, 결혼 후에 책도 읽지 않고 공부도 하지 않으며 스스로가 다시 전통 여인의

---

10) 유창진(위의 논문).

11) 이러한 여성상의 변화는 시대의 흐름뿐만 아니라, 일본의 정책에도 부합했던 것으로 해석할 수 있다. 1920년대는 신여성이 배양되던 시기였다. 그래서 작품 속 여성 캐릭터들은 모두 연애와 결혼을 통한 자유와 해방을 주장하고, 실제로 어느 정도 계몽 효과가 발생하기도 하였다. 대표적인 작품으로 〈기옥〉, 〈옥리혼〉이 있다. 그러나 1930년대에 접어들면서 중일전쟁의 발발과 함께 일본은 새로운 여성상으로서 현모양처를 내세우게 된다. 이것은 전쟁에 필요한 젊은 인재를 양성하기 위한 목적에서 비롯되었다. 일본을 위해 싸우는 조선의 아들과 딸, 그리고 그러한 아들과 딸을 키워내는 위대한 어머니라는 구호에 맞춰, 여성의 역할을 다시 어머니와 아내로 한정하고 그런 역할을 통해 국가에 헌신하도록 한 것이다. 이정희(2003:10) 참조. 그래서 이 시기에는 사회에 순응하려는 신여성을 채찍질하는 작품이 번역되었다. 대표적인 것이 〈애인의 죽음-위생의 수기〉이다. 그 뒤 1940년대에는 만주 개척이 본격화되면서 여성이 더 이상 계몽의 대상이 아닌 계몽의 주체로 부상하게 되었고, 남성은 계몽 주체의 대상에서 탈락하면서 계몽 주체의 남녀 역전 상황이 벌어졌다. 상허학회(2008:281)참조. 이렇듯 여성의 역할이 또 한 번의 반전을 맞게 되며 여성상은 군국의 어머니, 황국의 신민으로 신분 상승하게 된다. 조진기(2010:184) 참조. 대표적인 작품으로 〈두 십랑〉, 〈홍선전〉이 있다.

3. 일제강점기 중국소설번역 특징 **105**

모습으로 회귀하고 만다. 이를 통해 진정한 여성의 해방이란 자유연애와 결혼에서 끝나는 것이 아닌, 궁극적으로 여성 스스로가 독립된 개체로 일어설 수 있어야 함을 보여주었다[12]. 더 주목할 것은 〈두십랑〉의 두십랑과 〈홍선전〉의 홍선이다. 두십랑과 홍선은 독립적 개체로서 남성보다 뛰어난 지혜와 능력을 보여주며 사회와 남성들로부터 인정을 받는다. 하지만 그럼에도 불구하고 여성이 스스로를 부정하는 모습을 보여주었다. 예를 들어 두십랑은 많은 사람들 앞에서 자신의 인격과 존엄을 지켜냈음에도 불구하고, "첩이 낭군을 저버린 것이 아니라, 낭군이 스스로 첩을 저버린 것입니다(妾不負郎君, 郎君自不妾耳)"라며 바닷물에 뛰어 들어 목숨을 끊었고, 홍선은 공을 인정받아 주인으로부터 편안한 삶을 보장 받았으나, "저는 전생에 남자였습니다.------중략------한 번의 실수로 사람 셋을 죽이게 되었습니다. 음사의 벌을 받아 여자로 환생하게 된 것입니다.------중략------여자의 몸으로 작지 않은 공을 세웠습니다. 이로써 전생의 죄를 씻고 다시 남자로 태어날 수 있게 되었습니다(某生前本男子------略去------是某一擧而殺三人. 陰司見誅, 謫爲女子------略去------在某一婦人, 功亦不小, 固可贖其前罪, 還其本形)"라고 하면서 집을 떠나고자 하였다. 이를 들은 설숭이 그녀를 만류하자, 홍선은 "남자로 환생하고자 하는데 어찌 오래 머물 수 있겠습니까?(事關來世, 安可預謀)"라며 결국 모습을 감추고 만다. 즉, 홍선은 여성으로서 큰 공을 세우고 안정적인 삶을 보장 받았으나 스스로가 여성으로서의 삶을 "전생의 죄로 인한 벌"로 간주하며 하루 빨리 남자로 다시 태어나는 것만이 근본적인 문제 해결 방법임을 보여주었다[13].

---

12) 이병호(1997:347)는 〈애인의 죽음-위생의 수기〉를 "반항의 철저성을 내세"운 작품이라고 해석했다.

13) 〈속황량(续黄梁)〉에도 이와 비슷한 내용이 등장한다. 증생(曾生)은 꿈에서 재상

이밖에도 〈서운〉과 〈매유랑〉은 비록 해피엔딩으로 끝맺고 있지만, 여성의 해방과 행복이 남성에 의해 결정된다는 이야기를 그리고 있어서, 마찬가지로 여성의 한계를 표현했다고 할 수 있다.

이상의 여성 캐릭터를 주체성 혹은 독립성의 크기에 따라 살펴보면, 임대옥〈춘아〈추이쥔첸〈즈쥔〈두십랑〈홍선이 된다. 이것은 이들 작품이 번역된 시기와도 교묘하게 맞아떨어지는데, 시대가 발전하고 사람들의 의식 수준이 높아지면서 여성 스스로가 변화하고 사회적인 요구도 늘어난 것을 알 수 있다. 그러나 다른 한편으로는 여성이 아무리 주체성 혹은 독립성을 가졌다고 하더라도 결과적으로는 여성으로서의 삶이 쉽지 않음을 남성 역자의 시각에서 동정했음도 엿볼 수 있다.

한편, 이들 작품이 조국의 해방과 독립에 대한 내용을 담고 있다고 주장하는 이도 적지 않다. 예를 들어, 차이위안페이(蔡元培)는 "만주족에 나라를 빼앗긴 한족은 청나라 초기에 은연자중하면서 언젠가는 나라를 되찾으려고 노력을 기울이고 있었으며, 누군가 반청복명(反淸復明)운동을 목적으로 『홍루몽』을 지었다고 주장"하기도 하였다. 이를 통해, 이들 작품이 국민들의 낡은 사상과 풍습을 교화하는 목적에서 한 걸음 더 나아가, 나라의 부강과 독립을 담아냈다고도 할 수 있겠다.

3.1.2 특정 작가의 작품

중국과의 교류가 늘어나면서 당대 작가의 작품을 번역하는 현상도

에 올라 온갖 악행을 저지르다가 결국 지옥에 떨어져 참기 힘든 벌을 받게 된다. 그러나 염라대왕은 그것만으로는 벌이 부족하다고 여기고, 증생을 걸인의 자식이자 여자로 환생하게 한다. 즉, 여자로 태어나는 것을 전쟁에 지은 죗값이라고 본 것이다. 그래서 마지막에 꿈에서 깬 증생은 수도하여 명승이 됨으로써 여자로 환생하는 것을 피하고자 하였다.

생겨났다. 궈모뤄의 〈목양애
화(牧羊哀話)〉, 쉬즈모(徐志摩)
의 〈선상(船上)〉 등이 번역되
었고, 린위탕(林語堂)의 에세
이 〈생활의 예술(生活的藝術)〉
도 소설이라는 명목으로 번역,
소개되었다. 그중에서도 특히

〈사진 3-1〉 중국 신소설의 아버지 루쉰

루쉰의 작품이 많이 번역된 것을 알 수 있다. 유기석(柳基石)이 번역한
〈광인일기(狂人日記)〉를 시작으로, 역자 미상의 〈두발이야기(頭髮的故
事)〉, 양건식이 번역한 〈아Q정전(阿Q正傳)〉, 정래동이 번역한 〈애인의
죽음-위생의 수기〉와 〈공을기(孔乙己)〉, 김광주(金光洲)가 번역한 〈재
주누상(在酒樓上)〉, 이육사(李陸史)가 번역한 〈고향(故鄕)〉이 있다. 이
들은 모두 일제강점기 중반에 중국 유학을 다녀온 유학파 출신으로[14),
루쉰과 직·간접적으로 교류하면서 그의 작품과 사상으로부터 영향을
받은 것으로 알려졌다[15). 앞에서 소개한 〈애인의 죽음-위생의 수기〉를

14) 유기석은 1915년에 간도로 이주하여 1918년 옌지(延吉)의 도립 제2중학에 입학
하였고, 난징(南京)의 화중공학(华中公学)을 졸업한 뒤, 1924년 베이징(北京) 조
양대학(朝阳大学)에서 수학하였다. 또한 정래동은 1924년 중국으로 자리를 옮겨
베이징 민국대학(民国大学)을 졸업하였고, 김광주는 1933년에 상하이(上海) 남
양의학대학(南洋医学大学)에 입학한 뒤, 중일전쟁 기간 동안 중국에 머물다가
광복 이후에 귀국하였으며, 이육사는 1926년과 1929년에 각각 베이징사관학교
(北京士官学校)와 베이징대학(北京大学)에서 수학하였다. 또한 비록 『두발이야
기』의 역자를 알 수는 없지만, 이것이 실린 「중국단편소설집」의 역자의 말에서
"3월 28일 북경(베이징) 평민대학(平民大学)에서 역자 씀"이라고 한 것으로 볼
때, 역자가 당시 평민대학에서 유학한 것을 알 수 있다.
15) 유기석은 여러 차례에 걸쳐 루쉰을 방문하였다. 이육사는 1933년 6월 딱 한
차례 루쉰과 조우하였다. 정래동은 루쉰의 강연을 청강한 적이 있다. (이 책 제1
장 제2절 참고). 김광주는 루쉰과 직접 만난 적은 없었던 듯하다. 다만 김광주

제외한 작품의 줄거리를 살펴보면 다음과 같다.

〈광인일기〉는 루쉰이 1918년 신청년(新靑年)에 발표한 그의 처녀작이다. 작품의 표면적인 내용은 주위 사람들이 자신을 잡아먹으려고 한다는 강박관념을 가진 주인공의 이야기를 그리고 있지만, 그 내면에는 시대를 해치는 유교 정신과 위선으로 가득한 인간성을 고발하고 있으며, 그것을 부정하는 이는 무참히 짓밟아버리는 모순된 사회 구조를 이야기하고 있다.

〈두발이야기〉는 N선생의 두발과 관련된 경험과 감상을 이야기하고 있다. 변발을 자르고 귀국했을 때 사람들로부터 "가짜 양놈"이라는 모욕을 당해야 했지만 그 뒤 신해혁명으로 인해 사람들이 변발을 자를 수 있는 자유가 생기게 되었다. 그러나 9년이 지난 지금은 많은 희생자를 낸 신해혁명을 기억하는 사람이 아무도 없다. 사회는 여전히 부패하고 사람들은 몽매할 뿐이다. 두발 문제에서 출발하여 당시 사회가 처한

(1938.12.18)가 1938년 상하이를 떠나면서 쓴 글 4편 가운데 1편을 루쉰에게 할애한 것과 그가 루쉰의 장례식에 다녀왔다고 한 것을 통해 루쉰에 대한 그의 존경심을 엿볼 수 있다. "上海를 떠나는 오늘, 昨年 十月 霞飞路 '마로니에' 잎사귀 누런빛을 재촉하던 때 '万国殡仪馆'一隅에 严肃히 누워있던 '鲁迅'의 苍白한 얼굴이 이렇다고 꼬집어 말할 아무 까닭도 없건만 왜 그런지……중략……나의 视线의 焦点을 向하고 달려들었다가는 희미하게 사라지고 사라졌다가는 쏜살같이 다시 떠오르곤 한다.……중략……아들이 长成하거든 文学家를 만들지 말라고 遺言에까지 저 바라지 않은 그의 心境이 얼마나 쓰라렸을고! 志操를 지키기 爲하여 괴롭고 아프나 清白을 生命으로 삼고 죽기 前까지 '나의 죽음으로 말미암아 남에게 分钱이라도 받아들이지 말도록 하라'고 아내에게 付托하고 눈을 감은 '鲁迅'의 거룩한 精神!"이라고 루쉰을 회상했다. 또한 『두발이야기』의 역자가 역자의 말에서 "나는 항상 이렇게 생각하였다. 남들은 어떤 것을 탐독하든지 말할 것 없고 우리는, 특히 우리 조선 청년들은 읽으면 피가 끓어오르고 읽고 난 뒤에는 그 썩고 구린내 나는 생활 속에서 '에라!'하고 뛰어나올 만한 원기를 돋워주는 혁명적 문예를 읽어야 한다"라고 밝히며 루쉰의 작품을 소개한 것으로 볼 때, 그 역시 루쉰의 작가 정신으로부터 영향을 받은 것을 알 수 있다

고질적인 문제를 비판한 작품이다.

〈아Q정전〉속의 아Q는 사회 최하위층의 삶을 사는 인물이다. 마을 사람들로부터 온갖 모욕을 받지만 곧 정신적 승리를 통해 모든 것을 잊고 만다. 그랬던 그는 혁명당원을 자처하다가 억울한 죽음을 맞이하지만, 마을 사람 그 누구도 그의 죽음을 안타까워하지 않는다. 이를 통해 당시 중국인들의 낙후한 사상을 적나라하게 묘사하고 중국인의 우매함을 날카롭게 꼬집었다.

〈공을기〉에서 쿵이지(孔乙己)는 과거에 급제하지 못했음에도 지식인으로서의 자존심을 버리지 못하고 지호자야(之乎者也)만 운운하는 인물이다. 그리고 어린아이마저도 그를 하나의 웃음거리로 치부하고 마는 모습을 통해 몰락한 봉건 사회를 풍자하는 한편, 본질을 꿰뚫지 못하고 비참한 운명에서 벗어날 줄 모르는 중국 하층민들을 비판하였다.

〈재주누상〉속의 "나"는 우연히 들른 주점에서 옛 동창이자 동료였던 뤼웨이푸(呂緯甫)를 만난다. 과거에 반봉건주의와 개혁에 적극적이었던 뤼웨이푸는 이제 의욕을 상실한 채 세상에 순응하며 지내고 있었다. 뤼웨이푸의 변해버린 모습을 통해 신해혁명 이후 지식인의 변화를 고발하였다.

〈고향〉은 "나"가 오랜만에 고향에 돌아가서 겪은 일을 그리고 있다. 어렸을 때 예쁘고 멋있게 보였던 양얼사오(楊二嫂)와 룬투(閏土)가 지금은 옛 모습을 잃고 어렵게 살아가는 모습을 보면서 신해혁명의 실패를 비판하는 한편, 자신의 조카와 룬투의 아들이 그 옛날 자신과 룬투가 그랬던 것처럼 미래를 약속하는 모습을 통해 새 희망을 꿈꾸는 작품이다.

이상을 바탕으로, 이들 작품의 특징을 살펴보면 다음과 같다. 먼저 이 시기에 번역된 7편의 작품 중에서 5편이 루쉰의 첫 번째 소설집인 〈눌함(訥喊)〉에 실려 있었고, 나머지 2편은 그의 두 번째 소설집인 〈방

황(彷徨)에 실려 있었다[16]. 〈눌함〉은 혁명에 대한 강한 외침을 담아냈
고, 〈방황〉은 지식인의 고뇌를 표현했다고 평가받고 있다. 그래서 이들
소설은 당시 중국 사회를 배경으로 하고 있으며 그 줄거리는 신해혁명
이후에도 여전한 봉건주의적 사회 구조와 낙후한 중국 민중의 우매한
사상을 꾸짖거나 혹은 개혁에 더 이상 적극적이지 않고 사회에 순응하
려는 무기력한 지식인의 태도를 비판하고 있다.

다음으로, 앞에서 소개한 특정 제재의 작품 속에는 여성 캐릭터가
아주 독보적이었다고 할 수 있다. 반면 루쉰의 작품 속에는 대부분 나
약하거나 실의에 빠진 남성 캐릭터가 등장했다. 예를 들어, 〈아Q정전〉
에서의 아Q는 남녀노소를 불문하고 모든 마을 사람들로부터 멸시와
수모를 당하지만 저항할 줄 모르는 인물로 나온다. 심지어 남에게 얻어
맞고는 "아들에게 맞은 셈 치자(我總算被兒子打了)"라고 생각하는 어
리석은 캐릭터이다. 또 〈애인의 죽음-위생의 수기〉에서의 웨이성은 사
랑 앞에서도 소극적이고, 직장에서 쫓겨난 뒤에는 신경질적인 모습을
드러냈으며, 애인의 죽음 앞에서는 아무 것도 할 수 없는 무능력한 모
습을 보여주었다. 그리고 〈재주누상〉의 뤼웨이푸는 과거 "성황묘에 가
서 신상의 수염을 뽑는" 용기 있던 혁명 청년의 모습을 잃고 "〈시경(詩
經)〉, 〈맹자(孟子)〉"를 가르치며 세상에 순응하는 나약한 지식인의 모
습으로 등장한다. 그런 자신의 변한 모습을 두고, 뤼웨이푸는 "만약에
예전 친구들이 나를 만난다면, 나랑 의절하겠다고 할까봐 걱정이야(儻
若先前的朋友看見我, 怕會不認我做朋友了)"라고 읊조린다. 뿐만 아니
라 〈두발이야기〉속의 N선생은 비록 개혁에 대한 의식이 분명하고 중국

---

16) 〈광인일기〉, 〈고향〉, 〈아Q정전〉, 〈공을기〉, 〈두발이야기〉는 〈눌함〉에 실려 있고,
〈재주누상〉과 〈애인의 죽음-위생의 수기〉는 〈방황〉에 실려 있다.

사회의 고질병을 비판하지만, 그러면서도 "귀찮게 한 걸 용서해주오.
내일은 다행스럽게도 쌍십절이 아니니까 모두 잊어버립시다(請你恕我
打攪, 好在明天便不是雙十節, 我們統可以忘却了)"라고 하며 실천과
행동 앞에서는 소극적인 모습을 보여주었다. 이렇듯 무기력한 남성 캐
릭터가 위주인 이유는 크게 두 가지 측면에서 찾을 수 있다. 당시 여성
은 봉건 제도 속에서 여전히 고통 받으며 당연한 자유와 권리를 누리지
못하고 있었다. 그에 비해 남성은 상대적으로 여성을 계몽하고 동정할
수 있는 위치에 있었기 때문에 여성보다는 남성에게 사회 개혁에 동참
할 것을 더 크게 호소했다고 볼 수 있다. 즉, 계몽의 내용이 달랐다고
할 수 있다. 당시 여성에게 우선적으로 필요한 것이 연애와 결혼에 대
한 자유와 그에 대한 계몽이었다고 한다면, 그런 것으로부터 상대적으
로 자유로운 남성에게는 정치, 사회 방면의 개혁 동참을 요구한 것이
다. 다른 하나는 이들 남성 캐릭터가 남성이 아닌 평범한 중국 민중과
지식인을 상징했다고 할 수 있겠다. 즉, 이들을 성별로 구분할 것이
아니라, 당시 봉건사상에 따라 속박과 구속, 무시와 천대, 가난과 궁핍
을 당연하게 여기며 살아가던 중국인이자, 한 때는 개혁에 대한 의지에
불타올랐지만 지금은 현실에 마비된 채 살고 있는 소위 중국 지식인들
을 대표하는 것이다[17].

　하지만 그럼에도 불구하고 희망의 끈을 놓지 않으려는 모습도 보여
주었다. 예를 들어, 〈광인일기〉에서 광인은 마지막에 "사람을 먹어보지

---

17) 이병호(1997:347-349)는 루쉰 작품 속 인물들이 중국의 국민성을 대표한다고
하면서 "(캐릭터의) 보편성이 특수성에 구현된 것이다. 전형적 성격이 구체적이
고 심각할수록 더욱 더 보편성을 가진다"라고 하였다. 즉, 각 캐릭터들이 적나라
하게 묘사되며 특수성을 띄는 듯하지만, 그럴수록 이것은 한 개인이 아닌 중국
인 전체를 대변하는 보편성을 가진다고 보았다.

못한 아이가 혹 아직도 있을 것이다. 아이를 구하자(沒有吃過人的孩子, 或者還有. 救救孩子)"라고 했고, 〈고향〉에서 "나"는 마지막에 어린 조카를 보며 "나는 그들이 나처럼 불안하거나 룬투처럼 마비된 채 살지 않기를 바란다.------중략------그들에게는 우리가 겪어보지 못했던 새로운 생활이 주어져야 한다(都如我的辛苦展轉而生活, 也不願意他們都如閏土的辛苦痲木而生活------略去------他們應該有新的生活, 爲我們所未經生活過的)"라고 하면서 희망을 노래했으며, 〈재주누상〉에서의 "나"도 마지막에 뤼웨이푸와 반대 방향으로 향하면서 "찬바람과 눈송이가 얼굴을 할퀴었지만 마음만은 시원했다(寒風和雪片扑在臉上, 倒覺得很爽快)"라고 내뱉으며 변함없는 개혁 의지를 드러냈다. 또한 〈공을기〉에서도 새시대를 상징하는 어린아이가 구시대를 대표하는 쿵이지의 죽음을 확인하는 것으로 봉건주의 청산을 염원했다. 그래서 혹자는 루쉰의 이런 사회 비판이 "부정적인 정서에서 비롯된 것이 아니라 간절함이 녹아있는 기대감에서 생산된 것(這種悲觀幷不是負面價値情緒, 這種悲觀的生産在於熱切的期待)[18]"이라고 해석했다.

이상의 캐릭터를 개혁 의지에 따라 살펴보면, 쿵이지〈웨이성〈룬투·뤼웨이푸〈N선생〈아Q·광인이 된다. 이로 볼 때, 시간이 지날수록 중국인, 특히 지식인들의 개혁 의지가 사그라지는 것을 알 수 있다. 그래서 당시 조선의 지식인 역자들은 루쉰 작품과 작품 속 캐릭터를 동병상련의 입장에서 조선에 소개하고 개혁에 동참할 것을 독려하였다. 즉, 이들 작품을 통해 사회에 만연한 봉건주의적 전통에 반대하고 낡아빠진 민족성을 계몽하고자 하였다. 그리고 이러한 개혁에 있어 지식인들이 먼저 앞장서야 함을 드러냈다.

---

18) 栾岚(2015:32).

한편, 여기서 말하는 사회 개혁과 사상 계몽이라고 하는 것이 봉건주의, 제국주의에 대한 반항으로 이어질 뿐만 아니라, 실제로 유기석, 이육사 등의 역자들이 몸소 여러 방면에서 항일 활동을 펼친 것으로 볼 때, 이들 소설 또한 궁극적으로는 조국의 독립과 자주를 추구했다고 볼 수 있다.

3.1.3 특정 장르의 작품

이 시기에는 조선시대부터 이어져 내려온 중국 고전 작품, 특히 전쟁 소설이 현대어로 번역되었을 뿐만 아니라 최신 무협 소설도 번역되었다. 대표적인 작품으로는 양건식이 번역한 〈신역 수호전(新譯水滸傳)〉, 〈삼국연의(三國演義)〉가 있고, 이밖에 윤백남(尹白南)이 번역한 〈신석 수호전(新釋水滸傳)〉, 〈초한군담 항우(楚漢軍談項羽)〉, 동유생(東遊生)이 번역한 〈신역 서유기(新譯西遊記)〉, 맹천(孟泉)이 번역한 〈강호기협전(江湖奇俠傳)〉, 이규봉(李圭鳳)이 번역한 〈무술원조 중국외파무협전(武術原祖中國外派武俠傳)〉, 이걸(李傑)이 번역한 〈소년 삼국지(少年三國志)〉, 한용운(韓龍雲)이 번역한 〈삼국지(三國志)〉, 박태원이 번역한 〈신역 삼국지(新譯三國志)〉, 〈수호전(水滸傳)〉, 〈서유기(西遊記)〉가 있다. 이들 작품의 줄거리를 살펴보면 다음과 같다.

〈수호전〉에는 송강(宋江)으로 대표되는 108명의 양산박(梁山泊) 영웅호걸이 등장하는데 그들은 사회의 부패와 부조리에 분노하여 조정에 대항한다. 그러나 마지막에는 민중을 착취하는 자들을 처단하고 재물을 가난한 백성에게 나눠주는 등 그 의로운 행적을 인정받아 황제로부터 사면을 받고 반란군 토벌에 나선다.

〈삼국지〉는 황건적의 난(黃巾起義)이 발생하자 전국에서 내놓으라 하는 호걸들이 모여 이들을 제압하는 것으로 시작한다. 그리고 이 과정에서 유비(劉備), 조조(曹操), 손권(孫權)으로 천하가 삼분되지만, 서로를 이용하고 이용당하는 전략과 전술이 거듭되면서, 결국 위나라의 사마염(司馬炎)이 전국을 통일하고 진(晉)나라를 세우는 것으로 끝을 맺는다.

〈서유기〉는 전쟁 소설이 아닌 판타지 모험 소설이라고 할 수 있다. 손오공, 저팔계, 사오정은 삼장법사(三藏法師)의 제자가 되고, 네 사람은 서역으로 불경을 구하러 간다. 그리고 그 과정에서 사회의 부정부패를 고발하고, 백성을 괴롭히는 이들을 혼내주며 교화하는 내용을 담고 있다.

〈초한군담 항우〉는 항우를 중심으로 〈초한지〉를 새롭게 번안한 작품이다. 진시황(秦始皇)의 강력한 중앙집권으로 인해 나라가 어지러워지자, 초나라의 유민이었던 항우(項羽)는 무장봉기를 일으킨다. 항우는 진나라 병사와의 전투에서 연승을 거두며 진나라를 멸망에 이르게 하고, 스스로를 서초(西楚)의 패왕(覇王)으로 부르게 된다.

〈강호기협전〉은 강호상 발자취를 사면팔방으로 방랑하는 협객의 기를 가지고 힘센 자를 누르며 약한 자를 북돋아주는 사람의 사적이라, 한족의 천하이던 명나라가 만주족의 천하인 청나라에게 망한 뒤에 비분강개한 명나라의 끼친 백성들이 참을 수 없는 적개심을 풀길이 없으매 몸을 도술의 문에 붙여 기이하고도 씩씩한 일을 행하는 협객들의 활약을 담은 소설이다[19].

〈무술원조 중국외파무협전〉은 소림사의 문도(門徒)들이 어렵고 괴로움을 참고 자기의 신체를 튼튼하게 한 뒤에는 폭력(暴力) 밑에서 신음하는 민중(民衆)을 구원하여 내던 기기묘묘한 이야기이다[20].

---

19) 동아일보(1931.09.03).

우선 이들 작품의 내용적 특징을 살펴보면, 모두 어지러운 사회 구조 속에서 백성을 핍박하는 탐관오리 및 부자, 권력자들을 고발하고, 백성을 위기에서 구해내는 영웅의 이야기를 기본으로 하고 있다. 예를 들어, 〈수호전〉속이 노달(盧達)은 김취련이 억울한 일을 당하자 푸줏간의 정대관인을 찾아가 그의 목숨을 끊어버리고, 〈서유기〉속의 손오공은 요괴의 꾐에 빠져 아이들을 잡아먹으려는 비구국(比丘國)의 국왕과 요괴를 혼내주었다. 여기에 신통방통한 전략과 전술 혹은 도술과 요술 같은 환상이 가미되어 비현실적인 느낌마저 주고 있다. 그래서 실제 역사를 바탕으로 했다고 전해지는 〈삼국지연의〉도 7할만 사실이고 3할이 허구이며, 〈수호전〉은 대부분이 허구[21]라고 전해진다.

다음으로 이들 작품에 나오는 영웅 캐릭터들을 언급하지 않을 수 없다. 앞에서 여성을 제재로 했던 작품이나 루쉰의 작품 속에 등장하는 남성 캐릭터들은 모두 현실에서 고통 받거나, 아무 것도 할 수 없는 평범한 인물들을 묘사한 반면, 이들 작품 속에는 무수히 많은 영웅 캐릭터가 등장한다. 우선 그들은 모두 비범한 외모를 가지고 있다. 예를 들어, 〈삼국지〉속의 관우(關羽)는 키가 아홉 척에 얼굴은 홍갈색, 붉은 봉황 눈에 누운 누에 모양의 굵고 짙은 눈썹을 가졌고, 〈초한군담 항우〉속의 항우 역시 키가 팔 척이 넘고 커다란 솥을 들어 올릴 만한 힘과 기개를 가진 인물이다. 당시 1척을 오늘날로 계산하면 약 23cm 정도이니, 이 두 사람의 키가 190cm 정도로 아주 우람한 체격을 가졌음을 알 수 있다. 또한 이들은 초인적인 능력도 가지고 있었다. 예를 들어, 〈강호기협전〉의 양천지는 "매화침은 강철 가루를 단련하여 만든

20) 동아일보(1934.02.02).
21) 강태권(2006:268).

것으로서 무섭기 짝이 없으며 가늘기는 머리털 같고 길기는 서푼에 지나지 못한다. 그 침을 쓸 때에는 온전히 성가된 안공부만 가지고 하나니 백걸음 밖에서 찔러도 들어가지 않는 일이 없으며 제 아무리 두터운 옷을 입었을지라도 한번 몸에 달라붙기라도 하면 곧 가죽과 살속을 뚫고 들어[22]"가는 무예를 익혔으며, 〈무술원조 중국외파무협전〉의 담종은 "고양이처럼 날신 날신하게 하는 것과 쇠꼬창이처럼 빳빳하게 하는 것과 금종조(金鐘□)라 하는 것, 머리를 쇠두겁 쓴 것과 같이 칼날이 튀게 하는 것과 철포삼(鐵布衫)이라는 것 전신이 쇠옷을 입은 것처럼 시석이 와서 상치 못하게 하는 것과 맨 주먹으로 칼날 쥔 사람을 당해내는 공수입백인(空手入白刃)법까지 다 배[23]"워 천하에 그 명성이 자자하였다. 이렇듯 이들 작품에는 현실과는 정반대의 캐릭터들이 등장하는데, 이를 이해하기 위해서는 이들이 번역된 시기를 살펴볼 필요가 있다. 이때는 일제강점기가 20년 넘게 진행되었기 때문에 아무래도 많은 사람들이 당시의 상황에 어쩔 수 없이 순응하거나 또는 현실에 대한 희망과 기대를 잃어버리게 되면서 계몽적인 소설보다는 흥미와 쾌락을 위한 작품을 찾게 되었다. 이들은 사람을 울리는 연애 소설이나 복잡한 사회 소설보다 비교적 쉽게 읽을 수 있고 또 대리만족을 줄 수 있다는 장점을 가지고 있다. 김현은 이 같은 현상이 "비개성적 허무주의"에서 비롯된 것으로 독자들은 이들 작품을 읽음으로써 "이유 모를 불안감으로 휩싸여 있는 그들의 세계에서 도피하여 동면의 시간을 즐긴다. 그 동면의 시간 동안 그들은 아무런 고통을 당함이 없이 자신의 적을 무찌르고, 자신을 동료들로부터 빼내며, 지배하는 者의 쾌감을 만끽"할 수

----

22) 동아일보(1931.10.25).
23) 동아일보(1934.03.01).

있다고 하였다. 실제로 번역자인 맹천 역시 머리말에서 "내가 이 책을 읽을 때에 미상불 스스로 글 가운데의 사람이 되어보매 저절로 어깨가 으쓱하여지고 기운이 나서 팔을 뽐내고 주먹을 불끈 쥐기도 하며 읽다가 말고 술을 한잔 부어 쭉 들이어 마시기도 하였습니다……중략…… 이 책을 번역하여 뜻있는 독자에게 소개하노니 모름지기 불평에 우는 이와 문약에 빠진 이들이 이 책을 읽으시고 나와 같은 느낌이 있게" 되기를 바란다고 하였다. 즉, 이 시기의 무협 소설과 전쟁 소설은 독자들로 하여금 억압적인 현실 세계로부터 빠져나와 자유롭게 상상할 수 있게 만드는 통로이자 현실과는 정반대의 세계에 대한 욕구 표출의 도구였다고 할 수 있다. 다시 말해, 이 시기에는 20년이 넘게 진행된 식민 지배로 인해 패배주의를 해소할 수 있는 작품도 많이 번역, 소비되었음을 알 수 있다.

한편, 이상의 작품들을 저항 소설이라고 평가하며 또 다른 애국주의 소설의 구현이라고 주장하는 학자들도 적지 않다. 실제로 〈무술원조 중국외파무협전〉의 역자는 머리말에서 "자기가 무고히 남에게 침해를 당할 때에는 이를 제어하는 정당방위(正當防衛)를 법률로 허여한 이때에 있어서 누구나 만일 제 몸이 쇠약하고는 자체의 건강과 수명을 유지할 수가 없을지며 따라서 이 험악한 세태에 외계의 폭력이 혹시 제 몸에 침범될지라도 정당방위를 하여 낼 수가 없으면 어찌될가[24]"라고 하였다. 역자인 이규봉이 당시 독립 운동가이자 교육자로서 활동한 것으로 볼 때, 이 말을 독립, 해방에 대한 은유 혹은 암시라고 해석해도 무방해 보인다. 또한 맹천은 몸소 민족 운동을 실천한 인물로 익히 알려져 있는데[25], 그가 〈강호기협전〉의 머리말에서 이 소설이 "한족의

---

24) 동아일보(1934.02.02).

천하이던 명나라가 만주족의 천하인 청나라에게 망한 뒤에 비분강개한 명나라의 끼친 백성들이 참을 수 없는 적개심──중략──아니 그러할 수 없는 민족적 감정"을 담아냈다고 한 것으로 볼 때, 이러한 역자의 사상과 감정이 역문에도 고스란히 녹아있다고 할 수 있다. 특히 일제강점기 후반에 번역된 3편의 〈삼국지〉에서는 모두 유비를 선한 인물, 조조를 악한 인물로 나누고, 유비와 한나라를 위해 용감하게 맞서 싸우는 관우, 장비(張飛), 조운(趙雲), 제갈량(諸葛亮)을 시대의 영웅호걸로 묘사하였다. 예를 들어, 조조가 유비를 공격하는 대목에서, 박태원은 "지극히 어질지 않은 이가, 지극히 어진 이를 치면, 패하지 않을 도리가 있겠느냐"라고 하였고, 이걸은 "어떻게 하였으면 기울어져 가는 나라를 바로잡을까──중략──조조를 나라에서 내쫓고 백성들을 편안하게 하여지리다"라고 하였으며, 한용운은 "조조에 대항하는 유비 삼형제의 분투를 일제에 대항하고 싶은 자신의 심정을 간접적으로나마 가탁[26]"하였다. 그러면서 조운이 홀로 삼십만 대군에 맞서 청룡도를 휘두르며 아두(阿頭)를 구해내는 대담한 모습을 강조하였다.

물론 다른 한편으로는 이들 소설에 전쟁을 독려하는 내용이 담겨있다고 주장하는 이도 있다. 이때는 태평양전쟁과 중일전쟁으로 인해 대량의 병사가 필요했다. 그래서 징병 광고가 눈에 띄게 늘어났고, 강제징용도 심심치 않게 발생했다. 또한 전사(戰死)한 병사를 공개적으로 추모하며 그를 영웅시 하는 기사도 찾아볼 수 있었다. 이러한 중국 대

---

25) 맹천의 본명은 박건병(朴健秉)으로 강원도 철원(鉄原)에서 태어났다. 대한독립애국단으로 활동하다가 중국으로 망명하였고, 그 뒤 대한민국임시정부에 참여하고 상하이에서 한국독립당관내촉성회연합회를 결성하였으며 만주에서 전민족유일당조직회에 참석하는 등 항일민족운동단체의 통합을 위하여 평생을 몸바쳤다. 그리고 이러한 공로를 인정받아 1993년 건국훈장 독립장에 추서되었다.

26) 조성면(2005:94).

륙 침략을 위한 준비는 문학 작품을 통해서도 대대적으로 이루어졌다. 예를 들어, 히노 아시헤이(火野葦平)가 1938년에 쓰고 니시무라 신타로(西村眞太郎)가 한국어로 번역한 〈보리와 兵丁〉은 작가가 중일전쟁에 직접 종군한 뒤 쓴 작품으로 전쟁에 임하는 병사들의 모습과 심리를 담담하게 묘사하고 있다. 이것을 신문 매체에서 "문서과에서는 불일내로 인쇄에 회부하여 적어도 수만 부를 인쇄한 후 관계 방면에 증정하는 동시에 일반에도 실비로서 널리 배부하기로 되었다. 이 같이 문학작품을 조선문으로 번역한 것도 처음이요 또 번역도 서촌 씨가 하였으며 간행 등 일체를 총독부에서 담당한 것은 일찍이 없던 일인 만큼 여러 방면으로 주목과 기대가 크다고 한다[27]"라고 한 것으로 볼 때, 일본 당국에서 조직적이고 계획적으로 이 작품을 선전, 배포한 것을 알 수 있다. 실제로도 당시 많은 청년들이 이 작품을 읽고 독후감을 남길 정도로 적지 않은 영향을 받은 것으로 나타났다[28]. 이와 동시에 당시 일본과 조선에서는 〈삼국지〉 번역이 큰 인기를 모았다. 대표적인 것으로 요시카와 에이지(吉川英治)의 역본을 들 수 있다. 그는 중일전쟁이 발발하자 마이니치신문(每日新聞)의 특파원으로 華北에서 종군하였고, 이듬해 내각 정보국의 명령으로 문사 종군의 일원으로 전쟁 당시 중국

---

27) 동아일보(1939.04.09).

28) 매일신보에서 여러 편의 독후감을 찾아볼 수 있다. 최재서(1939.07.22)는 "总督府가 今番 이 册을 平易 한글로 翻译하여 널리 朝鮮 读者 阶级에 配布하게 된 것은 이런 훌륭한 作品에 될 수 있는대로 많은 鉴赏의 机会를 주려는 外에 또한 重大한 动机가 있었으리라고 推测된다. 그것은 即 战线에 있는 皇军 将兵의 苦楚를 文学作品에 依하여 直接 一般 民众에게 알리려는 것일 것이다. 莫论 이 作品은 그러한 目的에도 适切한 材料라고 믿는다"라고 하였고, 박영희(1939.07.26)는 "책을 읽는 동안에 나는 兵士의 한 사람이 된 듯이 그 战况의 实感을 갖게 되었다. 国家를 위하고 东洋의 平和를 위해서 恶战苦斗하는 兵士들의 实相을 볼 때 皇军에게 敬意와 感谢의 뜻을 表하지 않을 수 없게 된다"라고 하였다.

에 두 번이나 방문한 사람이다. 그 뒤에 그는 중국에 대한 이해를 촉구하고 전쟁 참여를 독려하려는 목적으로 조선총독부의 기관지인 경성일보(京城日報)에 〈삼국지〉를 연재하였다. 이러한 때에 이걸, 한용운, 박태원도 〈삼국지〉 번역에 동참한 것인데, 비록 이들이 전쟁 참여를 독려하기 위해 〈삼국지〉를 번역했다고는 할 수 없겠지만, 그들의 〈삼국지〉 번역에 대해 일본 당국에서 반대하지 않고 허가해주었다는 점으로 볼 때, 궁극적으로 전쟁 독려에 타의적인 일조를 했다고도 볼 수 있겠다.

3.2 번역 목적의 특징

이 시기에 나타난 번역 목적은 크게 두 가지를 꼽을 수 있다. 하나는 계몽의 목적이고 다른 하나는 오락의 목적이다. 아래에서 양건식이 번역한 〈기옥〉을 예로 들어 살펴보도록 하자.

3.2.1 계몽적 목적

이 시기 번역 작품에서 나타난 가장 두드러진 번역 목적은 바로 계몽이다. 그중에서도 여성 계몽을 목적으로 한 작품은 일제강점기 전반에 걸쳐 번역이 이루어졌다. 양건식은 1910년대 후반부터 여성을 제재로 한 작품을 번역하기 시작했다. 대표적인 것으로는 〈홍루몽〉, 〈기옥〉, 〈서운〉, 〈한면면〉, 〈홍선전〉 등이 있다. 이들 작품은 주로 여성의 비참한 삶을 소개하고, 여성에게 자유연애와 결혼의 권리가 주어져야 함을 계몽하고 있다. 당시 여성은 사회적으로 자유와 권리가 주어지지 않았다. 특히 결혼은 부모에 의해 결정되는 게 관례였다. 또한 여성이 결혼을 한다고 해서 해방이 되는 것이 아니라, 시어머니와 며느리라는 새로운 관계를 맺게 되며 또 다른 억압이 시작되었다. 이것은 부모로부터 억압받던 여성에게 남편과 시어머니라는 또 다른 형태의 무거운 족쇄를 채우는 것과 같았다29). 이러한 내용이 가장 잘 드러나는 작품이 바로 〈기옥〉이다. 〈기옥〉속의 춘아와 옥길은 서로에게 연모의 정을 품고 있지만, 춘아는 모친의 뜻을 이기지 못하고 춘영과 혼인하게 된다. 춘아는 혼인 뒤에 모진 시집살이를 겪게 되고 이를 알게 된 옥길이가 춘영이를 살해한다. 그러나 춘아는 정절한 이미지를 지키기 위해 스스로 감옥살이를 하다가 병사하게 되고, 옥길이도 죄책감에 자결하고 만다. 양건식은 〈기옥〉을 번역하면서 다음과 같이 번역 목적을 밝혔다.

> 그 旗人社會의 生活狀態의 本篇으로 말미암아 足히 엿볼 수 있고 또 그 뿐만 아니라 그 結婚制度의 不完全으로 因하여 일어나는 家庭 慘劇은 朝鮮에도 古來로 그치지 않고 일어나는 일이니 이는 彼我할 것 없이 一般識者의 率先唱道하여 改良하여야 할現代社會의 가장 緊急하고 가장 重한 일이라 하노라.

양건식은 우선 청나라 기인(旗人)의 모습을 소개하고자 하였다. 청나라는 만주족이 한족의 명나라를 멸망시키고 세운 나라로 그 지배 계층인 만주족 사람들은 대부분 기인에 속했다. 작자인 렁포(冷佛) 역시 베이징에서 태어난 만주인이다30). 양건식은 당시 조선인과 여러모로 닮

---

29) 李丹, 梁恩正(2018:72). 고대 종법 가족 제도에서 조손 간의 예, 부자 간의 예, 형제 간의 예, 부부 간의 예, 시어머니와 며느리 간의 예, 주인과 하인 간의 예, 규방의 예는 모두 아랫사람이 웃어른을 존경하고 따르는 종법 계급 제도를 강조하고 있다. 손자는 조부에 순종하고, 자녀는 부모에 순종하고, 아우는 형에게 순종하고, 아내는 남편을 따르고, 며느리는 시어머니를 따르고, 노비는 주인을 따르고, 여자는 남자를 따르는 것이다. "순(順)"의 개념은 가정 예법에서 아주 중요했다. "예(礼)"는 수 천 년 동안 가정 내에서 계승되었고, 오늘날까지도 사람들의 마음속에 깊이 파고들어 순종하고 두려워하는 사회 심리를 낳았다.

30) 당시 만주인들에 의해 세워진 청나라가 무너지면서 렁포는 다른 중국 작가들처

〈사진 3-2〉 만주족
작가 렁포

은 청나라 기인의 생활 모습을 소개하고 그들에 비친 조선인의 모습을 낱낱이 보여주고자 하였다. 비슷한 시기에 동아일보(東亞日報)에 실린 기사를 보자.

中國이 어느 点으로 觀察하면 우리 朝鮮과 事情이 比等하다. 그 思想에 在하여 道德에 在하여 社會組織과 政治程度에 在하여 더욱이 啓蒙時代에 處한 것과 革命의 氣運이 醞釀하는 点에 在하여 그러하다. 新中國이 建設되는 과정이 新朝鮮의 建設되는 過程과 比等比等할 것이오, 또 舊中國의 破壞되는 것이 亦舊朝鮮의 破壞되는 것과 同一한 運命을 經過할 것이다[31].

이로 미루어 볼 때, 당시의 조선과 중국은 같은 점도 적지 않았다. 이런 내용은 작품 전반에 걸쳐 찾아볼 수 있다. 예를 들어, 남자가 첩을 두는 것, 관리가 뇌물을 받는 것, 미신에 집착하는 것, 지나치게 체면을 중시하는 것, 이성이 아닌 감성으로 해결하려는 것 등이다. 특히 여성의 결혼과 정절 그리고 며느리에 대한 인식은 지금과도 큰 차이가 없을 정도로 아주 흡사하다. 몇 가지 예를 들어 보면 다음과 같다.

럼 마냥 들떠 있을 수만은 없었다. 다른 작가들이야 마음껏 청 정부를 비난하고 정권 타도를 주장할 수 있었지만, 만주족 출신의 렁포에게는 곧 나라를 잃는 것과 같았기 때문에 이 같은 주장을 무작정 수용하기에는 복잡한 심정이 들 수밖에 없었다. 그래서 렁포는 훗날 일본이 청나라의 마지막 황제인 푸이(溥仪)를 꼭두각시로 내세워 수립한 만주국에서 "열하성협화회장(热河省协和会长)" 등을 역임하기도 하였다. 阎秋红(1995:113).

31) 동아일보(1922.08.22).

예(1)접자의 오라범은 원래부터 그 누이동생을 위하여 만일 적당한 혼처만 있으면 얼른 시집을 보내 버리려고 생각을 두고 있었다. 그 모 덕 씨도 같은 생각을 가지고 있었다.──중략──모자 둘이서 접자의 혼인일에 대하여 수군수군 이야기를 하고 있는데 별안간 접자가 방문을 열고 들어온다. 둘이서는 하던 이야기를 그만 뚝 끊고 접자를 쳐다보니 지각난 접자는 벌써 그런 줄을 깨닫고 몹시 가슴이 두근거린다.(這日常祿回家, 把路上遇見普津, 如何與三蝶兒提親的話, 暗自稟告母親。德氏歎了口氣, 想著文光家裡, 是個掌事伯什戶。因親致親, 今有普津作媒, 料無差錯, 隨同常祿道:"這事也不是忙的, 等著因話提話, 我同你妹妹商量商量, 打聽她那宗性情, 若這麼早說人家兒, 恐怕好犯惱撞。"常祿道:"我妹妹很明白, 應該也不致惱撞。難道女兒人家, 在家一輩子不成?她說她的, 什麼事情, 須要母親作主, 方合道理。"德氏道:"主意我可不作, 合式不合式, 將來她瞞怨我, 你妹妹心裡, 我已經看破了, 只是我不能由她, 不能夠任她的性兒, 這話你明白不明白?"常祿唯唯答應。看著母親詞色, 頗有不耐煩的地方, 因笑道:"這也奇了, 我妹妹大門不出, 二門不邁, 自幼兒安閒淑靜, 哪能有什麼心事, 這實是奶奶的氣話, 我也不敢說了。奶奶阿媽, 生我三個人, 就這麼一個妹妹, 她若有何心事, 不妨投她的意, 也是應該的。"說著, 語音漸低, 悽愴不止。德氏亦唉聲嘆氣, 拿過煙袋來吸煙, 扭過頭去, 不言語了。常祿道:"據普大哥說, 文家這個小人兒, 近來出息很是不錯。家產我們不圖, 只要門當戶對, 兩人站在一處, 體貌相合, 我們就可以作得。"說著, 三蝶兒走來。望著母親, 哥哥在此, 臨揪簾時, 聽見作得二字, 往下不言語了。三蝶兒遲了一會, 審視常祿語氣, 一見自己進來, 縮口不言, 料定是背我的事情, 在此閒談呢, 當時懊悔已極, 不該掀簾而入, 不顧自己身分, 越想越悔, 連羞帶臊的低下頭去)

예(2) 마님께서는 아직 모르시겠지만은 남의 집에서 들어온 것들은 제 밑으로 나온 딸과는 달라요. 저희 집 며느리 같은 년은 아주 도적을 맡겨둔 셈이에요. 쌀 같은 것을 늘-도적질을 해서 저희 친정으로 보내는 모양이에요. 저희네들집 살림이란 보시지 않더라도 아시겠지만은 딸애가 시집가서 바투 쓰고 얼마씩 남은 돈을 몰래 보내주어서 그걸로

보태어 가지오. 아주 참 남은 남이고 친딸만은 못하여요——.(姐姐是
沒經過. 外娶的媳婦, 決不如親生女兒.我們大媳婦, 是個家賊, 時常偸
糧盜米, 往他們家搬運: 我家的日子, 姐姐是知道的. 若非仗你侄女, 生
吃減用, 常常背著姑爺, 給我點兒休己錢, 你說我家的日子, 可怎麼過.
呀. 告訴姐姐說, 到底親是親, 疏是疏, 外娶的媳婦, 究竟不如女兒)

　　예(3) 옥길이는 처음에 사람을 죽인 이상에는 자현을 할 생각이었
다. 그런데 옥길이가 가만히 생각을 해 보다가 문득 크고도 무서운
사정이 아 씨 앞길에 벌려 있는 줄을 비로소 깨달았다. 이는 아 씨의
명에 문제라 옥길이는 제 몸으로 형벌을 받으리라고는 아주 작정하고
있는 일이나 만일 제가 자현을 하고 나선다 하면 정숙한 아 씨에게는
여자 되서는 도저히 참을 수 없는 더러운 이름을 입히게 되는 것이라
여자란 흔히 달게 정절이라는 것과 죽는 것과 바꾸나니 여자의 정절이
란 그 생명보다 이상 중대한 가치를 가진 동양—— 더구나 지나에서
는 아 씨에게는 간부가 있다고 세상 사람에게 생각하게 되어서는 아
씨를 죽이느니보다 더 한층 잔인한 일이라,『아-내가 잘못 생각하였구
나?』하며 지금 당하여 뉘우치나 슬프구나 이미 늦었다!(想慾自首, 自
己又出首不得.——略去——倘若官場黑暗, 她再一時糊塗, 受刑不過,
認成別樣情節, 這便如何是好. 想到此處, 站在人群中, 不寒而慄, 當時
站立不住, 急忙走出. 心中暗暗祝告到:“神天有鑒, 不是玉吉不義, 作
事不光明. 我若出頭投案, 死何惜足. 但恐牽連姐姐, 落個不貞不淑之
名, 陷入同謀殺夫之罪. 但願神天默佑, 由始而終, 那麼叫姐姐抵了償,
好夕保存住了名譽, 我便卽時死了, 也是樂的)

　　이상의 내용만 놓고 보면, 이것이 조선의 실정인지 중국의 실정인지
구분할 수 없을 정도로 아주 닮아 있다. 이 사건이 일어난 때는 청나라
말기로 양건식은 이러한 낡은 사상으로 인해 청나라가 발전하지 못하
고 결국 패망하게 되었다는 것을 보여주고자 하였다. 즉, 당시의 조선
과 청나라 그리고 조선인과 만주족의 운명을 동일시하여 둘 사이의
공통점을 비교적 적나라하게 보여주고자 한 것이다. 그가 이런 번역

태도를 갖게 된 것을 이해하기 위해서는 루쉰의 경우를 살펴볼 필요가 있다. 루쉰은 약소국 또는 패망하거나 식민지가 된 민족의 문학을 주로 번역한 것으로 익히 알려져 있다. 이를 통해 "약소국의 참담한 실상과 그들이 약소국으로 전락하게 된 근본 원인을 밝혀 민중을 일깨우기 위(揭示弱國的慘烈實情和淪為弱國的根源來喚醒國人)32)"함이었다. 일종의 역설적 계몽 방법을 사용한 것이다. 앞에서도 이야기 했듯이 양건식은 당시 나라를 잃은 자신과 렁포, 그리고 조선과 청나라를 동일 시하였다. 강대국과 선진국의 발전된 사상과 문화를 소개하여 이것을 독자들이 익히고 배우게 하는 것이 아니라, 패전국이나 식민지로 전락한 나라들의 근본 원인을 밝히고, 마찬가지로 식민지 백성이 된 조선인들이 스스로 깨달아 사회적 패악을 고쳐나가기를 바랐던 것이다. 그래서 "조선과 비교적 습성이 진이한 저 지나의 사상감정과 상상의 반영인 소설과 희곡의 평민문학을 연구하여 금일 일부청년문사에 의하여 수입되는 서양문학과 선히 융합조화33)"하여야 한다고 주장했다. 이제 아래에서 〈기옥〉속에 나타난 계몽 내용을 살펴보자.

먼저 눈여겨보아야 할 것은 바로 "지식인을 대상으로 한 계몽"이다. 양건식이 생각한 가장 이상적인 지식인 독자의 모습을 작품 속에서 찾아보면, "금테안경을 쓴 나이 한 이십 남짓한 청년"으로 "학교의 교사"된 사람이었다.

> 예(4) 소시은이는 아주 못가겠다고 하는 문추수를 억지로 끌면서 학교의 교사된 사람은 이러한 사회의 일어나는 일은 참고로 봐둘 필요가 있다 하고 말을 하며 동행하기를 권하였다.(市隱哪裡肯聽, 拉著秋

---

32) 廖七一(2010:89).
33) 매일신보(1917.11.06).

水的衣袖便欲雇車。又向秋水道：“你這義務敎習, 可眞是悔人不倦。這
樣的熱鬧, 你不去瞧, 這件事情, 于人心風俗大有關係, 不可不去調査
一下子)

　예(4)는 양건식이 주요 독자층으로 설정한 지식인을 대상으로 한 계
몽의 내용이다. 사회의 지식인으로서 마땅히 이런 문제에 관심을 가져
야 함을 뜻한다. 이뿐만 아니라, 소설에서 전형적인 지식인으로 설정된
문추수가 제5장에서 “都是公益事”라고 한 부분을 “이것도 한 공익이
니까 수고하는 것은 상관이 없습니다”라고 번역하였고, “這件事也非
此不可”라고 한 부분은 “이 사건은 사회상의 대문제”라고 번역하였다.
양건식은 이 사건을 사회의 공익이자 대문제로 확대하여 지식인이라면
마땅히 여기에 관심을 갖고, 또 수고해야 함을 재차 강조하였다.
　또한 양건식은 일반 독자를 대상으로 한 계몽도 잊지 않았다. 양건식
이 생각한 일반 독자의 모습을 작품 속에서 찾아보면 “저편에 몇 이편
에 몇씩이 몰켜서서 여러 가지 비평이며 각기 제 생각대로 수군거리
고”, “피상의 관찰에만 빠져 무죄한 자에게는 죄를 입히려 하며 진정한
죄인은 놓치”고 마는 지식이 얕고 사고가 성숙하지 못한 사람이었다.

　　예(5) 첩을 데려와서는 집안이 결단나지요.------중략------그 첩을 집
안으로 데려온 것은 잘못이지요.(家裡一納小妾, 全都要毁。------略去
------若把蓋九城弄回家去, 可實在不穩當)

　　예(6) 시어미는 어떻던지 한편 눈을 감고 한편 눈을 뜨고 있어야만
하여요.(作者家兒的, 沒有法子, 睜半隻眼, 合半隻眼, 事也就過去啦)

　예(5)는 일반 독자 중에서도 남성을 대상으로 한 계몽의 내용이다.
이밖에도 제12장에서는 “본 아내가 있다 하니까 매제를 달라하는 것은

유취처취할 생각인가 보아요. 나도 단지 하나 되는 누이동생을 그러한 사람에게는 주고 싶지 아니해요(只是他原有媳婦, 這明是賄賂媒婆, 要說我妹妹作二房。------略去------你想我能夠願意嗎？)"라고 번역하였다. 모두 남성이 가정에 충실하지 않고 첩을 들이는 문제에 대해 집중적으로 계몽하고 있다. 또 예(6)은 일반 여성 독자를 대상으로 한 계몽의 내용이다. 특히, 시어머니는 젊은 며느리에게 관대하고 포용해야 한다고 강조하였다. 그러면서 "착한 며느리를 잘 거느리지 못하는 것은 시어미 잘못이오(娶著好媳婦, 作婆婆的也得會調理)"라고 번역하였다. 여기서는 "결단, 잘못"처럼 비교적 강한 어감을 가진 단어를 사용하며 계몽의 강도를 높여주었다.

한편, 양건식이 여성의 결혼 문제와 정절 문제에 대해 열심히 계몽을 하는 듯이 보이지만, 그렇다고 그가 정말 여성을 정절로부터 해방하고 여성의 자유연애를 찬성했다고는 단언할 수 없다. 그가 여러 작품에서 결혼 제도의 문제점에 대해 다룬 것은 분명하지만, 당시 여성의 자유연애에 대해서 사회 전체적으로 여전히 보수적인 성향이 짙었기 때문이다. 1931년 동광(東光) 제28호에 실린 설문조사를 한번 예로 들어 보자. 당대 지식인들에게 성교육은 어떻게 하면 좋을까라는 질문을 하였는데, 김창제(金昶濟)는 "性教育의 가장 適任자는 父母 더욱 母親이라는 說을 나는 贊成합니다", 이정섭(李晶燮)은 "自制力과 判斷力이 적은 靑春에게는 大體로 消極的 教育方針을 取하여야 겠지요"라고 하였다. 또한 양건식도 "어떠한 必要한 때에 男女關係를 動植物의 예를 들어 淺近한 말로 暗示하야 性이란 함부로 冒瀆치 못할 것임을 깨닫게 할 일"이라고 하였다. 또한 남녀교제를 장려하는 방법에 대해서, 전영택(田榮澤)은 "클럽을 만들어서 모이게 하여 男女가 만날 기회를 지어주되 先生 先輩가 잘 감독 지도할 것이외다", 류형기(柳瀅基)는 "未婚

男女의 純潔한 交際를 위하여서는 教會가 第一 좋은 場所입니다"라고 하였다. 또한 양건식도 "아직은 男女가 같이 모여 놀 高尚한 娛樂"이 필요하다고 보았다[34]. 이를 종합하면, 모두 성교육에 대해서 비교적 소극적인 방법을 취하면서 남녀교제 역시 관리와 감독이 필요하다고 보았다. 1931년에도 소위 지식인들이 이런 생각을 갖고 있었다고 한다면, 〈기옥〉이 번역된 1919년에는 여성의 자유연애와 결혼에 더욱 소극적이었을 것이 분명하다. 그렇다면 양건식이 〈기옥〉을 통해 궁극적으로 계몽하려고 했던 것은 무엇일까. 사실 "1910년대 이루어진 계몽의 기획이란, 문학 텍스트의 내부로부터 자발적으로 또는 귀납적으로 생겨난 자연스러운 결과가 아니라 텍스트 외부의 정치"적 요소인 일본의 의도와 맞물려 이루어졌다. 이런 일본의 의도에 대해 양건식이 어떤 입장을 가졌는지는 정확히 알 수 없지만, 그가 문화적 계몽 운동의 일환인 거사불교운동을 통해 일본 제국주의를 극복하려고 했던 점과 훗날 일본의 침략으로 인한 조선인의 애환을 그린 〈목양애화(牧羊哀話)〉를 두 번이나 번역한 것 등으로 볼 때, 그의 계몽은 일본의 의도와는 별개로 이루어진 것을 알 수 있다. 또한 일부에서 양건식과 이광수(李光洙)를 각각 비판적 신지식층과 친일적 신지식층으로 나누고, 양건식의 소설에서 계몽의 목소리가 노골적이지 않다며 이광수의 것과 구분 지[35]은 것으로 볼 때, 양건식의 계몽은 이광수의 것과도 분명 그 성격이 달랐음을 알 수 있다.

이제 다시 양건식이 내세운 궁극적인 계몽 내용을 알기 위해, 주인공

---

34) 동광 제28호(1931.12.01).

35) 구보학회(2009:122). 박은숙(2016:56)은 양건식의 문학론을 가리켜 "정치성의 약화라는 모습으로 드러났다. 반외세의식이 지극히 간접화된 방식으로 표현되"었다고 하였다.

춘아의 심리 혹은 행동의 변화에 주목할 필요가 있다. 결혼 전의 춘아
는 어머니와 오빠의 말에 따를 수밖에 없었고, 또 막 결혼을 한 뒤에는
시어머니와 남편의 구박을 받지만 이런 환경에서 벗어날 수 없는 나약
한 여성이었다. 그러나 사건이 일어난 후의 춘아는 이전과는 전혀 다른
매우 주체적이고 독립적인 모습을 보여준다. 예를 들면,

예(7)『자-나하고 함께 가자 너는 내가 어디까지든지 보호하여 줄터
이다!』----중략----지금은 소리 지를 경우가 아니라고 문득 생각하
였다. 그리고 아 씨는 무슨 생까닭인지 대문간으로 달려간다.(姐姐所
事非偶, 冤仇已報, 姐姐能隨我去, 小弟情願奉養一生。----略去----
當時把芳心一橫, 趁著玉吉不在此處, 自己往廚房便跑, 撲咚一聲, 奮
然投入水缸)

예(8) 그날 밤에 저는 죽으려고 손에 칼을 가지고 있으려니까 서방
되는 춘영이가 잠을 깨어 이를 보고 칼을 빼앗으려고 하기에 죽어라하
고 그것을 빼앗기지 아니하려고 다투다가 삐끗 칼이 서방의 몸에 닿으
면서 서방은 그 자리에 엎으러진 것이올시다. 그래서 저는 정신없이
부엌으로 달려들어가 물독에 빠졌습니다. 저는 죽으려합니다. 목숨이
아깝지 않습니다.(那天我行情回來, 忽然一陣迷糊。一心打算尋死, 不
想我丈夫醒了, 我當時碰他一下, 不想就碰死了。----略去----我想我
活著無味, 不如死了倒乾淨。所以那日晚上, 決定要尋死)

예(9) 나는 몸은 깨끗합니다. 조금도 더러운 것은 없어요. 이렇게
된 것도 다 전생팔자지요, 이생의 마지막 청이올시다. 여러분께서는
안녕히 계시고 내가 죽거든 조용한 곳에서 시체를 묻어달라고 어머니
에게 말을 좀 전하여 주십시오.(大姐大姐, 妹妹淸白一世, 落到這步田
地, 也是命該如此。妹妹死後, 望求眾位姐妹憐憫, 告訴我母親, 哥哥說,
埋一個淸潔幽靜地方, 妹妹就感激不盡了)

예(7)에서 옥길이는 지옥 같은 현실에서 자신을 구해줄 수 있는 유일

한 사람이었지만, 춘아는 자신의 신념에 따라 그를 따라가지 않았을 뿐만 아니라, 오히려 상황을 판단한 뒤 옥길이와 반대 방향으로 달려감으로써 사건 수사에 일부러 혼선을 야기했다. 또한 예(8)에서 춘아는 어머니 덕 씨의 회유, 시어머니 범 씨의 모함, 재판 과정에서의 모진 고문에도 굴복하지 않고 "몰라요", "내가 죽였어요"라는 말로 끝까지 사건의 진상을 밝히지 않았다. 그리고 예(9)에서 춘아는 죽음으로써 자신의 정절을 지켜내면서도 결코 원망하거나 슬퍼하지 않았다. 감옥내의 사람들과 마지막 인사를 나누고 자신의 후사를 부탁하는 모습에서 현실에 순응하는 나약한 모습이 아니라 현실을 초월한 강인함마저 느껴진다. 그리고 이런 춘아의 변화된 모습을 보여주기 위해, 양건식은 대화문의 종결어미를 "-요"에서 "-다"로 바꾸어 번역하였다. 이렇게 하면 원문의 느낌보다 훨씬 더 비장한 느낌을 줄 수 있고, 춘아의 강한 의지를 한껏 살려줄 수 있다.

결국 양건식이 이 작품을 통해 독자들에게 보여주려고 했던 참된 모습은 바로 춘아의 이런 굽히지 않는 강인한 모습이었다. 일본의 통치로 나라를 빼앗기고, 조선의 얼과 정신을 잃어가고 있는 독자들에게, 19살의 연약한 춘아가 보여주는 꿋꿋한 모습은 그 자체로 강한 계몽의 귀감이 되었다. 비슷한 시기에 번역된 〈옥리혼〉에서도 연애와 결혼에 실패한 나약하고 우유부단한 남자 주인공이 마지막에 신해혁명에서 목숨을 바치며 애국을 시사한 것과 같은 맥락이라고 볼 수 있다. 즉, 작품 속 약자에게 필요한 자유는 식민지 조선이 반드시 되찾아야 할 자유를 상징한다36). 이는 1900년대 조선에 큰 영향을 끼쳤던 량치차오(梁啓

---

36) 근대 국가 건설 과정에서 여성의 계몽은 근대 국가를 나타내는 상징처럼 사용된다. 그래서 여성의 각성 여부에 따라 국가의 존폐 여부와 가능 여부를 묻는 논의가 왕성하게 진행된다. 이 같은 맥락에서 '청년'과 짝을 이룰 수 있는 '청년녀자',

超) 사상에 대한 계승이기도 하다. 당시 일본은 조선의 국권을 빼앗기
위해 한일협약(韓日協約), 을사조약(乙巳條約) 등을 추진하였는데, 이
러한 때에 장지연(張志淵), 신채호(申采浩), 박은식(朴殷植), 주시경(周
時經)은 〈월남망국사(越南亡國史)〉 등 량치차오의 작품을 번역, 소개
하며 조선에서의 애국계몽운동을 이끌었다37). 특히, 량치차오가 1902
년에 발표한 〈신민설(新民說)〉은 거의 모든 조선의 개화 학교에서 교과
서로 사용되었다. 그는 "자유는 천하의 공리이자 인생의 필수품"이라
고 주장하면서, "첫째는 정치상의 자유,⸺중략⸺셋째는 민족상의
자유이며,⸺중략⸺정치상의 자유는 인민이 정부에 대해 자유를
갖는 것이고,⸺중략⸺민족상의 자유는 본국이 외국에 대해 자유
를 갖는 것38)"이라고 하였다. 이것은 당시 제국주의에 대항할 수 있는
명분과 힘을 실어주었기 때문에 조선의 지식인들에게 숙명처럼 받아들
여질 수밖에 없었다. 그리하여 조선인들은 차츰 국가, 국민, 세계 및
권리, 자치, 자유 등에 눈뜨게 되었고, 이를 통해 구국의 필요성을 깨달
을 수 있었다. 그러나 일제의 강압이 가속화되는 1900년대 후반부터는
더 이상 량치차오의 작품을 찾아볼 수 없게 되었다. 그래서 양건식의
작품은 계몽의 목소리가 노골적일 수 없었던 것이다.

'조선여자', '반도여자' 등의 단어가 국가와 여성을 연결하는 기호로 드러난다.
박숙자(2008:46).

37) 장지연은 〈埃及近世史(1905)〉, 〈中国魂(1908)〉을, 신채호는 〈伊太利建国三杰传
(1907)〉을, 박은식은 〈瑞士建国志(1907)〉를, 주시경은 〈월남망국사(1907)〉, 〈이
태리건국삼걸전(1908)〉을 각각 번역하였다. 제목으로 알 수 있듯, 이들 작품은
대부분 망국사, 건국사, 영웅전기를 주요 내용으로 하고 있다. 역자들은 이들
작품을 통해 "한편으로 '망국의 비운'을 타산지석으로 삼고, 또 한편으론 구국의
화신인 '영웅'을 갈구하던 당대 지식인의 의식의 궤적과 그것이 애국계몽활동의
한 방향이었음을" 드러내고자 하였다. 정환국(2004:12).

38) 양계초(량치차오)『신민설』해제(https://terms.naver.com).

이제 이상의 내용을 바탕으로 일제강점기 중반에 나타났던 루쉰 작품의 번역 현상을 살펴보면, 역시 유약한 남성 캐릭터를 내세워 개혁에 대한 필요성을 주장한 것을 알 수 있다. 특히 사회에 순응하려는 지식인들을 채찍질하며, 이들로 하여금 사회 개혁과 계몽에 적극적으로 동참하기를 희망했다. 여기서 말하는 사회 개혁과 사상 계몽이라고 하는 것이 봉건주의, 제국주의에 대한 반항과 이어지므로, 궁극적으로는 이를 통해 국가의 독립과 자주를 추구했다고 볼 수 있다. 마찬가지로 〈삼국지〉 등의 전쟁 소설 및 〈강호기협전〉 등의 무협 소설에서 나라를 전복하고 새 나라를 건국한다는 점, 혹은 이민족이나 타국인을 몰아내고 다시 자국을 수복한다는 점에서 볼 때, 이 역시 독립을 추구하는 계몽적인 내용이 담겨 있다고 볼 수 있다.

이렇듯 이 시기 계몽의 목적은 그 번역 대상이나 내용이 무엇이든, 궁극적으로는 독립, 자주, 해방으로 이어진 것을 알 수 있다.

3.2.2 오락적 목적

문학의 주요 기능은 앞에서 말한 계몽, 즉 교훈의 기능이외에 독자에게 재미를 주는 오락적 기능이 있다. 특히 지금처럼 드라마, 영화, 게임 등 영상 사업이 발달하기 전까지 문학 작품은 사람들에게 재미를 주는 가장 큰 매개체였다. 오락적 기능을 위주로 하는 작품은 그 내용이 통속적이고 대중적이어서 독자가 가볍게 읽을 수 있다는 특징을 가진다. 그래서 소설이 주는 재미 또한 역자들이 반드시 신경 써야 하는 중요한 부분이 아닐 수 없었다. 그 일례로, 양건식은 1918년 3월 23일부터 10월 4일까지 〈홍루몽〉을 138회 연재했다. 하지만 끝까지 번역을 마치지는 못했다. 〈홍루몽〉은 원문 중에 "□氣가 有한 處"와 "支那人이라야 비로소 滋味가 有"한 곳이 많아 번역하기가 아주 까다로웠다. 또한 무엇보다 〈삼국지〉, 〈수호지〉, 〈초한지〉처럼 전투적이고 자극적인 내용보다는 한 가문의 몰락을 비교적 평이하게 다루고 있어서 독자들로부터 큰 호응을 얻기가 쉽지 않았다. 그래서 양건식은 얼마 후 독자에게 편지를 보내 다음과 같이 전했다. "여러 讀者諸氏에게 한마디 말씀하겠습니다. 다름 아니라 요사이 本小說은 아마 諸氏가 滋味가 없어하실 줄 아옵니다. 勿論 譯者도 滋味없어 하는 바인즉 그렇지 안사오리까 그러나 前日 豫告하온 바와 같이 이 小說은 원체 大作인 때문에 아직 滋味가 없는 것은 웬일이냐 하면 只今은 그 局面에 伏線을 놓는 것이니 이러하고야 비로소 小說이 되는 까닭이로니 諸氏는 아직 그 意味를 모르실지라도 連續하여 잘 記憶하여 주시면 나중에 비로소 理會하실 날이 있어 무릎 치실 날이 있으리다[39]." 그만큼 양건식은 소설이 주는 재미가 독자에 미치는 영향에 대해서 그 누구보다 잘 알고 있었다. 하지만 그럼에도 불구하고 양건식의 〈홍루몽〉 번역은 결국 완역되지 못했다.

〈기옥〉은 양건식이 〈홍루몽〉 번역을 실패한 이후에 시도한 첫 번째 작품으로, 이런 번역 목적이 가장 잘 드러나는 작품 중에 하나이다. 이 작품은 실제 사건에 상상력이 더해져 완성된 사실 소설이다. 이 작품의 원제는 〈춘아씨(春阿氏)〉로 실제 사건은 1906년 7월에 발생하였고, 1909년 3월에 피의자 춘아가 감옥에서 병사하면서 막을 내렸다. 춘아가 사망한 뒤에는 이 사건에 상상력을 덧붙여 완성한 필사본이 베이징에서 유행하면서 사람들의 관심을 다시 한 번 모으게 되었다. 또한 이 작품의 중요한 특징 가운데 하나가 바로 탐정 소설의 형태를 띠고 있다는 점이다. 정부의 관리들이 춘아를 범인으로 확정하고 재판

---

39) 매일신보(1918.04.18).

을 진행하는 한편, 여러 명의 탐정들이 나름의 추리와 근거를 바탕으로 사건의 진실을 파헤치는 것이 이 소설의 또 다른 축을 담당한다. 탐정 소설은 서양에서 비롯된 소설 유형으로 당시 정치 소설, 과학 소설, 애정 소설과 더불어 번역 소설계에서 큰 인기를 끌었다. 조선에서도 1912년에 〈지환당(指環黨)〉이라는 탐정 소설이 발표된 이래, "일제강점기에 80편 이상의 추리·탐정 소설이 번역, 번안되었다[40]." 게다가 이 작품에는 영원한 인기 테마인 사랑과 백성들의 정부기관에 대한 불신까지 담고 있어 애정 소설과 정치 소설적인 면도 갖추고 있다. 그래서 탕하이홍(唐海宏)은 〈춘아씨〉의 높은 작품성을 치켜세우며, "근대 소설 중에서 보기 힘든 걸작(在近代小說中, 這是一部不可多得的佳作)[41]"이라고 하였다. 뿐만 아니라, 이 작품은 오랫동안 소설책과 신문을 통해 독자들로부터 그 재미를 인정받은 상태였다. 1913년 신문에 처음 연재된 이래, 그 이듬해에는 소설책으로 엮어 출판하였고, 민국 5년에 2판, 민국 12년에 3판이 출판되는 등 1930년대까지 인기가 계속되었다. 이로 볼 때, 당시 양건식이 〈홍루몽〉 번역의 실패를 딛고 새롭게 자신감을 얻기에 〈춘아씨〉는 분명 최고의 선택이 아닐 수 없었다.

이처럼 〈홍루몽〉 실패를 맛본 양건식에게 있어서 재미와 흥미는 반드시 고려해야 할 중요한 부분이었다. 그래서 양건식은 〈기옥〉을 그 번역 대상으로 삼고, 독자들의 흥미를 유발하고 쉽게 이해시키기 위해서 순국문체를 사용하여 번역하였다. 아무래도 일반 독자의 경우에는 국한문체로 된 글을 읽을 때 한자로 인해 쉽게 흥미를 느끼지 못할 뿐만 아니라, 해독에도 어려움이 있을 수 있기 때문이다. 또한 순국문

---

40) 오혜진(2009:206-209).
41) 唐海宏(2015:83).

체를 사용할 경우, 딱딱한 문어체가 아닌 일상생활에서 사용하는 생생한 구어체로 번역할 수 있어서 훨씬 대중적이고 통속적인 느낌을 줄수 있다. 예를 들어,

예(10) 다만 딱한 노릇은 당자 되는 접자가 혼인 말이라면 대단히싫어하여 『일평생 시집은 안 가요 이 다음에는 머리 깎고 승이 될 터이어요』하며 고집을 세는 고로 덕 씨도 이에는 어찌할 수가 없어----중략----『아무렇게 해도 여편네 되고는 한번은 시집을 아니 가지 못하는 것이고 이번 일도 이왕 이쯤 되었으니 너도 그런 줄 알고 공연히그러지 말고 즐겁게 시집을 가라고......그것이 이 어미에게 대하여 제일 효경이다』.(三蝶兒早聽得怔了, 先聽論婚的話, 嚇得一驚, 後聽有哥哥阻撓, 好像一塊石頭, 落在平地一般, 心裡倒覺得痛快了。然思前想後, 母親又這樣傷心, 不免哽咽伏在枕上流淚, 唏噓勸道："女兒的事,可望母親放心。母親百年後, 女兒尋個廟宇削髮為尼去就是了。"說罷,哽哽咽咽, 哭個不住。德氏亦傷起心來。拍著枕頭道："孩子, 你的心,我亦未不知道。但是男人婚, 女大當嫁。我今年五十多歲, 作出事來, 活著要對得著女, 死也要對得起祖先。自要你們聽話, 就算孝順了)

예(11) 각복이는 그만 쭐끔하여 농쳐서 처를 달내나 처는 그럴수록점점 더하며 별안간 가위를 가져오더니 제 배를 찌르려 한다. 각복이는 황황하여 그것을 빼앗고 나서 좀 제발 어서 자라고 싹싹 빌다시피하였다. 처는 그러면 같이 죽자고 또 떠든다. 이러한 법석으로 하룻밤을 고스란히 그대로 각복이는 계집의 독살이란 참으로 암독하고 또한위험한 것인 줄을 새삼스러히 지금 다시 알았다.(我想著背地敎妻, 勸勸就完啦。誰想到越勸越央, 抓過剪子來, 就往肚子上紮, 嚇得我連忙搶住。說句丟人的話罷, 我直點兒央給她, 你猜怎麼著？不勸還好, 勸了半天, 她奪過剪子去, 反要紮我。不然, 就又哭又鬧, 要死在一處罷。你想我這心裡。有多麼難過)

예(12) 『그래도 여보게 그 문 아무개의 첩이란 북경 바닥에서 구미

호라는 명호를 가진 계집이라는데 그는 정말이지』『그 명호 가진 것은 정말이오. 그렇지만은 더러운 자는 아니오』보운이는 열이 나서 발명을 한다.『보운군 가만히 있어 내 말을 들어. 불 안 땐 굴뚝에 연기가 왜 나려구. 그 계집으로 말하면 본래 난봉 계집으로 성은 범가인데 이전 동직문 근처에서 밀매음하던 계집이오. 그때 자네는 늘-문 아무개와 놀러다녀서 오리발로 지낸지도 다 알고 있어. 자네는 그래도----』("二弟你不要瞞我, 聽說那文爺的如夫人, 外號叫做蓋九城, 不知這話可是眞呀是假？"普二道："這個外號, 卻是有的。怎麼你胡疑起來呢？難道你看著兄弟, 就那們下三濫嗎？"淡然陪笑道："二弟別著急。雖然無據, 大槪是事出有因。我記得蓋九城姓范, 原是個女混混兒。從前在東直門某胡同裡, 開設暗娼, 你同著文爺常到她家裡去。旣同文爺有交情, 同你交情也不淺)

예(10)에서 양건식은 "일평생 시집은 안 가요"라는 표현을 추가하여 춘아의 강경한 입장을 보여주었고, "여편네 되고는 한번은 시집을 아니 가지 못하는 것"이라는 이중부정을 통해서 덕 씨의 마음을 대변해 주었다. 이때 양건식은 원문에서의 군더더기를 삭제하고 구어적인 표현은 추가하는 등의 변화를 통해 두 사람의 결혼에 대한 극명한 입장 차이를 여실히 보여주었다. 예(11)은 각복이가 시어머니와 다툰 뒤 화가 난 아내를 달래는 장면을 아주 실감나게 묘사한 것이다. 원문에는 없는 내용인 "계집의 독살이란 참으로 암독하고 또한 위험한 것인 줄을 새삼스러히 지금 다시 알았다"를 추가하여 아들인 동시에 남편인 역자의 느낌을 사실적으로 담아냈다. 또한 예(12)에서의 "蓋九城"은 원래 범 씨의 좋지 않은 소문이 베이징 9개 성문을 다 뒤덮을 정도라는 뜻인데, 여기서는 이것을 "북경(베이징) 바닥의 구미호"라고 번역하였다. 이렇게 하면 독자들이 등장인물의 성격을 더욱 쉽게 이해할 수 있을 뿐만 아니라, 작품에 친근감을 가질 수 있게 된다. 또한 "事出有因"

을 "불 안 땐 굴뚝에 연기가 왜 나려구"라고 속담을 사용하여 번역하였다. 이것은 독자들에게 친숙함을 주고 있어서 재미와 흥미를 잘 담아냈다고 할 수 있다.

그러면서도 지식인 독자의 입장도 고려하였다. 예를 들어,

예(13) 그러할 동안에 보운이는 조금 취하여서 몸이 어질어질한 듯한고로 뽀이에게 선득선득한 아이스크림을 가져오게하여 한손으로 부채질을 하면서 그것을 먹는다.(普二一面喝酒, 覺著坐臥不安, 喚過走堂的夥計, 要了火燒餛飩, 手拿著芭蕉扇, 嗯嗯啦啦的扇汗)

예(14) 가파 할멈은 차차 뉘 집 아들의 칭찬을 끌른다. 허울이 좋다는 등 글을 한다는 등 재산이 있다는 등 하며 마치 아프리카 야만이 불란서 파리를 구경하고 와서 저의 동무들에게 파리의 장려한 것을 풍을 치며 늘어놓듯이 온갖 칭찬하는 말로는 다하여 덕 씨의 마음을 끌려고 하였다.(賈婆高高興興, 提起草廠張家, 少爺名叫張鍔, 學業怎麼好, 人品怎麼好, 又誇他房產怎麼多, 陳設怎麼闊綽, 說的津津有味, 猶如非洲土人, 游過一趟巴黎, 回家開謗似的, 自以為話裡透話, 打動德氏心意)

예(13)에서는 찻집에서 일하는 종업원을 "뽀이(Boy)"라고 번역하고, 중국식 만둣국은 "아이스크림(Icecream)"이라고 번역하였다. 종업원을 뽀이라고 한 것은 이해할 수 있더라도, 중국식 만둣국을 아이스크림이라고 번역한 것은 쉽게 납득이 가지 않는다. 그렇다고 이것을 오역이라고 보기에는 그가 여러 차례 중국에도 다녀오고, 또 만둣국은 중국인들이 자주 먹는 음식이므로 그가 몰랐을 가능성이 많지 않다. 아마도 더운 여름에 뜨거운 만둣국을 먹는 것보다는 시원한 아이스크림을 먹는 것이 당시 지식인 독자들에게 훨씬 재미를 줄 수 있을 것이라 생각

하여 역자가 의도적으로 개작을 한 것으로 보인다. 예(14)에서는 아프리카(Africa), 불란서 파리(Paris) 등의 외래어를 사용하여 번역하였는데, 이런 것들은 당시 번역 방법에 따라 얼마든지 생략이 가능한 부분임에도 불구하고, 지식인 독자들이 가질 수 있는 우월성을 살려주기 위해 "불란서"라는 단어까지 추가하면서 그들의 흥미를 잡아냈다. 이 외에도 지식인들이 요릿집에 모여 신문을 읽고 토론하거나 연극, 활동사진 등을 감상하면서 취미생활을 즐기는 모습을 번역하는 등 당대 지식인들의 생활상을 반영하기도 하였다.

또한 문학은 단순히 독자에게 재미를 주는 기능을 넘어 현실에서 도피하고 싶은 욕구를 만족시켜주기도 한다. 도피 문학은 현실의 욕구 불만을 해소시켜 주는 대중 오락 기능을 하는 문학을 가리킨다[42]. 이런 기능이 돋보이는 작품으로 전쟁 소설과 무협 소설을 꼽을 수 있다. 이들 작품 속에는 수많은 영웅호걸들이 등장하거나 혹은 평범한 사람이 무술을 연마하여 무림 고수가 되어 탐관오리를 벌주고 백성을 위기에서 구해내는 모습을 볼 수 있다. 이때 역자들은 독자들의 도피 욕구를 만족시키기 위하여 역시 생생한 구어체로 번역을 하여 생동감을 불어넣어 주었다. 예를 들어,

> 예(15) 범은 일층 기세가 맹렬하게 산천이 울리는 성난 소리를 내지르며 입을 벌리고 휙하고 달려듭니다. 무송이는 뒤로 십보 가량이나 한뜀에 물러서니까 그때 마침 일이 되느라고 범은 무송이 앞에서 앞발을 내뻗고 납짝하게 엎드립니다. 그것을 본 무송이는 손에 들었던 반동강의 막대를 내버리고 두팔을 벌리고 범에게 달려들어서 그것의 양편 귀를 꽉 잡았습니다. 그리고 죽을 힘을 다하여 범의 대가리를 땅으로

---

42) 로버타 진 브라이언트 저, 승영조 역(2004:64).

내리 눌렀습니다. 범이나 기타 맹수들은 대개 머리쪽에 힘이 있는 것인데 이제 무송이가 범의 귀를 움켜 잡아서 내리 누르는 바람에 제아무리 범인들 어찌합니까. 점점 머리가 땅으로 내리 눌리니 범은 힘을 써볼나위 없이 애매한 땅만 앞발톱으로 후벼 파헤쳐서 마침내 커다란 구덩이를 파놓게 되었습니다.――중략――그제야 무송이는 왼팔로 범의 머리를 힘써 내려 누르고 털장 같이 꿋꿋한 오른팔로 엄파 같은 주먹을 단단히 쥐고 연속하여 범의 대가리를 훔처 갈기는데 아마 육칠십 번이나 하고 나니 범한 놈은 죽는 소리를 내지르고 눈, 코, 입, 귀로서 선혈을 흘리면서 헐떡거리기 시작했습니다.(那大蟲咆哮, 性發起來, 翻身又只一撲, 撲將來。武松又只一跳, 卻退了十步遠。那大蟲恰好把兩隻前爪搭在武松面前。武松將半截棒丟在一邊, 兩隻手就勢把大蟲頂花皮□地揪住, 一按按將下來。那只大蟲急要掙扎, 被武松盡氣力納定, 那裡肯放半點兒松寬。武松把只脚望大蟲面門上, 眼睛裡只顧亂踢。那大蟲咆哮起來, 把身底下爬起兩堆黃泥, 做了一個土坑。武松把那大蟲嘴直按下黃泥坑裡去, 那大蟲吃武松奈何得沒了些氣力。武松把左手緊緊地揪住頂花皮, 偸出右手來, 提起鐵錘般大小拳頭, 盡平生之力, 只顧打。打到五七十拳, 那大蟲眼裡、口裡、鼻子裡、耳朵裡, 都迸出鮮血來)

예(16) 항우는『진나라 이세가 무도암매하고 조고가 정권을 남용하여 백성의 질고를 돌아보지 않는 것도 용서치 못할 일이거니와 이제 이름 없는 군사를 일으키어 출관월경함은 가소롭고 가증한 일인즉 너의 목을 당장에 베일 것이로되 빨리 항복하면 잔생을 용서할 것이다』……중략……진나라 장수 리유(李由)가 내달아 둘의 가운데를 막는지라 항우는 노안을 부릅뜨고『이 놈 너는 웬놈이냐』하고 우뢰 같은 호통을 쳤다. 리유는 그 호통 소리에 정신이 아득하여 어이할 줄을 모르는데 리유의 탄 말 역시 항우의 호령 소리에 몹시 놀래서 주인의 명령이 있건 말건 고만 돌아서서 도망한다. 항우는『네 이놈 내 창을 받아봐라』하고 장창으로 리유의 등을 겨냥하여 마치 산적 꿰듯 꿰이려 할 쯤에……중략……초군은 도주하는 적군을 추격하기 위하여 군대를 세 대로 나누어 각기 적군을 쫓는데 항우는 옹구로 리유를 쫓아 만나 싸우기 삼합이 못 되어 장창으로 그를 찔러 죽이었고.(項梁使沛

公及項羽別攻城陽, 屠之. 西破秦軍濮陽東, 秦兵收入濮陽. 沛公, 項
羽乃攻定陶. 定陶未下, 去, 西略地至離丘, 大破秦軍, 斬李由)

예(15)는 윤백남이 〈신역 수호전〉에서 무송(武松)이 호랑이를 때려
잡는 부분을 번역한 것이다. 윤백남은 〈수호지〉를 번역하기에 앞서 "원
작 수호지는 문장이 너무 어려워서 그것을 읽어내기에 여간 힘이 들지
아니합니다. 그런 까닭에 옛날부터 수호지 수호지 이름은 떠들어도 그
것을 통독한 이가 적은 것은 그 책이 너무 호한(好漢)한 이유도 있었겠
지만 위에 말한 바와 같이 문장이 어렵다는 것도 큰 원인인 줄 믿습니
다. 그래서 역자는 그것을 우리가 시방 행용하는 쉬운 말로 연석을 해
서 여러 독자와 함께 수호지 일편의 흥미 있는 이야기를 취해볼까 합니
다[43]"라고 언급하면서, 순국문체와 생생한 구어체를 사용하여 아주 실
감나게 번역하였다. 또한 예(16)의 〈초한군담 항우〉 연재를 앞두고는
"취중초패왕 항우는 일대의 풍운아로 회계(會稽)성에 기병하여 초의
부흥을 도모하다……중략……역발산기개세의 무사다운 그의 일생에는
후세의 사람으로 하여금 주먹을 쥐고 상을 치게 하는 강개가 있"다고
하면서, "창작이 아니요 순연한 번역도 아니니 신강담의 체재를 꾸미
어 일종의 연의를 하여 보는 것이다[44]"라고 하였다. 여기서 "연의(演
義)"란 사실을 부연하여 재미있고 알기 쉽게 설명하는 방식을 뜻한다.
그래서 사마천(司馬遷)이 지은 〈사기·항우본기(史記·項羽本紀)〉에서
이유(李由)를 죽이는 부분이 아주 짧막하게 나오는 것과 달리, 윤백남
은 이 부분에 전투와 대화 장면을 추가하여 독자들이 실제 전투에 나선
듯한 느낌을 줄 수 있게 번역하였고, 이로써 소설을 읽는 시간 만큼은

---

43) 동아일보(1928.05.01).
44) 조선중앙일보(1933.03.30).

현실에서 벗어나 주인공과 같은 통쾌함을 맛볼 수 있게 하였다. 이렇듯이 시기에는 정치, 계몽적 번역 목적에서 뿐만 아니라, 소설 그 자체가 가진 오락 혹은 도피의 목적으로서 중국 소설이 번역, 소비되었다. 영웅 소설, 무협 소설 같은 재미와 오락을 추구하는 작품이 번역되었는데 이것은 문학계에 있어 괄목할 만한 발전이 아닐 수 없다.

3.3 번역 방법의 특징

번역 방법에 나타난 특징은 두 가지로 살펴볼 수 있다. 하나는 언어 도구적 특징이다. 국한문체가 아닌 순국문체로 번역을 시도하였는데, 이것은 계몽 혹은 오락의 목적과 직접적인 관련을 가진다. 또 다른 하나는 번역 기법적 특징이다. 여기에는 생략, 축소, 가공, 개작, 직역, 의역, 역주 등 다양한 방법이 사용되었다.

3.3.1 언어 도구적 특징

위에서도 언급했듯이, 언어와 문자는 사회를 유지하게 하는 중요한 요소이자, 사회를 구성하는 사상과 정신에 막대한 영향을 끼치는 무기이다. 그래서 중국에서는 5·4운동 이후에 백화문을 사용하자는 운동이 일어났고 루쉰, 후스 등을 중심으로 백화문으로의 번역이 전개되었다. 루쉰은 신언준(申彦俊)과의 대화에서 "나는 차라리 中國에서는 中國文이 없어지고 英語든지 佛語든지 中國文보다 나은 글이 普及되기를 바란다"라고 하였고, 실제로 중국에서도 "한자를 없애지 않으면 중국은 반드시 망한다(漢字不滅, 中國必亡)"라고 주장하였다. 또 첸쉬안퉁(錢玄同)은 "중국을 구하고, 중국인이 21세기에 교양 있는 민족이 되기 위해서는------중략------공자의 학설과 도교의 요사스러운 말을 담은 한

문을 폐기하는 것이 가장 근본적이 해결 방법이다.----중략----문법
이 간단하고 발음이 규칙적이며 우수한 언어 근원을 가진 ESPERANTO
를 채용해야 한다(欲使中國不亡, 欲使中國民族爲二十世紀文明之民
族,----略去----而廢記載孔門學說及道敎妖言之漢文, 尤爲根本解決
之根本解決.----略去----則以爲當採用文法簡賅, 發音整齊, 語根精
良之人爲的文字ESPERANTO)"라고 주장하기도 하였다45). 이와 마찬
가지로 당시 조선에서도 조선인이 마땅히 가져야 할 새로운 사상과
정신을 담을 수 있는 새로운 문자가 필요하게 되었고, 그리하여 순국체
로의 문자 개혁이 시작되었다.

문어로서의 한국어는 한자체→국한문체→순국문체로의 변화를 겪
었다. 순국문체로의 전환은 일찍이 개화기 때부터 이루어졌다. 띄어쓰
기 규칙, 맞춤법 등 순국문체를 공식화하는 데에 필요한 여러 가지 제
도적 장치가 미비했음에도 불구하고 서재필·주시경 등 선구적 지식인
의 초인적(超人的) 노력으로 어느 정도 가독성을 높인 문체가 형성될
수 있었다46). 이들은 순국문체로의 문자 개혁이야말로 조국의 자주와

45) 당시 조선에서도 에스페란토를 쓰자는 움직임이 있었다. 이들은 에스페란토를
"세계어" 혹은 "국제어"라고 소개하며 배우기를 주장하였다. 예를 들어, 필자
미상(1921.09.05)은 조선인이 서양의 것을 배우고 익히기 위해서는 에스페란토
를 배워야 한다고 주장하면서 "에스페란토를 家庭에서부터 儿童에게 敎授하기
를 希望하노라"라고 하였다. 또한 백남규(1930.12.18)는 "朝鮮人아 朝鮮人아 朝
鮮人도 世界人이다. 왜그러냐하면 地球 图面에서 朝鮮을 찾아볼 수 있는 까닭에
또는 人类 历史에는 朝鮮人의 일이 적혀있는 까닭이다. 果然 그렇다. 大势力으로
몰려오는 世界的 思想의 潮流! 할 수 없이 이를 받게 되는 것이며 나날이 갈수록
国际的 生活을 하게 되는 것이다. 보다 더 나아가서 世界人과 같이 步调를 맞추
어야 할 것이다. 좀만 있으면 世界人과 함께 心情을 풀어야 할 것이다." 그러므로
영어와 일본어를 점차로 폐기하고 "英语 学习의 五分의 一의 努力"만으로도 배
울 수 있는 에스페란토를 배워야 한다고 주장하였다. 이 같은 주장에 힘입어
당시 전국에서는 에스페란토 강좌와 강습이 성행하기도 하였다.

독립을 위해 가장 우선적으로 해결해야 하는 문제라고 보았다.

> 나라가 독립이 되려면 남과 달라 독립이 아니라 남과 같아 독립이
> 되는 것인데 내 나라에 좋은 것이 있으면 그것은 아무쪼록 내버리지
> 말고 특별히 배양하여 세상에 행세할만큼 만들어 놓고 남을 대하여
> 말하되 우리나라에도 이러저러한 좋은 것이 있다고 자랑하는 것이 독
> 립하는 사람의 승벽이어늘----중략----좋은 조선 글을 내버리고 청
> 국 글을 기어이 배워 그 글을 쓰기를 숭상하니----중략----나라란
> 것은 몇 사람만 위해서 만든 것이 아니라 전국 인민을 모두 위하여
> 만든 것이요 전국 인민이 모두 학문이 있고 지식이 있게 되어야 그
> 나라가 남에게 대접을 받고 자주 독립을 보호하며 사농공상이 늘어가
> 는 법이라 지금 조선에서 제일 급선무는 교육인데 교육을 시키려면
> 남의 나라 글과 말을 배운 후에 학문을 가르치려 하거드면 교육 할
> 사람이 몇이 못 될지라----중략----조선에서 사람들이 한문 글자를
> 가지고 통정을 하기를 장구히 할 것 같으면 독립하는 생각은 없어질
> 듯 하더라[47].

이것은 서재필(徐載弼)이 창간한 독립신문에서 발췌한 것으로 문자
와 독립을 같은 선에 놓고 시급하게 해결해야 할 문제로 본 것을 알
수 있다. 오직 국문만이 조선인을 진정으로 개화하고 계몽할 수 있으며
나라의 자주와 독립을 이루게 할 수 있다고 생각한 것이다. 하지만 여
전히 한문만을 고집하는 봉건 세력 및 국한문 혼용을 지지하는 세력이
등장하면서 순국문체로의 전환은 결코 쉽지 않았다. 그러다가 1917년
에 이광수가 처음으로 소설 〈무정〉에서 순국문체를 사용하면서 문학계
에서도 변화가 일어나기 시작했다[48]. 그리고 1919년에 양건식도 순국

---

46) 배수찬(2008:226).
47) 독립신문(1897.08.05).

문체로 소설 〈기옥〉을 번역하였고[49], 이후에도 유기석, 정래동 등에
의해 순국문체로 된 번역 소설이 이어졌다. 특히 유기석, 정래동 등은
중국에서 신문학운동이 전개되는 때에 유학을 하면서 루쉰 등의 영향
을 직접적으로 받았기 때문에 순국문체와 새 시대 그리고 계몽과의
유기적인 관계를 그 누구보다 잘 인식하고 있었다. 이에 따라 조선에서
도 순국문체가 어느 정도 자리를 잡아가게 되었고 국문체의 철자법
혹은 외래어표기법에 대해서 독자들의 요구가 생겨나게 되었다. 예를
들어, 혹자는 〈西部戰線 조용하다〉의 역문에 대해 "朝鮮글로서 틀이
잡히지를 않았다. 더구나 綴字法을 耶蘇敎式 舊體로 한 것은 너무 뒤
떨어진 일이다"라고 비평하였고, 인도의 독립투사 발리바이 파텔
(Vallabhbhai Patel)의 인명 번역을 두고는 "파라바이 파텔바라바이 바
텔봐라바이 바텔바라차이 파텔발라바이 파텔어느 게 옳담?------중략--
--同一한 人名의 綴字法 아니 發音이 數種이 있는 것이다. 無識과 無
責任 實로 讀者를 侮辱하는 것이"라고 꼬집었다. 그리하여 1933년에
는 조선어학회에서 "한글철자법"을 공포하고 한글표기법과 외래어표
기법 등을 통일하였다. 이에 대해 동아일보에서는 "조선 말과 글을 위

---

48) 이광수는 1917년에 소설 〈무정〉을 순국문체로 완성하였다. 김영민(2005:170)은
   이것이 "순간적 판단에 의해 우연히 일어난 것일 뿐 민족어와 독자 통합의 중요
   성에 대한 근본적 인식을 바탕으로 이루어진 것이라고 보기 어렵다"라고 하였
   다. 그도 그럴 것이 1918년에 발표한 소설 〈개척자〉에서는 또 다시 국한문체를
   사용하였기 때문이다. 그러나 그가 이들 작품을 통해 봉건주의에 반대하고 자유
   연애와 결혼 등의 계몽을 추구했다는 점에서 볼 때, 이 작품이 순한글로 표현된
   계몽 소설이라고 할 수 있겠다.
49) 양건식은 〈기옥〉 이후의 작품에서 국한문체를 사용하였다. 그래서 김영민의 주
   장처럼 이것이 문학을 통한 한글 보급의 목적이라고 단정 지을 수는 없지만,
   훗날 그가 〈조선어사전〉 편찬 작업에 뛰어든 것으로 볼 때, 결과적으로는 이것
   이 그가 한글 보급에 공헌을 하게 된 시초라고 할 수 있겠다.

한 큰 혁명", "계유년 사월 일일이 한글의 역사에 영원이 잊히지 못할 새 기원의 날"이라고 축하하면서 "프랑스 같은 나라에서는 한 말의 철자법을 정하거나 한 외래어를 택하는데도 학사원을 시켜 신중히 연구하게" 하므로 "철자법을 통일 확장하는 것은 우리 민족 문화 운동의 기초 공사50)"라고 치켜세웠다. 그러나 이들의 이러한 노력에도 불구하고 한국의 근대 시기에는 국한문체에서 순국문체로의 전환이 이루어진 것이 아니라, 이 두 가지가 교묘하게 혼용되었다. 즉, "국한혼용에서 한글전용으로 이동한 것이 결코 아니라, 그 둘이 경쟁했고 한글에 기반한 서사가 한문 교양에 의존한 개념적 에크리튀르-논문이나 이론과 같은-를 장악해나간 셈51)"이었다. 이것이 해방 이후로 이어져 1948년에 "한글전용에관한법률"이 제정되면서 "대한민국의 공용 문서는 한글로 쓴다. 다만, 얼마 동안 필요한 때에는 한자를 병용할 수 있다"라고 하였고, 그 뒤 1980년대 후반에 이르러서야 대중매체를 비롯한 일상생활에서 현재와 같은 순국문체로의 전환을 이룰 수 있었다. 개화기부터 끊임없이 시도해온 문자 개혁이 드디어 오랜 결실을 맺게 된 것이다.

한편 순국문체는 이상에서 언급한 오락적 목적을 달성해주는데 있어서도 중요한 역할을 하였다. 국한문체로 된 소설의 경우에는 가독성이 떨어지기 때문에 독자들이 흥미를 갖기 어렵기 마련이다. 특히 호흡이 긴 장편 소설의 경우에는 중간에 독자들의 이탈을 불러일으켜 독자 확보가 어렵게 될 수 있다. 이때 구어체 사용이 자유로운 순국문체를 사용하면 역자의 가공 혹은 개작 공간이 상대적으로 넓어지면서 좀 더 현지화된 번역을 할 수 있고, 오락적 목적을 더 쉽게 달성할 수 있게

---

50) 동아일보(1933.04.01).
51) 황호덕(2005:461).

된다. 그만큼 어떤 언어로 번역을 하는가는 번역의 목적을 달성하고 번역 효과를 높이는데 있어서 굉장히 중요하다고 할 수 있겠다.

3.3.2 번역 방법적 특징

가. 생략 및 축소

당시 번역계에서 보편적으로 사용된 번역 기법은 "지금의 완역과는 다른 적역(摘譯), 초역(抄譯), 절역(節譯)이었다[52]." 이것은 원문을 있는 그대로 번역하는 것이 아니라 역자의 주관이나 해석에 따라 내용을 생략하거나 축소하는 번역 형태이다. 이상에서와 마찬가지로 양건식의 〈기옥〉을 위주로 살펴보도록 하자.

> 예(17) 머리는 기인의 풍속으로 틀어 올리어 그 끝을 뒤로 늘어뜨리었다. 몸에는 말쑥한 서양목 홑옷을 입고 조리지 아니한 작은 발에는 높이가 서푼이나 되는 나무 바닥을 대인 청운문 단신을 신고 맵시있는 걸음걸이로 걸어 들어와서 정위치에 꿇어 앉는다. 그 계집은 나이는 비록 삼십 전후가 되었으나 오히려 사람의 마음을 동할만한 십분의 자색을 가졌다.(此人年紀在三十上下, 雖然是徐娘半老, 而妖嬈輕佻, 丰韻猶存。兩道惡魘眉, 一雙圓杏眼, 朱唇粉面, 媚氣迎人。挽著個蟠龍旗髻, 梳著極大的燕尾。拖於頸後。穿一身東洋花布的褲褂, 外罩淺月白竹布衫, 一雙瘦小的天足, 敞著襪口兒, 青緞雙臉兒鞋, 木底有三分餘厚。裊裊娜娜的走来, 雙膝跪倒)

> 예(18) 그 계집은 오진이의 심문하는 말에 대하여 수다스럽게 대답하였다. 춘영이는 제게 대하여 대단히 고마웁게 굴더란 말이며 아 씨는 원래 좀 소문이 좋지 못한 계집이었던 고로 그것을 맞아 데려옴에는 제가 처음부터 반대하였다는 등 말을 그저 늘어놓는다.(烏公道:

52) 부산대학교 인문한국 고전번역 비교문화학 연구단(2010:210).

"你兒子春英, 孝順你不孝順你？"範氏道："春英很知道孝順。" 烏公
道："春英他們夫婦, 和美不和美呢？"範氏道："他們不和美。自過門
以後, 時常打鬧。"烏公冷笑道："你這嘴可眞能撒謊。他們都說和美,
獨你說不和美, 難道你的心思, 害了兒子, 還要害兒媳婦嗎？"又拍案
道："你實話實說, 本翼尉愼重人命, 鐵面無私。你若一味狡展, 可要掌
嘴了。"範氏低下頭去, 冷笑著道："大人高明, 小婦人不敢撒謊。春英
他們夫婦, 素常素往, 實在是不和睦。昨兒早晨, 還打了一架呢。"烏公
又問道："為什麼打架呢？"範氏道："春英他大舅死啦, 我姐姐要帶著
兒媳婦出門, 春英不願意, 不讓他媳婦去, 所以兩口子打起來了。"烏公
又問道："春英不叫她去, 是什麼意思呢, 你知道不知道。" 範氏道：
"這件事很是難說。"烏公道："怎麼會難說呢？"範氏道："當初做親的
時節, 我就不大願意。風言風語, 說這丫頭野調, 又有說不老成的。我
姐姐不知底細, 總說這孩子安穩, 不致有毛病。誰想自過門之後, 她扭
頭別頸的, 不與春英合房。據我姐姐合他媽媽說, 這孩子年輕, 不懂得
人間大道理, 容再長歲, 也就好啦。大人明鑒, 如今這個年月, 十九歲
還小嗎？所以他們夫婦總是打吵了, 我在暗地裡也時常勸解, 誰想她
認定死扣兒, 橫豎心裡頭別有所屬, 說出油漆來, 也不肯從。您想这件
事, 不是難辦吗？")

이상의 예문을 살펴보면 원문과 역문 사이에 제법 큰 차이가 나는
것을 알 수 있다. 예(17)에서의"兩道惡驫眉, 一雙圓杏眼, 朱唇粉面"는
심문을 받기 위해 나온 범 씨의 모습을 묘사한 것이다. 양건식은 문장
의 앞뒤는 번역을 하였지만, 이 부분은 번역을 하지 않았다. 또 예(18)
은 오진과 범 씨의 대화를 묘사하고 있는데, 양건식은 대화를 하나하나
번역하지 않고 "춘영이는 제게 대하여 대단히 고맙게 굴더란 말이며
아 씨는 원래 좀 소문이 좋지 못한 계집이었던 고로 그것을 맞아 데려
옴에는 제가 처음부터 반대하였다는 등"으로 원문의 내용을 축소하여
두루뭉실하게 번역하였다. 아마도 이들 내용을 생략하거나 축소해도

전체적인 줄거리에는 큰 영향을 끼치지 않기 때문에 번역을 하지 않은 것으로 보인다. 실제로 양건식의 역문을 보면, 이 부분이 원문과 다름에도 불구하고 어색함을 느끼지 못할 정도로 아주 자연스럽게 번역이 이루어졌다. 하지만 역자의 이런 번역 방법은 독자가 원문을 있는 그대로 받아들일 수 있는 기회를 박탈한 것이라고 할 수 있다. 즉, "무의식 중에 독자를 기만(無意之中蒙騙了譯文讀者)53)"한 것이 된다. 현대적 관점의 번역에서는 마땅히 지양해야할 부분이 아닐 수 없다.

이 같은 현상이 나타난 이유는 크게 두 가지를 꼽을 수 있다. 하나는 당시 번역에 대한 개념과 기준이 모호한 까닭에 역자들이 번역에 대해 제대로 인식을 하지 못하여 올바른 번역 태도를 갖지 못했기 때문이다. 심지어 번역과 창작을 구분하지 못하여 번역 작품을 창작 작품이라고 소개하는 경우도 허다했다. 또한 마찬가지로 번역에 대한 개념이 충분하지 못했던 독자들도 이를 거부감 없이 수용하게 되면서 이런 사회적 분위기가 형성될 수 있었다. 다른 하나는 당시의 번역 목적에서 정치적, 계몽적 목적이 두드러진 까닭에 줄거리와 관련 없는 부수적인 내용 혹은 시나 편지 같은 문학성이 짙은 부분은 상대적으로 배제될 수밖에 없었다. 특히 신문 연재의 경우에는 신문 지면의 제한 및 매일 연재라는 부담으로 인해 작품 전반에 걸쳐 원문 내용을 생략하고 축소하여 번역하는 경우가 대부분이었다. 그래서 양건식은 〈목양애화〉를 번역하면서도 시가 번역을 생략할 수밖에 없었고, 번역 말미에 "詩歌는 바빠서 飜譯치 못하오니 讀者는 容恕하시오54)"라고 덧붙이기도 하였다.

53) 郭建中(2003:209).
54) 시대일보(1925.08.24).

나. 가공 및 개작55)

지금의 번역계에서는 납득하기 어렵겠지만, 당시에는 적역, 초역, 절역과 더불어 가공, 개작 등의 번역 방법도 자주 사용되었다56). 양건식도 물론 예외가 아니었다. 특히 계몽 등과 관련하여 양건식 개인의 생각이 개입된 부분에서 가공 및 개작이 두드러지게 나타났다. 예를 들어, 이상의 예(3)에서는 여성의 정절 관념에 대해 번역하면서, 원문에는 없는 내용인 "여자의 정절이란 그 생명보다 이상 중대한 가치를 가진 동양"을 추가하여 당시에 만연했던 사회 관념을 고발하였다. 또한 예(11)에서는 시어머니와 다툰 후의 며느리의 행동을 번역하면서, 역시 원문에는 없는 내용인 "계집의 독살이란 참으로 암독하고 또한 위험한 것인 줄을 새삼스러히 지금 다시 알았다"를 추가하여 아들인 동시에 남편으로서의 역자의 생각을 사실적으로 담아냈다. 이런 현상은 다른 작품에서도 쉽게 찾아볼 수 있다. 예를 들어,

예(19) 우리 조선에서도 이왕 금강산 안 어느 절에서 불목한으로 어떤 수월대사(水月大士)는 본래 일자 무소식으로 있다가 별안간 도가 통하매 어느 제자가 와서는 무엇을 묻던지 수월은 서슴치 않고 얼른 대답하되, "아무 불경 어디를 가 찾아보아라"하던지 "아무 불경에 이리 이리 말하였다"하면 여합부절하였다는 말이 있은즉 달마의 온갖

55) 가공과 개작을 분명하게 구분하기란 쉽지 않다. 본문에서는 "원문의 내용이 바뀌지 않는 범위에서 치장하고 꾸미는 행위"를 가공으로, "원문 속 인물들의 관계를 비롯해 원문의 내용을 바꾸는 행위"를 개작으로 보았다.
56) 카울리(Cowley) 등은 역자의 지혜와 창의력으로 새로운 문학적 아름다움을 만들어낼 수 있다고 하면서, 이런 번역 방식을 가리켜 "모작(imitation)"이라고 하였다. 杰里米·芒迪 저, 李德凤 역(2007:38)참조. 데오 허만즈(Theo Hermans) 등은 번역은 어떤 특정의 목적을 위해서 어느 정도 원어 텍스트의 조작을 포함한다고 하면서, 이 같은 번역 방법을 "조작(manipulation)"으로 보았다. 박옥수(2008:3)참조.

이치를 저절로 알았다 함이 허언이 아닐 듯하다.

예(20) 그 후 천하는 태평하여 삼대의 황위를 지나서 철종 황제(哲宗 皇帝)의 세상이 되었습니다. 가우 삼년으로부터 삼십사 년 후의 일이올시다. 그러니까 지금부터 시작될 이야기는 인종 황제로부터 삼십사 년 후의 일인 것을 미리 알아두셔야 합니다. 복마전 지붕을 뚫고 사방으로 헤쳐나간 일백팔성의 마귀들은 다시 이 세상에 사람으로 현용하여 어떠한 파란을 일으킬는지 그것은 독자로 더불어 다음 회부터 시작되는 이야기를 읽어보도록 하십시다.

예(19)는 〈무술원조 중국외파무협전〉의 일부를 인용한 것으로, 역자인 이규봉은 독자들의 흥미와 재미를 유도하기 위하여 원문에는 언급되지 않은 조선의 상황을 덧붙이고 있다. 이렇듯 중국 소림사(少林寺)를 번역하면서, 비슷한 조선의 상황을 대입하여 비교하고 설명하면 독자들이 더 쉽게 소설을 이해하고 감정 이입을 할 수 있게 된다. 이밖에도 소림사 10조목을 번역하면서 기독교 모세의 십계명을 언급하였고, 소림파의 무술을 번역하면서는 장제스(蔣介石) 정부의 국술(國術) 대회를 소개하기도 하였다. 또한 예(20)은 〈신석수호전〉에서 발췌한 것으로 역문 중간에 역자인 윤백남의 설명과 평론이 덧붙여 있다. 이렇게 하면 중국 역사에 밝지 않은 독자들의 이해를 도울 수 있을 뿐만 아니라, 다음 회에 대한 기대치를 높여주는 작용도 할 수 있다. 게다가 소설을 읽는다는 느낌과 더불어 마치 이야기꾼이 이야기를 들려주는 듯한 기분을 불러일으켜 독자와 역자 간의 긴밀한 호흡이 가능해진다.

이 같은 가공 이외에도 덕 씨와 액 씨 간의 관계, 옥길이와 양파 할멈 간의 관계 등에 있어서는 단순한 가공을 넘어 개작이 이루어지기도 하였다. 예를 들어, 원문에서는 덕 씨와 액 씨가 어린 자녀들을 두고 서로 사돈을 맺기로 했지만, 작은 오해로 인해 두 사람 사이가 어긋나면서 자녀들의 혼인이 성사되지 않게 되었다. 그러나 역문에서는 액씨의 가정 형편이 기울게 되자, 덕 씨가 딸의 장래를 걱정하여 다른 집으로 시집보내고자 하는 것으로 묘사되어 있다. 또한 원문에서는 옥길이가 춘영이를 살해한 뒤, 양파 할멈과 여동생에게는 범죄 사실을 비밀로 한 채 톈진(天津)으로 떠나는 반면, 역문에서는 죄책감에 괴로워하는 옥길이를 위해 양파 할멈과 여동생이 먼저 나서서 톈진으로 몸을 숨길 것을 제안하는 것으로 되어 있다. 양건식이 이렇게 개작을 한 것은 아마도 소설에 극적 효과를 주기 위함으로 보인다. 두 집안이 사소한 오해로 인해 사이가 멀어지는 것보다는 경제적인 이유로 혼인이 깨지는 것이 어머니 덕 씨의 이미지를 덜 훼손하고 젊은 남녀의 사랑을 더욱 안타깝게 만들어주기 때문이다. 마찬가지로 옥길이가 아무 말도 없이 톈진으로 떠나는 것보다는 자수를 희망하는 옥길이를 두 사람이 겨우 달래어 톈진행 기차에 태워보내는 것이 옥길이의 심적 갈등과 집안의 장래만을 염려하는 양파 할멈의 심리를 더욱 적나라하게 보여줄 수 있기 때문이다.

한편 현대적인 관점에서 볼 때, 이러한 번역 방법도 역시 지양해야 마땅하지만, 당시로서는 이런 번역 방법이 국내 문학계를 발전시킬 수 있는 중요한 수단 중에 하나였다. 예를 들어, 현철(玄哲)은 "飜譯時期를 지나서 그 다음에는 模作時期에 이르러야 할 것이고 模作時期에서 얻은 經驗과 才量으로 創作時期에 가야 할 것인 줄 믿습니다[57]"라고 하였다. 또한 정인섭(鄭寅燮)은 조선 문학의 발전을 다음과 같은 세 단계로 나누었다. "幼年期로 볼 수 있는 바로서 大略 飜案主義라고 할지 譯者들은 各自의 任意와 改作을 加하던 때", 그 다음이 "忠實한

---

57) 동아일보(1922.01.08).

飜譯을 爲主하여 硏究的 態度로서 여러 가지로 試驗해 보던 때이니 그때 一般 朝鮮 文學도 여러 가지 特色있는 運動으로 나타나 靑年期로서의 活氣를 띠고 있던 때", 마지막으로 "이제 朝鮮 文學도 壯年期에 들려고 한다면 語弊가 있을는지 모르나 要컨대 여러 가지 經驗과 試鍊은 다해본 貌樣으로 이제 土臺가 제법 설려고 하는 것 같은 이때58)"로 나누면서 앞선 두 단계를 통한 조선 문단의 발전과 성장이라는 긍정적인 측면을 인정한 바 있다.

  다. 직역과 의역

  양건식은 〈기옥〉 번역에서 직역과 의역을 넘나드는 번역 기법을 보여주었다. 직역은 원문을 글자 그대로 번역하는 것을 말하며, 의역은 원문의 단어나 구절에 얽매이지 않고 도착어에 부합하도록 전체의 뜻을 살려 번역하는 것을 일컫는다. 이러한 번역 방법은 원문에 충실하면서도 필요에 따라 독자들의 재미와 오락을 충족시키기 위함에서 비롯되었다. 특히 〈기옥〉은 순국문체를 사용하였기 때문에 상대적으로 의역에 자유로울 수 있었다.

  예(21) 겨우 열아홉살된 계집이올시다. 게다가 평일에 의좋게 지내던 것들이 왜 죽이며들하겠습니까――――사또님! 그저 명백히 살피셔서 딸지식을 살려주십시오.("……誇蘭達恩典, 您想我那女兒, 今年才十九歲。"又哽哽咽咽的哭道 : "不但下不去手, 而且他們小倆口兒, 素日很是對勁, 焉有無緣無故, 殺害男人的道理呢。"說罷, 連連叩頭, 哭著央求道 : "要求誇蘭達替我作主。")

예(22) 젊은 사람은 이 두 사람의 앞에 와서 기인이 하는 인사를
한다. 접자는 마치 도망꾼이 포수나 만난 듯이 가슴이 별안간 울렁울
렁하며 얼굴이 밝아진다. 그리고 무서운 듯이 려자의 뒤로 몸을 피한
다.(玉吉卻低頭過來, 恭恭敬敬請了個安, 三蝶兒也不及還禮, 仿佛見
了仇人, 無處藏躲的一般)

예(21)을 보면, 현지화한 호칭으로 의역한 것을 알 수 있다. 만주어
"諾蘭達"을 "사또님"이라고 번역하여 독자들이 인물 관계를 쉽게 파악
하도록 하였다. 이밖에 부부 사이에 부르는 "你"는 "자네, 당신, 임자"
등으로 상황에 맞게 번역하여 독자들이 작품에 더 쉽게 몰입할 수 있게
하였다. 또한 관용어 표현으로 번역한 경우도 많았다. 예(22)에서는
"仿佛見了仇人"을 "도망꾼이 포수난 만난 듯"이라고 번역하였다. 이
밖에도 "呼吸已經斷了"를 "저승사자의 손에 넘어갔다", "又哭又罵"를
"으르렁 앙앙하다" 등으로 친숙하고 재미있게 번역하여 독자의 흥미를
높였다.

한편, 같은 순국문체로 번역된 작품이라고 할지라도 의역보다는 직
역을 고집한 역자들도 있었다. 이들은 대부분 루쉰으로 대표되는 중국
신문학운동의 영향을 받은 중국 유학생 출신들로, 이들의 번역 작품은
통속적인 느낌보다는 상대적으로 경직된 느낌을 주며, 심지어 어색한
한국어 표현이라는 평가까지 받고 있다. 예를 들어,

예(23) 이루 생각할 수가 없다. 사천년 이래로 늘 사람을 잡아먹는
곳을 나는 이제야 알았다. 나는 그 가운데 오랫동안 징글였다. 형님이
금방 가사를 살피자 누이 애는 마침 죽었다. 그가 밥반찬을 만들어
가만히 우리를 먹이지나 않았을 수가 없다. 내가 무심중에 내 누이
애의 몇 점 고기를 먹지 않았을 수 없고 지금은 나의 몸으로 차례가
온 모양이다. 사천년 사람 잡아먹는 이력(履歷)을 가진 나는 애초에는

몰랐지만 지금은 참 사람을 차마 보기 어려운 줄을 알았다.(不能想了。
四千年來時時吃人的地方，今天才明白，我也在其中混了多年；大哥
正管著家務，妹子恰恰死了，他未必不和在飯菜裡，暗暗給我們吃。我
未必無意之中，不吃了我妹子的幾片肉，現在也輪到我自己)

　　예(24) 나는 자군의 구두소리 같지 않은 배바닥 신을 신은 장반의
아들을 미워하고 나는 꼭 자군의 구두소리 같은 늘 새 구두를 신은
옆에 뜰에 크림 바른 조그만 이를 미워한다!(我憎惡那不像子君鞋聲
的穿布底鞋的長班的兒子，我憎惡那太像子君鞋聲的常常穿著新皮鞋
的鄰院的搽雪花膏的小東西！)

　　루쉰은 당시 직역을 주장한 대표적인 역자 가운데 하나로 심지어
일본어 문장을 중국어로 번역함에 있어서 그 어순조차 바꾸지 않고
번역한 경우도 있었다[59]. 이상은 유기석이 번역한 〈광인일기〉와 정래
동이 번역한 〈애인의 죽음-위생의 수기〉의 일부이다. 이들은 루쉰의
영향을 받은 것으로 익히 알려져 있다. 그래서 예문을 보면, 이들이
작은 수식어 하나도 놓치지 않고 원문 그대로 직역하려 했음을 알 수
있다. 그러다 보니 어색하거나 불필요한 부분까지 모두 번역하여 역문
이 산만한 느낌을 주고 있다. 이에 대해 양주동(梁柱東)은 "譯文으로서
非文인 直譯文은 오히려 意譯만도 못하다. 너무나 原作과 距離가 遙遠
한 意譯은 飜譯的 價値가 자못 疑問이다.------중략------直譯과 意譯의
두 觀念을 절반씩 머리에 두고 飜譯하는 것이 試譯者에게는 더구나
必要하다. 直譯으로 되어 너무나 非文될 念慮가 있는 곳에는 意譯體를

---

59) 루쉰은 직역을 강조하며 일부러 어색한 역문을 내놓기도 하였다. "这时候, 要来
　　讲辅助那识别在三次元底的空间的方向的视觉底要素的相互的空间底距离的, 谁都
　　知道的眼睛的构造, 大约是没有这必要吧" 鲁迅(1973:225).

加味하고 反對로 意譯이 너무나 原作과 相異하게 될 때에는 直譯的 筆致를 取하라는 것이다[60)"라고 하면서 직역과 의역을 조화롭게 사용할 것을 주장하기도 하였다.

라. 역주

역주는 역자가 많이 사용하는 번역 방법 중에 하나이다. 양건식은 주로 기인 문화를 소개하는 부분에서 역주를 사용하였다.

〈사진 3-3〉 청말의 "八旗兵"

예(25) 보운이는 웃으면서 보퉁이를 그 곁상에 올려놓고 자리에 앉는다. 그리고 소시은과 서로 주소며 어느 대(八旗의所屬部隊)에 다님을 묻는다.(那人一面陪笑, 把手巾包袱, 放在一旁桌上。市隱一面讓坐, 拱手笑問道："貴旗是哪一旗？"普二道："敝旗鑲黃滿。"又問市隱道："大哥府上是？"市隱道："捨下在方中巷。"

----

60) 신민(1927.06.01).

예(25)에서 "대"를 소개하면서 "八旗의 所屬部隊"라고 역주를 달았다. 이것은 기인의 대표적인 특징으로[61] 양건식은 소설 전반에 걸쳐 새로운 인물이 등장할 때면 어김없이 "어느 대의 소속입니까"라고 서로 묻고 답하는 장면을 옮겨 놓았다. 그만큼 만주족에게 있어 소속부대는 굉장히 뚜렷한 특징이었고 양건식은 이를 빠짐없이 번역하고 역주를 달았다.

〈사진 3-4〉 중국 전통 운동 기구 "石鎖"

예(26) 땋은 머리를 휘휘 이마에 감아붙이고 산뜻한 옷을 입고 손에는 쇠방울(운동하는데 쓰는 것)을 축 늘어트리고 들었다.(穿一身紫花色的裤褂, 蟠着緊花兒的辯髮, 手提石鎖, 興興會會的自外走來)

---

61) 청대 제도의 규정에 따라 팔기의 구성원은 기인과 기하인으로 나뉘는데 기인은 특정 기에 소속되며 자손 역시 조상이 속한 기의 기인이 되었다.――중략――만주입관 전, 정규부대인 팔기병은 만주 정권의 군사적 지주였다.――중략――입관 이후 팔기병은 또 청 왕조를 보위하는 중요한 역할을 담당했고, 통치자에게는 국가의 근본을 묶는 수단으로 간주되었다. 이에 따라 팔기병의 직능과 역할은 주로 주둔부대로 변했다.――중략――팔기병은 장기간 전투에서 벗어나게 되자 주로 일부 방범임무 외에는 백성을 억압하는 역할을 했다. 그들의 전투력은 급격히 떨어졌고 머지않아 아예 전투능력을 상실한 오합지졸이 되었다. 쉬훙씽 저, 정대웅 역(2010:170-171).

예(26)에서는 "石鎖"를 "쇠방울"이라고 번역하고 "운동하는데 쓰는 것"이라고 역주를 달았다. 당시 조선에는 이런 운동 기구가 없었기 때문에 이를 설명하기 위해 역주를 삽입한 것이다. 사실 역주는 독자의 이해를 돕기 위한 장치이지만, 자칫하면 오히려 독자들의 가독성을 해칠 염려가 있다. 그래서 양건식은 외국 문화 소개라는 부분에서만 제한적으로 역주를 사용함으로써 이런 부작용을 최소화하였다. 물론 윤백남처럼 "예식이 끝나자 전두관(殿頭官)이라 하는 예전 마치 우리 조선 벼슬의 선전관 같은 관인이 군신을 향해서"와 같이 문장 속에 직접 이야기하듯 풀어서 자연스럽게 역주의 역할을 하게 한 경우도 있었다. 모두 독자의 이해를 돕는 한편, 가독성을 높이는데 적지 않게 신경 쓴 것을 알 수 있다.

3.4 소론

본 장에서는 이 시기 작품 속 번역 대상, 번역 목적, 번역 방법에 나타난 특징에 대해 간략하게 살펴보았다.

먼저 번역 대상의 특징을 살펴보면 크게 특정 제재의 작품, 특정 작가의 작품, 특정 장르의 작품으로 나눌 수 있었다. 특정 제재의 작품은 당시 여성 계몽에 대한 의지가 두드러지면서 나타난 여성을 제재로 한 작품을 가리킨다. 전체적으로는 남녀 주인공의 비극적 죽음이라는 플롯을 따르고 있지만, 시대의 변화에 따라 새로운 여성 캐릭터가 묘사된 것을 알 수 있다. 그러나 아무리 남성보다 뛰어난 재능을 가진 여성이라고 하더라도 마지막에는 사회 혹은 남성의 영향에서 벗어나지 못하거나 혹은 여성 스스로 설정한 내면적 한계를 극복하지 못하는 모습을 보여주었다. 그 다음으로 특정 작가의 작품을 살펴보면, 당시 중국과의 교류가 늘어나면서 당대 작가의 작품을 번역하는 현상이 생겨났는데, 특히 루쉰의 작품이 많이 번역되었다. 루쉰의 작품은 봉건주의적 사회 구조와 중국 민중의 우매한 사상을 꾸짖거나 혹은 개혁에 적극적이지 않고 사회에 순응하려는 지식인의 태도를 비판하는 내용이 대부분이다. 특히 나약하거나 실의에 빠져 있는 남성 캐릭터를 전면에 부각시킴으로써 중국 민중과 지식인들의 계몽을 더욱 채찍질하였다. 그래서 조선의 역자들은 동병상련의 입장에서 그의 작품을 조선에 소개하고 지식인을 포함한 민중들이 개혁에 동참할 것을 독려하였다. 마지막으로 특정 장르의 작품을 살펴보면, 어지러운 사회 구조 속에서 백성을 핍박하는 탐관오리를 고발하고 백성을 위기에서 구해내는 영웅의 이야기를 기본 구조로 하는 전쟁소설, 무협소설이 많이 번역되었다. 특히 이들 작품에 나오는 영웅 캐릭터들은 앞의 작품에서 등장한 나약한 여성 혹은 무능력한 남성과 달리 모두 비범한 외모와 초인적인 능력을 가지고 있었다. 이러한 캐릭터들을 통해 오랜 식민 지배로 인한 패배주의를 해소하는 한편, 일본에 굴복하지 않고 저항하고자 하는 독립 의식을 고취시켜 주었다.

  그 다음으로 번역 목적은 계몽의 목적과 오락의 목적으로 나눌 수 있다. 가장 대표적인 계몽 내용으로는 여성의 자유연애와 결혼에 대한 것을 꼽을 수 있다. 그리고 이것이 한 차원 더 발전하여 궁극적으로 여성 스스로가 독립된 개체로 일어설 수 있을 때에야 비로소 진정한 여성 해방을 이룰 수 있음을 제시하였다. 이와 동시에 이들 작품은 단순한 여성 해방을 넘어, 조국과 민족의 독립 사상을 계몽하고자 하였다. 마찬가지로 루쉰의 작품과 〈삼국지〉 등의 영웅 소설에서도 이 같은 내용을 찾아볼 수 있다. 즉, 이 시기 계몽의 목적은 그 번역 대상이나 내용이 무엇이든, 궁극적으로는 조국의 독립, 자주, 해방으로 이어진 것을 알 수 있다. 두 번째 번역 목적으로는 오락의 목적을 꼽을 수 있다. 이것은 문학이 가진 주요 기능 중에 하나로, 문학은 영상 사업이 발달하기 전까지 사람들에게 재미를 주는 가장 큰 매개체였다. 그래서 많은 역자들이 독해가 쉽고 표현이 자유로운 순국문체를 사용하여 독자들의 눈을 사로잡고자 노력하였다. 이렇듯 이 시기에는 정치, 계몽적 번역 목적뿐만 아니라, 소설 그 자체가 가진 오락의 목적으로서 중국소설이 번역, 소비된 것을 알 수 있다. 전쟁 소설, 무협 소설 같은 재미와 오락을 추구하는 작품이 번역되었는데 이것은 문학계에 있어 괄목할 만한 발전이 아닐 수 없다.

마지막으로 번역 방법에 대해 살펴보았다. 번역 방법에 나타난 특징은 두 가지로 나눌 수 있다. 하나는 언어 도구적 특징이다. 국한문체가 아닌 순국문체로 번역을 시도하였는데, 이것은 계몽 혹은 오락의 목적과 직접적인 관련을 가진다. 또 다른 하나는 번역 기법적 특징이다. 여기에는 생략, 축소, 가공, 개작, 직역, 의역, 역주 등 여러 가지 방법이 사용되었다. 이러한 번역 방법을 잘 사용한다면 역자가 처음에 가졌던 번역 목적을 보다 잘 실현하고 원했던 번역 효과를 얻을 수 있게 된다. 예를 들어, 양건식은 이상의 방법으로 수많은 중국 문학과 문학 평론을 번역하였고 당시 많은 지식인들에게 깊은 인상을 남겼다. 그래서 이광수는 그를 가리켜 "朝鮮 유일의 中華劇研究者요 번역자"라고 극찬하였고, 조용만은 "중국문학 1인자"라고 그를 치켜세웠으며, 박종화는 "중국문학의 통"이라고 평가하였다. 또한 장지영은 양건식의 영향을 받아 〈홍루몽〉을 번역하였고, 양건식으로부터 독서지도 혹은 중국 고전소설에 대한 지식과 한문 교육을 받은 박태원은 〈삼국지〉 등을 번역하기도 하였다. 이처럼 양건식은 동시대를 살아간 동료와 후배들에게 중국문학에 관심을 갖고 동참하게 만드는 중요한 역할을 하였다. 모두 그의 한결 같은 번역 목적과 적재적소에 알맞게 쓰인 번역 방법이 이루어낸 위대한 결과라고 할 수 있다.

일제강점기 번역에 대한 이해

번역은 아주 오래 전부터 이루어져왔다. 약 3,000년 전부터 이미 그리스, 로마 및 중국 등에서는 번역을 했다는 역사 기록이 전해진다[1]. 조선에서도 세종 28년에 훈민정음(訓民正音)이 반포된 이후, 〈용비어천가(龍飛御天歌)〉, 〈석보상절(釋譜詳節)〉 등이 한글로 번역되기 시작했다[2]. 하지만 이것이 학문, 즉 번역학으로 불리게 된 것은 그리 오래되지 않았다. 대략 20세기 중후반부터 영미권에서 학문으로서 간주되었고, 여러 학자들에 의해 연구되기 시작하였다. 대표적인 학자로는 캣포드(J.C.Catford)를 들 수 있다. 그는 번역이란 "한 언어의 문자 데이터를 다른 언어의 대등한 문자 데이터로 바꾸는 것이다(把一種語言的

---

1) 예를 들어, 〈주례(周礼)〉에는 다음과 같이 실려있다. 周公居摄三年, 越裳以三象胥重译而献白雉, 曰:"道路悠远, 山川阻深, 音使不通, 故重译而朝." 故〈周官〉: "象胥掌蛮夷闽貉戎狄之国, 使掌传王之言而谕说焉." 여기서 "象胥"는 고대 역관을 이르는 말이다. 또한 〈国语·主语〉에서는 "故坐诸门外, 而使舌人体委与之"라고 하였다. 여기서 "舌人"은 역관을 이르는 또 다른 표현이다. 陈福康(2002:2-3).

2) 한글이 창제되기 전에는 이두(吏读), 향찰(乡札), 구결(口诀)을 통한 차자표기가 이루어졌다. 그러다 최근 들어 이들을 표기가 아닌 번역으로 다루는 움직임이 생겨났다. 예를 들어, 김정우(2008:89)는 "이두와 향찰은 번역이 아닌 표기이고, 이두번역문은 번역이다. 구결 중에서 음독구결은 번역의 이전 단계인 독해이고, 석독구결은 번역과 거의 유사한 번역 직전 단계인 의사번역으로 볼 수 있다"라고 하였다.

文字材料替換成零一種語言的對等的文字材料)"라고 하면서 "대등의 성질과 조건을 설명하는 것이 번역 이론의 핵심 과제(飜譯理論的中心 任務則在於解釋飜譯對等形式的性質和條件)[3]"라고 하였다. 또한 나 이다(Eugene A. Nida)는 "번역이라는 것은 수신자언어에 있어서 원어 메시지에 가장 자연스럽게 가까운 메시지를 재현"하는 것이라고 하면 서, 과거의 번역이 문법구조적 전문성을 재현하는 것이었다면 새로운 번역은 수신자의 반응에 초점을 맞춰야 한다고 주장하였다. 즉 "원래 의 메시지가 원래의 분위기 속에서 원래의 수신자에게 느껴졌다고 생 각되는 그 반응"을 역문의 독자들이 똑같이 느낄 수 있게 하여야 하며, 그러기 위해서는 "번역 같이 느껴지지 않는 번역[4]"을 해야 한다고 하 였다. 이들이 내린 정의를 가만히 살펴보면, 그 표현 방식에 약간의 차이가 있을 뿐, 그 중심 내용은 "어떤 언어로 된 글을 다른 언어의 글로 옮기는 것"임을 알 수 있다. 또한 번역의 가능 여부에 있어서는, "번역은 불가능하다", "모든 번역은 오역이다"와 "역문은 원문과 분리 해서 다뤄야 한다", "번역은 제2의 창작이다"라는 주장이 제기되었다. 그러면서 번역에 대한 인식이 점점 체계적, 학문적, 이론적으로 자리 잡게 되었고, 학자들 사이에서 공통된 인식이 생겨나게 되었다. 하지만 이러한 연구와 토론이 시작되기 전인 1950년 이전에 역자 혹은 독자들 이 번역에 대해 어떠한 생각을 가졌었는지는 우리가 직접 관심을 갖고 살펴볼 필요가 있겠다. 특히 당시 학문적 연구가 뒤쳐졌던 조선에서는 갑작스런 정치, 사회 변화가 일어나면서 번역에 대한 학문적, 이론적 연구보다는 특수한 목적 혹은 필요에 의해 번역이 이루어졌고, 그것이

---

3) 谭载喜(2004:207).
4) 나이다, 타버 저, 김용옥 역(1985:84-99).

어느 정도 진행된 이후에야 비로소 번역에 대한 이해와 인식이 토론됐기 때문이다. 뿐만 아니라, 당시 번역을 진행했던 역자와 그것을 소비했던 독자들이 무슨 외국어 교육이라든지 번역 교육을 전문적으로 받은 것이 아니었기 때문에, 그들이 번역에 대해 가졌던 이해와 방법은 지금의 것들과 큰 차이가 있을 수밖에 없었다. 그래서 본 장에서는 일제강점기에 번역과 관련하여 이들이 어떤 인식을 갖고 있었고 어떠한 논쟁을 벌였는지 살펴보도록 하겠다. 이러한 작업은 이 시기 번역 상황을 이해하는데 큰 도움이 될 것이다.

4.1 번역에 대한 이해와 쟁론

1920년대에 접어들면서 외국 문학에 대한 번역이 본격적으로 시작되었다. 이때는 두 가지 주장이 제기되었다. 먼저 외국 것에 대한 번역을 조선을 향한 문화적 침투, 문화적 학살 등으로 보는 관점과 이와 반대로 외국 것을 적극적으로 번역하여 조선 문화를 개선하고 문학을 살찌우는데 활용하자는 관점이었다. 이러한 외국 문학 수용론은 젊은 지식인층이 확대되고 이들이 번역 관련 업무에 종사하는 사회 분위기와 맞물려 조선에서의 해외 문학 번역의 붐을 이끌었다. 그러나 역자와 역문의 수량이 늘어났다고 해서, 역자의 번역에 대한 개념적 이해 혹은 도덕적 책임까지 비례적으로 증가한 것은 아니었다. 외국 작품을 번역해놓고 그것을 창작이라고 하여 투고하는 현상이 당시 아주 빈번하게 발생한 것이다5). 이와 관련한 가장 대표적인 것이 바로 〈소금쟁이〉 논

---

5) 동아일보(1921.04.26)에서 다음과 같은 기사를 찾아볼 수 있다. "近来에 翻译을 創作이라고 詐称하고 投稿하는 일이 種種 있음은 매우 遺憾으로 생각합니다. 되나 못되나 創作이면 貴한 것이오 또한 내 것이오니 향여 남의 글 도적은 하지

쟁이다. 논쟁의 시작은 박홍파(朴虹波)로부터 시작되었다. 박홍파는 한정동(韓晶東)의 〈소금쟁이〉가 신춘문예에서 1등으로 당선된 것을 두고, 일본어 작품과 〈소금쟁이〉를 비교하며 이 작품이 창작이 아니라 일본어 작품을 번역한 것이라고 주장했다. 그러면서 "普通學校 冊을 넣어둔 궤짝에서 六學年 때의 夏期休學習帳에 日文으로 있어요. 韓晶東이라는 사람은 昨年에 내었지만은 이 冊은 再昨年 것이에요. 이것을 譯을 하여 一等을 타먹었지요. 별 우스운 亡할 子息[6]"이라고 공개적으로 비판하였다. 그러자 문병찬(文秉讚)과 당시 심사위원을 맡았던 김억(金億)이 나서서 "이것을 조선 문학의 발전 과정으로 볼 수 있으며, 설사 창작이 아니라고 할지라도 다른 방법을 찾지 않고 이렇게 공개적으로 인신공격하는 것은 작자의 앞길을 방해하고 생명마저 빼앗으려는 행위"라고 지적하면서 박홍파를 비난했고, 작가인 한정동도 번역이 아닌 순수 창작이라고 해명하며 결백을 주장했다. 그러자 이번에는 한병도(韓秉道), 최호동(崔湖東), 김원섭(金元燮) 등이 연이은 평론을 통해, 이것은 번역이 아니고 분명한 표절이자 도둑질이라고 주장하면서 한정동을 비롯하여 문병찬과 김억까지 비판하고 나섰다. 그리고 이에 힘입은 박홍파가 다시 한 번 입장을 표명하면서 이 논쟁은 좀처럼 끝날 기미를 보이지 않았다. 결국에는 신문 편집자가 직접 나서서 "原作이란 것과 比較컨대 飜譯이 아니라 할 수 없다. 原作者는 創作이라 主張하는 創作이 的確한 憑據를 提出하지 못하였다.──중략──이제라도 받아든 懸賞金을 返還하고 마는 것이 作家의 良心에 좋은 일이라고 생각한다"라고 하면서, 이번 시비를 통해 "剽竊이란 것이 文壇에 容納지 못할

아니함이 좋을 듯합니다."
6) 동아일보(1926.09.23).

惡德인 것을 한 번 더 徹底히 宣傳되었[7]"고 하였다. 그러면서 신춘문예 현상모집 광고에 "借作 또는 飜譯인 것이 判明될 때는 賞品을 取消함"이라는 내용을 추가로 삽입하였고, 문단에 투고할 때에도 "飜譯惑飜案일 時는 原作의 題名과 原作者의 氏名을 明記함을 要함"이라고 하였다. 또한 이번 사건을 계기로 더 많은 문인들이 이런 비도덕적인 행위를 하는 이들을 가리켜 "도적놈", "흡혈귀" 등으로 묘사하며, 반드시 지양해야 하는 행위라고 다시 한 번 못 박았다. 그리하여 점차 역자들의 번역에 대한 경각심이 생겨났고 독자들도 이를 감시하고 비판하였으며 출판업계에서도 더욱 주의를 기울여 게재하는 현상이 생겨났고, 조선에서도 드디어 "번역은 타국의 작자가 쓴 작품을 자국어로 옮기는 것"으로서 창작과는 전혀 다른 개념임을 인식하게 되었다.

그 다음으로 나타난 것은 번역을 비하하는 인식이다. 사실 번역 소설은 창작 소설보다 먼저 시작되었다고 할 수 있다. 조선의 창작 소설은 1903년에 황성신문(皇城新聞)에 게재된 〈대동애전(大東崖傳)〉을 그 효시로 보는 반면, 번역 소설은 1895년에 출간된 〈유옥역전[8]〉을 그 효시로 보기 때문이다. 그럼에도 불구하고 조선 문학의 육성과 장려에 따라 조선인 문학 작가와 창작 작품 등이 늘어나면서 무에서 유를 창조한 창작 소설은 대단히 힘든 일이지만, 작가가 힘들게 써놓은 창작 소설을 모국어로 옮기는 번역은 하찮은 일이라고 인식하는 현상이 나타났다. 예를 들어, 이병기(李秉岐)는 "번역은 창작만은 못하"다고 하였고, 홍효민(洪曉民)은 "번역문학은 단지 어학 행동이지 문학 행동은 아니"라고 하였으며, 심지어 혹자는 "번역 문학은 필요 없다"라고 주장하기도

---

7) 동아일보(1926.11.08).

8) 〈유옥역전〉은 〈아라비안나이트〉를 번안한 작품이다. 등장인물의 이름을 모두 한국식으로 바꾼 것이 특징으로, 유옥역은 셰에라자드를 가리킨다.

하였다. 그래서 중국 문학의 대가였던 양건식(梁建植)도 염상섭(廉想涉)으로부터 "이제 그 잡문(중국 희곡 번역을 가리킴)일랑 그만 쓰고 창작이나 좀 해요"라는 충고를 들어야했다. 또한 번역 작품에 대한 독자들의 평가도 냉정했다. 당시 서점을 운영했던 정동규(丁東奎)는 "店頭에서 본 春園의 著書는 화살 같이 팔려갔다. 또 漢城圖書에서 發行한 金億 氏의 譯書 '偉人傳範' 같은 것도 많이 팔렸지만 飜案이나 譯物은 創作物보다 비할 바 못 되었다[9]"라고 하였다. 그래서 정래동(丁來東)은 "朝鮮의 一般 讀者는 外國 名作의 飜譯보다는 創作이라고 이름 붙이기조차 어려울 精度의 創作을 더 歡迎하며 價値 있게 안다는 傾向이 있다――중략――좋은 飜譯을 拒否하여서는 안 될 것이며 讀者도 따라서 飜譯의 重要性을 再認識하지 않으면 안 될 것이다"라고 주장하였다. 이를 통해, 독자들 역시 번역 문학보다는 창작 작품에 더 높은 평가를 내렸던 것을 알 수 있다. 그러나 이 역시 번역에 대한 개념이 자리를 잡고, 번역의 질에 대한 기대치가 높아지면서 번역을 새롭게 인식하는 문인들이 늘어나기 시작했다. 예를 들어, 필자 미상은 "飜譯은 不可能에 屬하는 일이라고 主張하는 사람도 있는 만큼 飜譯이란 至難한 일인 것이다. 利殖物에 對한 넓은 學識과 깊은 理解를 가지고 自國의 語文에 對한 能熟한 驅使力을 가진 사람이라도 그 飜譯物이 渡淮의 橘이 되는 수 있는데 그만한 準備와 力量이 없이 一時的 發心으로 亂譯한 것이야 原作을 冒瀆하고 同時에 讀者를 害함이 적다할 수 있으랴[10]"라고 하였고, 송강(宋江)은 "내가 말하지 않더라도 飜譯이 創作보다 어려우면 어려웠지, 쉬운 것은 못되는 것은 彼等 自信이 많이

---

9) 동아일보(1933.09.02).
10) 동아일보(1935.07.18).

體驗했을 줄 알거니와11)"라고 하면서 번역을 창작만큼 어렵고 힘든 작업이라고 인식하였다. 또한 독자들도 "뿍 레뷰(Book review)" 혹은 독후감 등의 방식을 통해 번역 작품에 대한 평가나 감상 등을 적극적으로 교류하기도 하였다12). 그러면서 조선에서도 전문 번역 교육 기관이 생겨나고, 번역을 언어학의 한 갈래로 다루는 현상이 나타났다.

한편, 번역에 대한 인식이 제고되면서 번역 문학을 조선의 언어와 문학을 발전시키는 밑거름으로 삼는 동시에, 우수한 조선의 문학을 번역하여 해외로 역수출하고자 하는 욕구도 생겨났다. 예를 들어, 함대훈 (咸大勳)은 "朝鮮의 優秀한 作品을 外國語로 飜譯"하는 것이 해외 문학 연구자의 임무라고 하였고, 김태오(金泰午)도 "外國 文學의 飜譯 紹介는 우리 文學 建設에 하나의 功이 된다고 하면 朝鮮 文學을 外國 에 紹介하는 것도 그보다 못지않은 功"이라고 하였으며, 정래동은 "飜 譯은 外國 것을 朝鮮말로 移植하는 것만 必要할 뿐 아니라 朝鮮 것을 外國語로 譯出하는 것도 여러 가지 意味로 必要한 것"이라고 하였다. 이렇듯, 번역에 종사하는 이들이 증가하고, 번역에 대한 인식이 높아지면서 외국 문학의 수입과 번역이라는 일방통행에서 조선 문학의 수출

---

11) 동아일보(1935.04.20).

12) 홍효민(1940.04.13)은 〈金色의 太阳〉을 읽고 "실로히 현하 조선 독서 대중에게 는 가장 알맞게 번택·편술하였다──중략──다소 불만의 점이 있다면 이것들 이 모두 전역이 못 되고 초역이오 그 다음 책의 체재에 있어 구태를 못 벗은 그것이나 이는 도리어 독자로 하여금 시간적 절약과 과장의 수사를 제한 점에 있어선 차라리 명쾌한 편이라 하겠다"라고 하였고, 이하윤(1940.06.28)은 〈소파 전집(小波全集)〉을 읽고 "읽을수록 재미나게 하는 알지 못할 매력이 그 속에 가 득 서려있어 읽는 이로 하여금 다음에서 다음으로 책장이 다할 때까지 넘기지 않을 수 없이 사로잡고야 만다.──중략──이 책에 있어서만은 어느 것이 더 좋다는 말이 필요치 않을 만치 어느 것을 먼저 읽어도 상관이 없다. 결국은 전부 를 다 읽지 않고서는 손을 떼일 수 없을 것이 사실이니까"라고 하였다.

과 번역이라는 쌍방통행으로 그 인식이 변화한 것을 알 수 있다. 1936
년 삼천리(三千里)는 문인들을 대상으로 "해외에 보내고 싶은 우리 작
품"이라는 주제로 설문조사를 하였는데, 당대 문인들의 솔직한 심정을
엿볼 수 있다. 예를 들어, 임화(林和)는 "유감이로나 세계에 자랑할 문
학은 아직 가지고 있지 못합니다", 채만식(蔡萬植)은 "상투 잡고 동경
으로 박람회 구경 가는 셈만 잡으면 못할 것도 없겠지만 그러한 의미가
아니라 세계적 수준의 작품을 고른다면 아마 아직은 없을 듯합니다",
이일(李一)은 "英語, 愛世不可讀語로 飜譯하여 世界에 보내려고 우리
文壇에서 作品을 搜索하는 것도 좋을 듯하지만 優先 英語와 愛世語學
者를 養成하고 또 그보다 더 朝鮮의 무엇이 테마가 된 作品을 읽어
줄 寬大하고 有閑한 讀書家가 世界 各國에 몇 명이나 있을런지[13]"부
터 알 필요가 있다고 주장하였다. 그러면서도 이광수(李光洙)의 〈무
정〉, 이태준(李泰俊)의 〈색시〉, 이기영(李箕永)의 〈고향〉, 김동인(金東
仁)의 〈감자〉, 주요섭(朱耀燮)의 〈사랑손님과 어머니〉 등을 번역할 것
을 추천하였다. 그리고 이러한 문학계 인사들의 열망과 노력에 힘입어
1940년에는 정인섭에 의해 현대 조선 명시가 영어로 번역될 것이 예고
되면서 문학계를 흥분시키기도 하였다. 이것은 당시 번역 개념조차 제
대로 수립되지 않았던 조선에서 불과 20년 만에 생겨난 놀라운 변화가
아닐 수 없다.

이처럼 한국의 번역문학사에 있어서 1920-30년대는 가장 활발한 번
역 토론이 이루어졌던 시기였다. 역자, 독자, 출판업자 등 다양한 입장
의 사람들이 적극적으로 번역 문제를 논의하고 반론하고 해결하려고
했던 것이 아주 인상 깊다. 그렇지만 이런 것들이 이들의 실제 느낌이

---

13) 삼천리 제8권(1936.02.01).

나 경험에서 비롯된 논쟁에 불과할 뿐, 번역 자체에 대한 연구로까지 이어지지는 못했다. 심지어 학문적 토론이 아닌 단순한 감정싸움 혹은 상대방에 대한 막무가내식 비난으로 번지는 현상까지 나타나 이를 중재하는 일이 벌어지기도 하였다. 즉, 번역이 이론이나 학문으로서 연구된 것이 아니라, 당시에 나타난 번역 문제에 대한 연구와 토론에만 그쳤다는 한계를 드러냈다. 그래서 체계를 갖춘 이론 연구는 해방 이후 한국전쟁을 지나 1970-80년대 학자들의 과제로 넘어가게 되었다.

4.2 번역 방식에 대한 쟁론

제3장에서도 이미 언급을 하였지만, 당시 번역은 원작을 있는 그대로 번역하지 않고 모작(模作)하거나 개작하여 발표하는 경우가 적지 않았다. 즉, 번역도 아니고 창작도 아닌 번안(飜案) 형태의 작품들이 많이 나타났다.

〈표 4-1〉 일제강점기 비완역 현황[14]

시기 ＼ 방식	완역	비완역	미상
1920년대	40	55	29
1930년대	10	5	6
1940년-1945년	9	4	0
1945년-1950년	78	33	0

이상의 〈표 4-1〉에 따르면, 일제강점기 초기에 비완역(초역, 의역술, 번안, 초역술, 경개역)이 완역보다 훨씬 많은 것을 알 수 있다. 이것은

---

14) 한국민족문화대백과사전(http://encykorea.aks.ac.kr).

당시 번역 관계자들이 번역에 대해 가졌던 개념과 인식의 정도를 직접적으로 보여주는 통계 자료이다. 그래서 이를 비판하는 주장도 적지 않게 대두되었다. 예를 들어, 순성생(瞬星生)은 "飜譯이냐 하면 完全한 飜譯도 아니요, 그러면 創作이냐하면 勿論 創作도 아니다. 밥도 아니요 떡도 아닌 俗稱 버무리. 밥덕이가 보면 비웃겠고, 떡장사가 보면 怒하겠으나15)"라고 하였고, 김억은 "구두를 신고 갓을 쓴 듯한 創作도 飜譯도 아닌 作品입니다. 달마다 나오는 몇 種 아니 되는 잡지에는 이러한 病身의 作品이 가끔 보입니다16)"라고 하였다. 이들은 번안 작품을 가리켜 "밥도 떡도 아닌 버무리" 혹은 "병신의 작품"이라고 비판하면서 원문을 충실하게 옮기는 것이야말로 진정한 번역임을 강조하였다17). 그러면서 자연스럽게 원문을 직역해야 하는지 아니면 의역해야 하는지에 대한 토론이 나타났다. 대표적인 것으로 양주동과 김억의 논쟁을 들 수 있다. 먼저 양주동은 의역보다는 원문에 충실하게 축자적(逐字的) 직역을 해야 한다고 주장하면서 금성(金星) 창간호에 자신의 역문을 게재하였다. 그러자 이를 본 김억이 양주동의 역문을 한 줄씩 거론하며 "文字 이외에 나타난 깊이와 넓이는 조금도 없습니다"라고 비평하였고, "『忠實한 逐字譯』이라는 것을 될 수 있는대로 하지 아니하는 것이 좋을 것이라고 합니다18)"라고 하면서 의역을 주장했다. 사실 김억은 일찍이 번역의 불가능함을 인정한 대표적인 역자 중에 하나

---

15) 동아일보(1922.01.02).

16) 동아일보(1924.01.01).

17) 이 같은 현상은 당시 번역 개념이 발달하지 못한 나라에서 보편적으로 존재했다. 예를 들어, 廖七一(2010:94))에 따르면 당시 중국에서도 60% 이상의 작품이 이런 방식으로 번역되었다.

18) 개벽 제46호(1924.04.01).

였다. 그는 번역의 불가능함을 인정하면서 원문과 역문을 분리해서 다뤄야 한다고 주장하였다. 예를 들어, "嚴正한 意味로는 飜譯이란 있을 수 없는 것이 事實이다.――중략――原文과 譯文은 分離되어야 한다. 各各 獨立的 存在와 價値가 있는 原文은 原文으로의 譯文은 譯文으로의 두 個의 創作이 있을 뿐이다. 만일에 譯文으로 原文과 分離되지 못하여 原文 없이는 藝術的으로 獨立的 存在와 價値가 認定될 수 없다 하면 이것처럼 의미 없고 비개성적 노력은 없을 것이다. 원문과 역문과의 관계는 형제라고 볼 수가 있어 이것들에게 共通되는 點이 있다 하면 그것은 같은 血統을 가진 것으로 말하자면 作品의 根底를 흘러가는 思想의 本質이 서로 같다는 事實 하나 뿐이겠고 그 以外에는 조금도 같은 것이 없는 것이다[19]"라고 하면서 창작에 가까운 의역을 주장했다. 그러자 양주동은 김억의 평론을 가리켜 "터무니없는 망발"이라고 하면서, 역시 김억의 역문을 예로 들어 창작적 무드를 가진 의역이 아닌 졸역이라고 비판하였다. 그러면서 "譯文으로서 非文인 直譯文은 오히려 意譯만도 못하다. 너무나 原作과 距離가 遙遠한 意譯은 飜譯的 價値가 자못 疑問이다.――중략――直譯과 意譯의 두 觀念을 절반씩 머리에 두고 飜譯하는 것이 試譯者에게는 더구나 必要하다. 直譯으로 되어 너무나 非文될 念慮가 있는 곳에는 意譯體를 加味하고 反對로 意譯이 너무나 原作과 相異하게 될 때에는 直譯的 筆致를 取하라는 것이다"라고 하면서 직역과 의역을 조화롭게 사용할 것을 주장하기도 하였다. 한편 김진섭(金晉燮)은 이런 논쟁에 대해 "두 種類의 飜譯態度가 생기니 直譯과 意譯이 그 形態다. 一短一長 그것을 取함은 全然히 個人의 問題다――중략――이와 같이 自明한 問題에 對해서는 무엇

---

19) 동아일보(1927.06.28).

보다도 眞理의 相對性을 尊敬하고 各自의 信仰에 맡기는 일이 옳다.---
---중략---意譯이 좋으니 直譯이 나쁘니 特히 試譯에는 意譯이 좋으
니? 원 大體 어떻게 하는 말인지 알 수가 없다[20]"라고 하면서 번역
방법은 전적으로 개인의 양심이나 선택에 맡겨야 한다고 주장하기도
하였다. 어찌되었든 당시 이러한 논쟁을 통해 번안이 점차 줄어들고
원문대로 충실하게 직역하거나 혹은 경우에 따라 직역과 의역을 적절
하게 사용하는 현상이 늘어나게 되면서, 현대적 개념에서의 번역 방식
이 자리를 잡게 되었다.

그 다음으로 한국의 번역은 중역(重譯)으로 시작됐다고 해도 과언이
아니다. 조선시대의 불경 번역을 시작으로 개화기 선교사들이 참여했
던 성경 번역 및 일제강점기의 서양 소설 번역 등이 대부분 중역으로
이루어졌다. 어디 그 뿐인가. 광복 이후부터 한국전쟁을 거쳐 60년대까
지도 일역본을 중역하는 경우가 허다했다. 이러한 상황은 70년대에 접
어들면서 일본어 교육을 받지 않고 자란 광복 세대에 의해 점차 극복되
려는 움직임이 엿보였지만 90년대까지도 중역은 여전히 중요한 번역
수단으로써 출판계에 자주 등장하였다.

중역은 "이중번역", "재번역", "간접번역" 등 여러 가지 이름을 가지
고 있다. 중역의 정의에 있어서, 조재룡은 "'이중번역'에서 '이중'은 '두
겹'과 '중복'을 함유하는, 즉 두 번 거듭되거나 겹쳐진다는, 말하자면,
번역하는 데 무게가 두 번 실린다는 것"이라고 설명하면서 그 뜻이
가진 복잡성으로 인해 한 가지만으로 정의될 수 없다고 하였다[21]. 또한

---

20) 동아일보(1927.03.22).
21) 조재룡(2011:10-11)은 "'내가 번역한 것을 내가 동일한 언어로 다시 번역하는
    작업'이나 '누군가 번역한 것을 내가 동일한 언어로 다시 번역하기', 혹은 '번역
    된 텍스트를 다른 언어로 번역하는 작업'---중략---'하나의 텍스트를 두 가지

임순정은 재번역에 대해서 "이미 번역이 존재하는 원전을 다시 번역하는 것"이라고 정의하면서 여기에 "다른 언어로부터 번역된 텍스트를 번역하는" 중역뿐만 아니라, "'번안', '축자역', '부분 번역' 등 원작의 내용과 형식에 충실하지 않은 번역본22)"도 포함된다고 하였다. 이처럼 재번역도 한 마디로 쉽게 정의할 수 없는 모호성을 가진다. 또한 중국 학계에서도 "역자가 개작한 번역, 복역 그리고 전역(自我修訂式的翻譯、復譯和轉譯)23)"이 모두 중역에 포함된다며 비교적 광의의 정의를 내리고 있다. 그러나 그 명칭이 이중번역이든 재번역이든 중역이든 모두 "다른 언어로 1차 번역된 것을 저본으로 하여 도착어로 2차 번역하는 것"이라는 중개의 의미를 내포하고 있다. 그래서 본 장에서는 중역의 범위를 이상의 의미만으로 한정하고 다음의 내용을 살펴보도록 하겠다.

일제강점기에는 번역이 점차 문학의 한 장르이자 시대의 필요로 받아들여지면서 번역이 적극적으로 이루어지기 시작했다. 이때에도 작품을 직접 번역하는 방법과 이중 번역하는 방법이 등장했다.

이상의 언어로 번역하는 작업'이나 낯선 것에 대면하게 될 수용독자들을 배려한다는 명목하에 이것저것을 끌어댄 '소개 차원의 번역'도, 끌어댄 것들이 필연적으로 무언가와 겹쳐질 수밖에 없다는 점에서 중역의 한 갈래인 것이다. 이렇게 본다면 '모방'에서 '다시 쓰기', 작품의 '조작'과 '변형'에서 전면적인 수정을 가한 개작에 이르기까지, 아니 '원전의 재-영토화와 그 과정' 전반을 의미하는 '번안' 역시도 중역의 범주안으로 들어오게 된다"라고 하였다.

22) 임순정(2008:1-2).

23) 刘桂兰(2015:2-3). 복역(复译)은 이미 역본이 존재하는 상황에서 원문을 재번역하는 것을 가리킨다. 전역(转译)은 다른 언어로 된 역본을 중개로 하여 도착어로 번역하는 것을 가리킨다.

〈표 4-2〉 일제강점기 이중 번역 현황[24]

방식 시기	직접 번역	이중 번역	미상
1920년대	27	52	45
1930년대	12	6	3
1940년-1945년	5	7	1
1945년-1950년	78	33	0

이상의 〈표 4-2〉에 따르면, 일제강점기 초기일수록 중역 현상이 두드러졌다가, 시간이 지날수록 직접 번역이 증가한 것을 알 수 있다. 외국어 전공자들이 늘어나고 번역에 대한 이해가 늘어나면서 중역이 점차 줄어든 것이다. 모두가 알다시피, 중역은 주로 역자가 원문 텍스트의 언어를 모른다는 전제에서 생겨났다. 예를 들어, 산스크리트어를 몰라서 한자로 된 불경을 중역한다든지, 서양의 언어를 몰라서 일본어나 중국어로 번역된 것을 중역한다든지, 제3국의 언어를 몰라서 영어로 번역된 것을 중역하는 것이 가장 대표적인 경우이다. 그러다보니 중역에 대한 긍정적인 평가는 대부분 번역의 필요성은 급박한 반면, 해당 외국어에 능통한 역자는 매우 부족한 상황에서 제한적으로 이루어졌다. 예를 들어, 1897년에 량치차오(梁啓超)는 하루 빨리 서양의 발전된 사상과 문물을 받아들이기 위해 "오늘날 일본어를 배워 일본어 책을 번역한다면 수고로움은 적고 이득은 많을 것이다(今誠能習日文以譯日書, 用力甚鮮, 而獲益甚巨)[25]"라고 하며 일역본을 저본으로 한 중역의 필요성을 언급했다. 또 1934년에 루쉰(魯迅)은 "중국인이 아는 외국어라고 해봤자 영어가 제일 많고 그 다음이 일본어일 것이다. 중역

24) 한국민족문화대백과사전(http://encykorea.aks.ac.kr).
25) 陳福康(2002:100).

을 하지 않는다면,------중략------헨릭 입센도 없고 블라스코 이바녜스
도 없다. 뿐만 아니라 현재 유행하는 안데르센의 동화와 세르반테스의
〈돈키호테〉도 볼 수 없다. 이 얼마나 가엾은 시계란 말인가(中國人所懂
的外國文, 恐怕是英文最多, 日文次之, 倘不重譯, ------略去------我們
將只能看見許多英美和日本的文學作品, 不但沒有伊蔔生, 沒有伊本涅
支, 連極通行的安徒生的童話, 西方提司的〈吉訶德先生〉, 也無法看見
了。這是何等可憐的眼界)26)"라며 중역의 필요성을 역설했다. 조선에
서도 정래동이 번역의 중요성을 거듭 강조하며 "只今에 와서 二重的
紹介卽한 國語를 經由하여서의 紹介를 퍽이나 꺼리는 傾向이 있으나
當分間 直接 硏究者가 없는 때까지는 다른 言語를 經由한 紹介도 必
要하리라고 생각된다27)". "中國의 文壇을 볼 때에는 模倣할点이 퍽으
나 만타.------중략------그네들은 飜譯을 紙, 誌에서 容納할뿐만 아니라
어떠케 飜譯할 것을 論議한다. 그네들은 重譯 三重譯을 辭하지 안흐며
惡譯을 指摘하는데 게을리 하지 안는다"라고 하면서 중역, 삼중역이라
도 괜찮으니 번역을 장려해야 한다고 하였다. 또한 정인섭도 "外國 原
文을 鮮譯하는데 日譯을 參考하는 것은 그것의 佛譯, 獨譯本을 參考하
는 것과 마찬가지로 아무런 잘못도 아니요, 오히려 忠實한 學的 態度
에 不外한 것이다28)"라고 하였다. 하지만 번역이 왕성해지면서 중역은
직접 번역보다 못한 "베끼기" 취급을 받아야 했다. 훗날 김억은 중역을
가리켜 "고대로 삼켜놓은 번역"이라고 비판하였고, 루쉰도 "직접 번역
보다 쉬운 번역(重譯確是比直接譯容易)"이라고 꼬집었다. 즉, 원문을

---

26) 魯迅(1934).
27) 동아일보(1933.12.22).
28) 동아일보(1935.11.05).

직접 번역하는 것은 어렵고 힘든 작업이지만, 1차 번역된 것을 대본으로 중역하는 것은 역자가 아무런 고민이나 판단 없이 그대로 베끼고 옮겨 놓기만 하면 되므로 쉬운 번역이라는 말이다. 그러면서 직접 번역의 필요성이 강조되기 시작했다. 대표적으로 필자 미상은 "우리는 될 수 있는 대로 各 外國語를 獎勵하여 하기 쉬운 二中 三中의 譯을 거듭하는 日譯의 弊害를 防備하며 우리 앞에 오려는 生活에 適切한 直輸入 文化 文明을 힘써야 하겠다"라고 하였고, 함대훈은 "原文에서 直接譯되는 것을 要求한다. 設使 要求가 적다 해도 文學的 見地에서 海外 文學 研究家는 當然히 이러한 名著를 飜譯해야 할 것이다. 玄民이여! 日本서 最近 셱스피어가 다시 改譯이 되고 重譯된 톨스토이 全集이 있고 고리키 全集이 있음에 不拘하고 또 原文에서 直接譯으로 이들 全集이 出版되었는 것을 明哲한 頭腦를 가진 玄民은 如何히 解釋하는가? 그러면 重譯이 있다고 또다시 直譯으로써 出版하는 것은 부질없는 일이라 할까? 아니다. 重譯에서 抹殺된 그 나라 文學의 薰香을 直譯으로서 좀 더 살리기 爲한 그들의 努力을 우리는 雙手를 들어 讚揚할 것이며 重譯이나마 없는 우리 文壇에는 이런 名作들이 原文으로부터 우리말에의 直接譯이 되는 것을 크게 기뻐할 일29)"이라고 하였다. 그리하여 조선에서도 점차 직접 번역을 추구하는 방향으로 나아가게 되었다.

그러나 당시의 이런 번안이나 중역 현상을 나쁘게만 평가해서는 안 될 것이다. 먼저 번안의 경우에는 독자의 이해와 흥미를 돕기 위한 경우가 대부분이었다. 당시 독자들의 수준이 높지 않았기 때문에 외국의 지명이나 인명을 그대로 옮겨놓으면 지금처럼 쉽게 받아들일 수 없을

---

29) 동아일보(1933.11.11).

뿐만 아니라, 특히 외국의 사상과 정서 등은 조선의 독자들이 소화하기에 어려운 부분이 적지 않아서 부득이하게 개작을 하지 않을 수 없었다[30]. 일제강점기의 대표적인 번안 소설로 꼽히는 〈장한몽(長恨夢)〉의 역자 조중환(趙重桓)은 다음과 같이 자신의 번안 방식을 밝혔다. "사건에 나오는 배경 등을 순조선 냄새 나게 할 것. 인물의 이름도 조선사람 이름으로 개작할 것. 플롯을 과히 상하지 않을 정도로 문채와 회화를 자유롭게 할 것"이었다. 또한 〈붉은 실〉의 역자 김동성(金東成)도 번안을 할 때 "인물의 이름은 조선사람 이름으로 사건도 조선옷을 입히느라 하기에 머리를 썩이었[31]"다고 회고했다. 모두 당시 외국 문학에 익숙하지 않았던 독자들을 위한 배려에서 비롯된 것을 알 수 있다. 또한 당시에는 애국, 계몽과 같은 번역 목적이 매우 두드러졌기 때문에 이러한 목적을 달성하기 위해서 번안은 아주 자연스러운 일이었다. 게다가 일부에서는 번안을 조선 문학 창작을 위한 연습의 장으로 삼기도 하였다. 그만큼 당시 조선 문학계에 있어서 번안은 다양한 기능을 발휘하며 중요한 역할을 담당했다.

다음으로, 중역에서 가장 문제가 되는 것이 바로 오역이다. 1차 언어로의 번역에서 생긴 오역을 중역 과정에서 아무런 의심 없이 이중 오역하고, 여기에 중역 과정에서 새롭게 생긴 오역이 더해지면서 중역본이 원문에서 더욱 멀어지는 것을 염려한 것이다. 예를 들어, 강영한은 "(번역이)어려운 일이니 拙이나 誤譯도 이따금은 無妨하다는 法은 決코

---

30) 세이보리(Theodore Horace Savory)는 이 같은 번역 방법을 가리켜 "충분한 번역(充分翻译)"이라고 하였다. 충분한 번역의 독자 대상은 일반 독자이다. 그들은 원작이 가진 언어와 문학적 특성이 아닌 작품속 등장인물의 행동 혹은 줄거리에 관심을 가지고 있었다. 이런 경우에는 원작에 삭제, 추가, 가공 등의 변화를 가져와도 큰 문제가 없다고 보았다. 譚載喜(2004:205).

31) 삼천리 제6권(1934.09.01).

없다. 아니, 어려운 일일수록 그 일에 발붙인 이는 일에 對한 責任과
讀者에 對한 關心이 一層 더 커야 한다마는 우리 文章界는 이것이 없
다는 것이다. 즉 譯에 對한 忠實과 讀者에 對한 誠意가 없다는 것이
다32)"라고 하면서 일역본을 중역한 작품을 예로 제시하였고, 행여인
(行餘人)은 "外國語의 利殖에 誤譯이 있음이야 거의 不可避의 일"이라
고 하면서도 "誤譯도 誤譯 나름이어서 어떤 誤譯은 그것이 비록 誤譯
일말정 그 譯者의 頭腦의 變通性이 可驚할 만함을 歎服치 아니치 못할
것이 있으니 나는 이를 이름하여 名誤譯33)"이라고 하면서 역시 화역본
을 예로 들었다. 그러나 오역은 모든 역문에 보편적으로 존재하는 문제
이고, "중역이라고 할지라도 중역의 대본이 정확하고, 중역 언어를 잘
이해한 번역자가 성실하게 번역한 경우에는 되레 원전 번역보다 정확
하고 오역이 적은 번역을" 할 수 있고 "또한 가독성의 경우도 오히려---
---중략------우리말에 가깝고 읽기 좋은 경우가 많34)"을 수 있다. 김병
철 또한 이와 비슷한 견해를 가지고 있었다. "50년대 후반기에 가서야
주로 외국 문학 전공자들이 번역의 주역을 맡게 되었는데, 50년대를
담당한 주역들은 소위 해방 제 2세대라고 할 수 있는 당시 30대 전후의
원기 발랄한 학자들이었다. 그들의 전공어 실력도 그리 대단한 것이
아니었다. 외국어를 배우기 전에 일어에 통달되어 있었다는 사실은 그
들의 번역에 큰 도움이 되었고 그들의 뒤를 이은 일어를 전혀 모르는
해방 제3, 4세대보다는 한결 유리한 고지에 있었다는 것은 숨길 수 없
는 사실이다35)." 이 말은 일역본을 참고로 하거나 거의 중역하다시피

---

32) 중외일보(1930.03.18).
33) 동아일보(1936.05.25).
34) 김재현(2004:324).
35) 김병철(1998:88).

한 역문이 원문을 직접 번역한 역문보다 번역의 질도 우수하고 가독성
도 좋았다는 것이다. 즉, 직접 번역이라고 해서 무조건 중역보다 우수
한 것이 아니며, 중역이라고 해서 반드시 직접 번역보다 수준이 떨어지
는 것이 아님을 의미한다. 심지어 어느 정도에서는 1차 번역된 것을
참고로 하거나 그것을 저본으로 중역한 역문이 직접 번역보다 나을
수 있음을 뜻하기도 한다. 그러므로 당시 이런 시도를 통해 빈약했던
조선 문단을 발전시키고 확대시킬 수 있었다는 긍정적인 측면도 분명
이 존재한다는 것을 인정할 필요가 있다. 중역이 수행했던 과도기적
역할과 그로부터 얻을 수 있는 참고사항에 대한 재검토가 필요한 시점
이다.

4.3 중국문학 번역에 대한 이해

삼국시대에 중국의 한자가 한국으로 유입되면서[36] 한국에서도 귀
족, 양반 등 지배계층을 중심으로 문자를 향유하게 되었다. 문자의 향
유는 중국 작품을 읽고 감상하는 것에서 출발하여, 더 나아가 신라의
향가, 고려의 가요, 조선의 소설 등 자국에서의 문학 작품 창작으로
이어졌다. 그러나 한국에서 뿌리내린 한문 문학은 시간을 거듭할수록
중국 문학의 영향을 받게 되었고 조선시대에 이르러서는 거의 중국화
가 진행되어 국가와 백성의 문학관을 지배하는 결과를 낳게 되었다.
그래서 조윤제(趙潤濟)는 "過去의 朝鮮 文學은 여러 點으로 보아서 缺

---

36) 한자가 정확히 언제 한국에 유입되었는지는 확실하지 않다. 다만 삼국시대인
4세기에 한자로 기록한 자료가 전해지고 있어 그 대략적인 유입 시기를 삼국시
대로 추정할 뿐이다. 물론 남풍현(2010:37)처럼 한자가 기원전서부터 한반도에
유입되었다고 보는 학자들도 적지 않다.

點이 많았었다. 或은 그 表現 方法에 있어서 或은 그 思想에 있어서 獨特한 朝鮮 文學性이라는 것을 보기가 어렵다. 朝鮮 固有詩라 할만한 時調에 있어서도 어쩐지 漢文의 냄새가 많다. 朝鮮의 獨特한 情緖를 發揮하였다 할 有名한 春香傳에 있어서도 그 形式에 있어서 中國 小說 西廂記의 影響이 미친 바가 많다. 朝鮮 文學 어느 것이 다 그렇다는 것은 아니나 大體로 보아서 中國 文學의 分家的 文學인 기분이 많다[37)"라고 하였다. 이밖에도 "諺文 文學이 發生되기 前까지는 支那文學이자 朝鮮文學이었다고 하여도 過言이 아니었다", "支那文學은 過去에 있어 우리에게 外國文學이라는 느낌을 주지 않았다", "文學이란 漢文學 特히 支那의 古文을 뜻한다고 생각했으며 歐美 各國이라든지, 日本, 朝鮮에까지 文學이 있으리라고는 생각지 않았다"라고 여긴 이들도 있을 정도였다. 즉, 고대 한국 문학은 중국 문학과 떼려야 뗄 수도 없을 뿐만 아니라 아예 중국적인 것들을 잔뜩 가지고 있었기 때문에, 중국 문학을 외국 문학이라고 간주하지도 않았을 뿐더러, 중국 문학이 바로 문학을 가리킨다는 우물안 개구리적 사고를 가졌던 것이 사실이다. 그러던 것이 개화기에 접어들면서 조선에서도 점차 서양 작품과 일본 작품들을 번역하게 되면서 이들을 조선 문학과 별개의 외국 작품으로 인식하게 되었다. 그리고 이러한 변화는 당시 우수한 서양 문화를 받아들이자는 사회 풍조에 힘입어 1920년대 서양 문학 작품 번역 열풍으로 번지게 하였고, 그동안 조선 문학계를 강하게 지배했던 중국 문학은 사람들의 뇌리에서 점차 잊히게 되었다. 그러다가 양건식(梁建植)이 현대적 한국어로 〈홍루몽(紅樓夢)〉, 〈서상기(西廂記)〉 등의 중국 문학 번역을 내놓으면서, 사람들이 점차 중국 문학을 외국 문학으로 바라보

---

37) 동아일보(1929.02.23).

게 되었다. 양건식은 "지나의 사상감정과 상상의 반영인 소설과 희곡의 평민문학을 연구하여 금일 일부청년문사에 의하여 수입되는 서양문학과 선히 융합조화"시켜야 한다고 주장하면서, 중국 문학의 번역뿐만 아니라 연구에도 노력을 게을리 하지 않았다. 그 일례로 〈홍루몽〉과 〈서상기〉를 번역하면서 각각 "『紅樓夢』是非 中國의 問題小說"과 "藝術賞으로 본 西廂記와 그 作者" 등의 평론을 발표하였다. 그래서 박진영은 양건식을 가리켜 "중국문학을 외국문학으로 인식한 최초의 전문 번역가[38]"라고 하였다. 그만큼 이 시기는 한국에서 중국 문학을 새롭게 인식하고, 한국 문학과 중국 문학을 분리하여 다루게 된 아주 중요한 시기이다. 수많은 중국 문학 번역가와 중국 학자들은 중국 문학을 외국 문학으로서 다루어야 하며 중국 고대 문학과 신문학을 분리해서 연구할 필요가 있다고 보았다. 예를 들어, 묘향산인(妙香山人)은 조선의 신문학 발전을 위해서는 우선 중국 고대 문학을 이해해야 한다고 하면서, 이것이 "卽 中國 文學과 朝鮮 新文學과의 未來 關係를 決함[39]"이라고 하였고, 임화는 "諺文 小說의 先驅가 亦 支那의 漢文小說의 輸入이나 또는 傳來說話를 漢文으로 小說化한데서 비롯함을 볼 때 新文學史가 제 對象의 한 領域으로 當然히 漢文 文學을 考慮해야 할 것을 強調하지 않을 수 없다[40]"라고 하면서 중국 고대 문학의 연구를 촉구하였다. 반대로 김광주(金光洲), 정래동 등 중국 유학생 출신들은 중국 신문학의 번역과 연구가 우선적으로 필요하다고 주장하였다. 먼저 김광주는 "朝鮮과 어느 方面으로보던지 重要한 歷史, 地理的 關

---

38) 박진영(2014:227).
39) 개벽 제4호(1920.09.25).
40) 동아일보(1940.01.13).

係를 가졌고 거기 따라서 어느 나라의 文學보다도 우리의 生活上의 感情과 呼吸의 共通點을 發見할 수 있는 이따의 新文學運動의 앞으로 의 새로운 進展을 注目"할 필요가 있다고 하였고, 정래동도 "中國 新 文學은 그 社會的 背景이 朝鮮과 相似하므로 우리는 그 文學作品에 있어 서로 배워야 할 點도 많을 것이며 서로 共同된 點도 많다"라고 하면서 중국 신문학 수입을 강조하였다. 또한 중국 문학과 분리된 조선 문학에서 자국 문학만의 독특함을 찾고 그것을 기반으로 세계 문학과 접목하여 함께 발전해 나가야 한다는 주장도 제기되었다. 예를 들어, 김광섭(金珖燮)은 "한민족의 정신내용을 풍부히 하기 위하여 世界 一 切 文化의 感受者의 역할을 遂行해야 한다"라고 하면서 "여기에 공헌 되기 위한 문학이란 國際主義에서 건설되어야 할 것이며 한편으로 飜 譯文學이 하나의 使節로서 문학의 보편성 民族的인 個性을 刺戟하며 衝動함에서 문학의 樹立과 문학의 民族的 寄與는 健全하여 질 것이다. ------중략------거기에는 民族的 個性을 띈 朝鮮의 문학인으로 인한 緊 縮된 세계문학의 廣範한 範疇가 있다[41]"라고 하였다. 또 채만식은 "朝 鮮文學이자면 朝鮮的인 獨自 獨特한 性格과 色彩를 가진 文學的 個性 을 體得하여야만 하고 그리함으로써 비로소 世界 文學과 俉하여 自己 를 내세우되 굽힘이 없게 되는 것이다[42]"라고 하면서 이들의 공동 발 전을 주장하였다. 그러면서 자연스럽게 조선 문학과 중국 문학을 대조 하여 연구하는 움직임이 나타났다. 그 대표적인 것으로 김태준이 〈춘 향전〉을 연구하면서 "그 어느 部分이 西廂記와 類似하고 그 어느 部分 이 桃花扇과 類似하고 그 어느 部分이 Samuel Richardson의 Pamela

---

41) 삼천리 제7권(1935.10.01).
42) 동아일보(1939.02.08).

와 類似하다고 해서 담박에 이 作品은 저 作品을 模倣한 것이라고 獨
斷하는 것은 너무 輕率하다 할 것이다중략春香傳의 作者도
西廂記, 桃花扇 같은 中國 戱曲을 많이 읽었을 것은 勿論 首肯하지만
西廂記, 桃花扇, Pamela를 産出한 中國과 英國의 그 時代의 社會 經濟
的 關係가 서로 類似함으로 因하여 그 內容의 大統이 偶然히 같을 수
있는 일이니 賤妓의 몸으로 貴公子의 誘惑을 排除하고 끝까지 貞節을
지키다가 來終에 最後의 繁華를 익혀 얻은 것은 封建 末期의 茶飯事로
서 아무 神奇할 것 없고 따라서 그 內容의 共通된 것도 偶然性에 끝이
는 것으로 볼 것이요 우리는 차라리 그 個個 羅列된 事實의 朝鮮的
特殊性을 解剖함으로써 春香傳의 春香傳다운 眞價를 說明43)"해야 한
다고 하였다. 이러한 노력으로 1930년대에는 중국 문학을 외국 문학으
로 바라보는 관점이 보다 더 뚜렷해졌다. 예를 들어, 동아일보(東亞日
報)에 "외국문학전공의 변"이라는 제목으로 실린 칼럼을 보면, 영문학,
지나문학, 독문학, 불문학 전공자들을 인터뷰한 내용이 실려 있다. 이
것으로 볼 때, 당시 조선에서 중국 문학은 이미 세계 문학을 구성하는
한 부분으로 인식하였으며 한국 문학과는 별개의 것으로 구분 지은
것을 알 수 있다. 이 칼럼에서 최창규(崔昌圭), 김태준(金台俊), 정래동
3명의 중국 문학 전공자들은 중국 문학을 어떻게 연구하고 번역해야
하는지 상세히 설명하고 있다. 먼저 최창규는 "支那文學의 現代的 硏
究가 必要하다고 생각하였습니다"라고 하면서 "過去의 飜譯輸入은 大
槪 完譯 或은 改譯되어야 할 것이라고 생각되며중략古典이
나 또 新作이나 第一은 누구 第二는 무엇 할 것 없이 손닿는대로44)"

43) 동아일보(1935.01.05).
44) 동아일보(1939.11.01).

번역해야 한다고 하였고, 김태준은 "支那의 新文學을 飜譯하며 紹介하 ------중략------古文學을 科學的 立場에서 硏究"해야 한다고 하면서 "梁白華, 崔昌圭, 丁來東, 馬鳧 諸氏와 함께 손을 붙잡고 한 사람이 한 作家의 것을 하나씩 하나씩 擔當해서 飜譯해보[45]"는 것을 제안하였다. 또한 정래동은 "새로운 立場에서 科學的 方法으로 過去의 態度 는 다르게 中國 新舊文學을 輸入할 必要가 있다"라고 하면서, 특히 중국 신문학을 수입할 때 일역본에 의지하기 보다는 우리의 힘으로 직접 번역하여 "具體的으로 全面的으로 體系 있게[46]" 틀을 만들어가 야 한다고 주장하였다. 이상의 주장을 종합해보면, 중국 신구문학을 과학적 방법으로 수입해야 하고, 번역을 할 때는 초역, 번안, 경개역 같은 방법이 아닌 완역의 방법 및 이중 번역이 아닌 직접 번역으로 번역하여 조선에서 중국 문학의 체계를 새롭게 정립할 필요가 있음을 드러냈다. 중국 문학 번역에서도 서양 문학 번역에서처럼 엄격한 잣대 를 도입하고자 한 것이다. 이로써 한국에서도 중국 문학이 새로운 전환 점을 맞게 되었고, 지속 가능한 연구의 틀을 마련하게 되었다.

4.4 소론

제4장에서는 이 시기 번역과 관련한 이들이 어떤 인식을 가지고 있 었으며 어떠한 토론이 있었는지에 대해서 살펴보았다.

먼저 외국 문화를 알고 배우자는 움직임이 일어나면서 역자와 역문 의 수량이 크게 늘어났다. 하지만 그렇다고 그들이 번역 개념에 대해

---

45) 동아일보(1939.11.10).
46) 동아일보(1935.08.07).

제대로 이해하고 도덕적 책임까지 비례적으로 증가한 것은 아니었다. 특히 자신의 번역 작품을 창작 작품으로 생각하는 역자들이 적지 않아서 이에 대한 논쟁이 끊이지 않았다. 그러나 계속되는 비판과 논쟁으로 역자들의 번역에 대한 경각심이 생겨나고 독자들도 이를 감시하고 비판하면서 조선에서도 "번역은 타국의 작자가 쓴 작품을 자국어로 옮기는 것"으로서 창작과는 전혀 다른 개념임을 인식하게 되었다.

그 다음으로 나타난 것은 번역을 비하하는 인식이다. 번역 소설은 창작 소설보다 먼저 시작되었음에도 불구하고 무에서 유를 창조한 창작 소설은 대단히 힘든 일이지만, 작가가 힘들게 써놓은 창작 소설을 모국어로 옮기는 번역은 창작만은 못한 일이라고 생각하였다. 하지만 이 역시 번역에 대한 인식이 제고되면서 차츰 개선되는 움직임이 생겨났다. 또한 여기에서 한 걸음 더 나아가, 번역 문학을 조선의 언어, 문학을 발전시키는 밑거름으로 삼는 동시에, 우수한 조선의 문학을 번역하여 해외로 역수출하고자 하는 욕구도 일어나면서 그동안 일방통행으로 진행됐던 번역 작업이 쌍방통행으로 변화하려는 모습도 보여주었다.

그 다음으로 번역 방식에 관한 논쟁도 끊이지 않았다. 예를 들어, 원작을 있는 그대로 번역하지 않고 모작하거나 개작하여 발표하는 경우가 적지 않았다. 즉, 번역도 아니고 창작도 아닌 번안 형태의 작품들이 많이 눈에 띄었다. 또한 외국어에 능숙하지 않은 역자들이 번역을 시도하게 되면서 일역본을 대본으로 이중 번역하는 경우도 아주 빈번했다. 이런 방법을 현대적인 번역 개념에서 본다면 올바른 번역 방법은 아니며 지양해야 마땅하겠지만, 당시 자국 문학계가 탄탄하지 않은 상황에서 어쩔 수 없이 생긴 과도기적 현상이라고 이해할 수 있겠다.

마지막으로 이 시기에는 중국 문학을 외국 문학으로 인식하는 현상이 나타났다. 그동안 중국 문학은 곧 조선 문학이라는 인식이 팽배하게 자리 잡고 있었는데, 개화기를 지나 양건식이 현대적인 한국어로 중국 문학을 번역하게 되면서 조선에서도 중국 문학을 조선 문학과 분리하여 외국 문학, 즉 세계 문학을 구성하는 한 부분으로 간주하는 경향이 생겨났다. 그리고 이를 계기로 중국의 고대 문학과 신문학을 나눠서 연구하고, 더 나아가 중국 문학에서 분리되어 나온 한국 문학을 새로운 세계 문학과 접목하여 함께 발전해 나가야 한다고 주장하였다. 또한 중국 문학을 번역할 때는 초역, 번안, 경개역 같은 방법이 아닌 완역의 방법 및 이중 번역이 아닌 직접 번역으로 번역하여야 한다는 등 중국 문학 번역에서도 서양 문학 번역에서처럼 엄격한 잣대를 도입하고자 하였다.

이처럼 이 시기에는 번역 전반에 걸쳐 전대미문의 활발한 논쟁과 토론이 이루어졌다. 역자, 독자, 출판업자 등 다양한 입장의 사람들이 서로의 관점에서 다양한 의견을 주고받은 것이 특징인데, 이러한 이유로 당시 번역이 빠르게 발전할 수 있었던 것이 아니었나 싶다. 또한 비록 경험에서 비롯된 번역 문제에 대한 논쟁으로 끝나기는 하였지만, 훗날 대한민국이 건국되고 국가 체계가 정비되면서 한국에서 번역이 학문이자 이론으로 연구될 수 있었던 것도 모두 당시 이들의 다듬어지지 않은 경험적 사실에서 비롯된 토론과 논쟁이 밑바탕 되었기 때문에 가능했다. 물론 여전히 해결되지 못한 문제들도 수두룩하다. 예를 들어, 사람들은 외국어를 어느 정도 공부한 학생이라면 누구나 번역을 할 수 있을 것이라고 생각하거나 혹은 오역이 있는 역문을 만들어낸 역자는 실력이 없는 역자라고 비난하곤 한다. 그러나 앞에서도 살펴봤듯이, 번역은 누구나 쉽게 할 수 있는 작업이 아니며, 오역은 어느 역문에나 존재할 수 있는 보편적인 문제임을 모두가 새롭게 인식할 필요가 있다. 당시와 같은 열띤 번역 논쟁이 다시 요구되는 바이다.

후기

필자는 석박사 7년 동안 주로 어휘와 문법을 연구하였다. 어휘 방면으로는 한국 한자어를 연구하고 중국 학술지 文學敎育 2010年 12期에 〈結合甲骨文進行對外"手"字敎學〉을 발표하였고, 문법 방면으로는 한중 동목 관계를 연구하고 華中師範大學硏究生學報 2015年 2期에 〈漢韓視覺動詞語義及帶賓語情況考察〉을 발표하였다. 그러다가 3년 전, 한국어 교육 분야에 발을 내딛으면서 중한번역에도 관심을 갖게 되었다.

한글로 번역된 중한번역사는 대체로 조선시대, 근대, 현대로 나뉜다. 그중에서 필자는 우연한 기회에 일제강점기에 진행된 중한번역에 관심을 갖게 되었다. 이때는 한국에서 서양 문학 번역 붐이 일어난 시기이자, 현대적인 한국어로 중한 번역이 이루어지던 시기이다. 당시 수많은 역자들이 탄생하였는데, 필자는 특히 이 시기에 가장 많은 중국 문학 번역 작품을 남긴 양건식을 연구하게 되었다.

필자와 양건식은 몇 가지 공통점을 가지고 있다. 첫째로 같은 성 씨를 쓰고 있다는 것이 그러하고, 다음으로 정통 유학파 출신이 아니라는 것이 그러하며, 마지막으로 그럼에도 불구하고 중한 번역 연구라는 고단한 분야에 뛰어들었다는 점이 그러하다. 물론 다른 점도 있다. 양건식이 시대적 한계를 극복하고 수많은 중한번역작을 남기면서 당시 중한번역계에 큰 획을 그은 반면, 필자는 아직 이 방면에서 이렇다 할 성과를 내지 못하고 있는 것이 그러하다. 그래서 미력하지만 중한번역계에 조금이나마 공헌하고 싶은 마음에서 양건식을 위주로 한 중한번역 연구를 시작하게 되었고 마침내 책으로 나오게 되었다.

이 책은 필자가 그동안 학술지에 발표한 논문을 바탕으로, 새롭게 발굴한 내용을 덧붙여 완성하였다. 제1장 "일제강점기 중국소설번역 개황"은 중국어문학연구회 제99집에 발표한 〈일제강점기 신문에 연재된 중국소설 번역목록 연구〉를, 제2장 제1절은 한국중국어문학회 제88집에 발표한 〈옥리혼의 국내 번역본 비교 연구-홍루몽 관련 위주〉를, 제3장 "일제강점기 중국소설번역 특징"은 한국중국현대문학학회 제84호에 발표한 〈『기옥』에 나타난 번역 동기, 목적, 방법 연구〉를, 제4장 제2절은 영남중국어문학회 제76집에 발표한 〈중역에 대한 고찰-첸중수 "위성"을 중심으로〉를 바탕으로 하였고, 여성 계몽과 관련해서는 필자가 中南民族大學의 李丹 교수와 공동 집필하고 黑龍江人民出版社에서 출판한 〈儒家文化視域下的韓語敬語法研究〉를 참고로 하였다. 이들을 제외한 기타 부분은 모두 필자가 이번에 새롭게 연구하고 조사하여 저술한 것이다. 본격적으로 연구를 시작한지 3년 만에 이런 성과를 낼 수 있어서 개인적으로는 매우 감격스럽지 않을 수 없다. 부디 이 책이 중한번역을 연구하는 동료들 및 양국의 언어와 문학을 공부하는 학생들에게 도움이 되기를 바란다.

덧붙여, 필자는 조선시대부터 현대까지 아우르는 〈중한번역사(가제)〉를 출판하고자 하는 꿈이 생겼다. 그런 의미에서 보자면, 〈일제강점기 중국소설번역 연구〉는 그 시작에 불과하다고 하겠다. 앞으로 찾아야 할 자료와 공부해야 할 내용이 너무나 방대하기 때문에, 〈중한번역사〉가 언제나 빛을 보게 될지는 기약조차 할 수 없다. 그래서 혹시 이 책의 출판을 기다리시는 독자 분들께는 부디 인내심을 가져달라고 당부 드리는 바이다. 다행히도 필자는 현재 개화기에 이루어진 중한번역 연구를 착수 중에 있다. 이때는 비록 그 기간은 짧지만, 이전의 조선시대와는 전혀 다른 중한번역이 이루어진 시기이자, 이후에 맞이하게 된 일제강점기 때의 중한번역에 커다란 영향을 미친 시기이기 때문에 중한번역 연구에서 결코 빠질 수 없으며, 보다 심도 있는 연구와 신중한 검토가 필요한 시기이다. 부지런히 연구하여 올해 안으로 좋은 성과가 나올 수 있기를 기대해본다.

　마지막으로 이 책이 나오기까지 물심양면으로 도와주신 가족, 華中師範大學의 池水涌 교수님을 비롯한 동료, 학고방 출판사의 조연순 팀장님께 감사드린다.

2019년 겨울

武漢 南湖에서

참고문헌

❋ 도서

강태권 : 〈동양의 고전을 읽는다〉, 휴머니스트, 2006년.

고재석 : 〈숨어있는 황금의 꽃〉, 동국대학교출판부, 2000년.

구보학회 : 〈박태원과 역사소설〉, 깊은샘, 2008년.

구보학회 : 〈환상성과 문학의 미래〉, 깊은샘, 2009년.

김병철 : 〈한국현대번역문학사연구〉, 을유문화사, 1998년.

김영민 : 〈한국 근대소설의 형성 과정〉, 소명출판, 2005년.

김영봉 : 〈교육학개론〉, 서현사, 2007년.

김우창 : 〈103인의 현대사상〉, 민음사, 2003년.

남풍현 : 〈고대한국어연구〉, 시간의 물레, 2010년.

로버타 진 브라이언트 저, 승영조 역 : 〈누구나 글을 잘 쓸 수 있다〉, 예담, 2004년.

문학과사상연구회 : 〈20세기 한국문학의 반성과 쟁점〉, 소명출판, 1999년.

박숙자 : 〈한국 문학과 개인성〉, 소명출판, 2008년.

박태원 : 〈지나소설집〉, 인문사, 1939년.

부산대학교인문한국고전번역비교문화학연구단 : 〈고전, 고전번역, 문화번역〉, 미다스
　　　　　북스, 2010년.

배수찬 : 〈근대적 글쓰기의 형성 과정 연구〉, 소명출판, 2008년.

상허학회 : 〈일제 말기의 미디어와 문화정치〉, 깊은샘, 2008년.

쉬훙씽 저, 정대웅 역 : 〈천추흥망〉, 따뜻한손, 2010년.

윤여탁 외 : 〈국어교육100년사〉, 서울대학교출판부, 2006년.

이선영 : 〈문예사조사〉, 민음사, 1989년.

이진원 : 〈한국무협소설사〉, 채륜, 2008년.

이희정 : 〈한국 근대소설의 형성과 매일신보〉, 소명출판, 2008년.

작자미상 : 〈중국단편소설집〉, 개벽사, 1929년.

전성기: 〈인문학의 수사학적 탐구〉, 고려대학교출판부, 2007년.

조진기: 〈일제 말기 국책과 체제 순응의 문학〉, 소명출판, 2010년.

홍금수 외: 〈한국역사지리〉, 푸른길, 2011년.

황호덕: 〈근대 네이션과 그 표상들〉, 소명출판, 2005년.

巴金: 〈巴金全集〉, 人民大學出版社, 1993年.

朴銀淑: 〈韓國-朝鮮 近現代文學史〉, 外語教學與研究出版社, 2016년.

陳福康: 〈中國譯學理論史稿〉, 上海外語教育出版社, 2002年.

郭建中: 〈文化與飜譯〉, 中國對外飜譯出版公司, 2003年.

郭沫若: 〈郭沫若全集〉, 人民文學出版社, 1992年.

杰里米·芒迪 著, 李德鳳 譯: 〈飜譯學導論-理論與實踐〉, 商務印書館, 2007年.

李丹, 梁恩正: 〈儒家文化視域下的韓語敬語法研究〉, 黑龍江人民出版社, 2018年.

廖七一: 〈中國近代飜譯思想的嬗變〉, 南開大學出版社, 2010年.

林紓: 〈林紓文選〉, 百花文藝出版社, 2006年.

劉桂蘭: 〈論重譯的世俗化〉, 武漢大學出版社, 2015年.

閔寬東, 陳文新, 張守連: 〈韓國所藏中國通俗小說板本目錄〉, 武漢大學出版社, 2015年.

錢鐘書: 〈林紓與飜譯〉, 商務印書館, 1981年.

譚載喜: 〈西方飜譯簡史〉, 商務印書館, 2004年.

❀ 논문

김소정: 〈번역을 통해 본 근대중국: 임서의 서양소설번역을 중심으로〉, 중국어문학
　　　　제52집, 2008년.

김수영: 〈효종의 삼국지연의 독서와 번역〉, 국문학연구 제32집, 2015년.

김시준: 〈광복 이전 한국에서의 노신문학과 노신〉, 중국문학 제29집, 1998년.

김정우: 〈한국 번역사의 시대 구분〉, 번역학연구 제9호, 2008년.

김재현: 〈철학 원전 번역을 통해 본 우리의 근현대〉, 시대와 철학 제15권 2호, 2004년.

김　현: 〈무협소설은 왜 읽히는가〉, 세대 제7권, 1969년.

권용선: 〈요시카와 에이지『삼국지』수용의 사적 의미〉, 한국한연구 제15권, 2006년.

나이다, 타버 저, 김용옥 역: 〈번역의 이론과 실제〉, 민족문화, 1985년.

민관동: 〈중국고전소설의 국내 유입과 수용에 대한 연구〉, 중국어문학 제49호, 2007년.

박옥수: 〈개화기 한국 번역 작품의 기술적, 기능적 분석〉, 겨레어문학 제41권, 2008년.

박용규: 〈1920년대초 친일파의 생존논리와 시사신문의 역할〉, 한국언론정보학회 정기

학술대회 발표자료, 2008년.

박용식, 고재석 : 〈양건식 문학연구〉, 민족문화연구 제24권, 1991년.

박진영 : 〈중국 근대문학 번역의 계보와 역사적 성격〉, 민족문학사연구 제55집, 2014년.

박진영 : 〈중국문학 번역의 분기와 이원화-번역가 양건식과 박태원의 원근법〉, 동방학지 제166권, 2014년.

박진영 : 〈한국의 근대 번역 및 번안 소설사 연구〉, 연세대학교 박사학위 논문, 2010년.

백지운 : 〈한국의 1세대 중국문학 연구의 두 얼굴-정내동과 이명선〉, 대동문화연구 제68집, 2009년.

성현자 : 〈백화 양건식의 중국신문학운동 수용 연구〉, 한국비교문학회 제24집, 1999년.

양은정 : 〈기옥에 나타난 번역 동기, 목적, 방법 연구〉, 중국현대문학 제84집, 2017년.

양은정 : 〈옥리혼의 국내 번역본 비교 연구-홍루몽 관련 위주〉, 한국중국어문학회 제88집, 2016년.

양은정 : 〈일제강점기 신문에 연재된 중국소설 번역목록 연구〉, 중국어문학연구회 제99집, 2016년.

양은정 : 〈중역에 대한 고찰-전종서 위성을 중심으로〉, 영남중국어문학회 제76집, 2017년.

오혜진 : 〈1930년대 한국 추리소설 연구〉, 중앙대학교 박사학위 논문, 2009년.

유석환 : 〈개벽사의 출판활동과 근대잡지〉, 성균관대학교 석사학위 논문, 2007년.

유창진 : 〈1930-40년대 한국문학계의 중국문학 수용과 번역에 대한 재평가: 박태원을 중심으로〉, 중국인문과학 제55호, 2013년.

윤진현 : 〈박태원『삼국지』판본 연구〉, 한국학연구 제14집, 2005년.

이근효, 신명규 등 : 〈북해 정래동 선생님의 인품과 학문〉, 중국어문학 제2집, 1981년.

이금선 : 〈일제말기 외국어로서의 중국어의 발견과 식민지 조선의 언어적 재배치〉, 연세대학교 박사학위 논문, 2011년.

이병호 : 〈루쉰의 전기 문학사상 연구〉, 중국문학 제27집, 1997년.

이은봉 : 〈한국에서 요시카와 에이지 삼국지 유행의 의미〉, 동아시아고대학 제40집, 2015년.

이정희 : 〈근대 여성지 속의 자기서사 연구-성·사랑·결혼에 관한 여성의 서사를 중심으로-〉, 현대소설연구 제19호, 2003년.

임순정 : 〈재번역본에 나타난 동질성과 이질성-'적과 흑'을 중심으로〉, 선문대학교 박사학위 논문, 2008년.

왕 녕 : 〈식민지시기 중국현대문학 번역자 양백화, 정내동의 역할 및 위상〉, 연세대학교 석사학위 논문, 2013년.

정환국 : 〈근대계몽기 역사전기물 번역에 대하여-『월남망국사』와 『이태리건국삼걸전』
　　　　의 경우〉, 대동문화연구 제48권, 2004년.

조성면 : 〈한용운 삼국지의 판본 상의 특징과 의미〉, 한국학연구 제14집, 2005년.

조재룡 : 〈중역의 인식론: 그 모든 중역들의 중역과 근대 한국어〉, 아세아연구 제54권
　　　　3호, 2011년.

최근덕 : 〈고전을 바르게 알리는 좋은 번역〉, 서평문화 제7집, 1992년.

최배은 : 〈한국 근대 청소년소설의 형성 연구〉, 숙명여자대학교 석사학위 논문, 2005년.

최용철 : 〈백화 양건식의 중국문학 연구와 번역에 대하여〉, 중국어문학 제28집, 1996년.

최진호 : 〈번역과 비판: 루쉰과 근대 한국〉, 민족문학사연구 제63집, 2017년.

한지연 : 〈곽말약의 한인제재작품 연구〉, 한국외국어대학교 석사학위 논문, 2008년.

홍석표 : 〈류수인과 루쉰: 광인일기 번역과 사상적 연대〉, 중국문학 제77집, 2013년.

金德芬 : 〈論《玉梨魂》對《紅樓夢》的借鑑〉, 成都師範學院學報 第30期, 2014年.

欒　嵐 : 〈淺析魯迅作品中人物形象的塑造〉, 文學敎育 第16期, 2015年.

盧壽亨 : 〈在華韓人安那基主義者與巴金〉, 韓國硏究論叢2009年 第2期.

唐海宏 : 〈滿族作家冷佛生平及文學創作簡論〉, 成都大學學報 2015年 第4期.

王予民 : 〈林紓與魯迅〉, 河南敎育 2007年 第1期.

李政文 : 〈魯迅在朝鮮〉, 世界文學 1981年 第4期.

李宗剛 : 〈玉梨魂: 愛情悲劇和人生哲理的詩化表現〉, 文藝爭鳴 第11期, 2010年.

僑以鋼, 宋聽泉 : 〈近代中國小說興起新論〉, 中國社會科學 第2期, 2015年.

閻秋紅 : 〈"春阿氏案"與淸末民初社會〉, 民國春秋 1995年 第2期.

袁世碩 : 〈論"紅樓夢"的現實主義〉, 文史哲 第1期, 1982年.

🌸 기타

경인일보, 서울신문, 한겨레(https://news.naver.com)

공훈전자사료관(http://e-gonghun.mpva.go.kr)

개벽, 동광, 삼천리(http://www.koreanhistory.or.kr)

독립신문, 매일신보, 시대일보, 조선중앙일보, 중외일보(https://www.bigkinds.or.kr)

동아일보(https://newslibrary.naver.com)

신가정, 신민(https://academic.naver.com)

양계초 『신민설』해제(https://terms.naver.com)

조선일보(http://srchdb1.chosun.com)

조선왕조실록(http://sillok.history.go.kr)

한국민족문화대백과사전(http://encykorea.aks.ac.kr)

申報, 新靑年(http://xueshu.baidu.com)